WIANA
WIESMANN

UNTERRICHTEN IN PINK

hansanord

WIANA WIESMANN

UNTERRICHTEN IN PINK

hansanord

IMPRESSUM

1. Auflage 2024

ISBN Print 978-3-947145-81-2
ISBN E-Book 978-3-947145-82-9

Cover | Umschlag: Tobias Priessner
Satz: Christiane Schuster | www.kapazunder.de
Lektorat: Ursula Schötzig

Für Fragen und Anregungen:
info@hansanord-verlag.de

Fordern Sie unser Verlagsprogramm an:
vp@hansanord-verlag.de

hansanord

hansanord Verlag
Johann-Biersack-Str. 9
D 82340 Feldafing
Tel. +49 (0) 8157 9266 280
FAX +49 (0) 8157 9266 282
info@hansanord-verlag.de
www.hansanord-verlag.de

Für alle, die auch in Pink unterrichten

INHALT

VORWORT

Hallo, liebe Leserschaft,

in diesem Buch öffne ich die Klassenzimmertür und lasse euch den Unterricht miterleben.

Die Romanhandlung ist durch wahre Ereignisse an verschiedenen Schulen inspiriert, aber fiktiv verfremdet. Mögliche Übereinstimmungen mit den Namen realer Personen sind Zufall.

Das Buch zeigt am Beispiel der Hauptfigur aus Lehrersicht, wo es im Schulalltag hakt und wie die Beteiligten damit umgehen. Ich bin mir sicher, dass sich daraus Ideen für Verbesserungen entwickeln lassen.

Wegen der besseren Lesbarkeit verzichte ich auf das Gendern, nutze aber, wenn möglich, neutrale Ausdrücke wie »Lehrkräfte«.

Dann wünsche ich eine unterhaltsame und aufschlussreiche Lektüre.

Eure Wiana Wiesmann

TEIL I

DAS ERSTE JAHR IN WOLKENHEIM

KAPITEL 1 – EIN NEUER ANFANG

Neuanfänge und Veränderungen vermeide ich, solange es geht, denn ich mag es gar nicht, aus meiner Komfortzone geworfen zu werden. Das Leben mit zwei kleinen Kindern ist schon herausfordernd genug. Aber nach sechs Jahren Elternzeit war die genehmigte Zeit abgelaufen. Also hieß es für mich: zurück in den Beruf. Als verbeamtete Lehrerin hatte ich es da leichter als andere Mütter, die nach einer solchen beruflichen Unterbrechung wieder einsteigen wollen. Ich brauchte nur den entsprechenden Antrag zu stellen. Einige Wochen später flatterte mir der Brief von der Bezirksregierung ins Haus. Ich riss ihn mit zitternden Händen auf. Welcher Schule würde ich nach meiner Elternzeit zugewiesen?

Ich las: *Sehr geehrte Frau Wollnau, gemäß § 25 LBG weise ich Sie mit Wirkung vom 24.08.2016 der Städtischen Realschule für Jungen und Mädchen in Wolkenheim zu.*[1]

Ich ließ das Blatt fallen und rief: »Ja! Es hat geklappt!«

Eine Versetzung an meine Wunsch-Schule würde mir die bevorstehende Veränderung in jedem Fall sehr viel leichter machen. Die Wolkenheimer Schule hatte einen guten Ruf. Außerdem wäre mein Fahrtweg kurz, denn bis zum benachbarten Stadtteil waren es nur fünfzehn Autominuten. Das war sehr wichtig für mich wegen meiner Kinder.

Genau deshalb konnte ich auch nicht zurück an die vorherige Realschule, denn in der Elternzeit war ich mit meiner Familie ins Ruhrgebiet umgezogen, achtzig Kilometer entfernt von unserem früheren Wohnort.

Ich hatte vierzehn Unterrichtsstunden beantragt, also eine halbe Stelle. Trotzdem würde es eine organisatorische Herausforderung werden. Hoffentlich blieb mir noch genug Zeit für meine Töchter Sophie und Yvonne.

Diese Gedanken gingen mir zum wiederholten Mal durch den Kopf, als ich an meinem ersten Arbeitstag mit gepackten Sachen im Hausflur stand. Ich hatte die Hand schon auf der Türklinke, da zögerte ich und stellte die Tasche mit einem dumpfen Geräusch auf dem Boden ab. Gebückt öffnete ich sie, um nachzusehen, ob ich auch wirklich nichts vergessen hatte.

Ich sah den Stundenplan, meinen Lehrerkalender, Stifte, Papier und die Universal-Vorbereitung, die ich immer für eine erste Stunde in einer neuen Klasse dabeihatte. Außerdem hatte ich ein paar Rätsel eingepackt und den pinkfarbenen Oktopus, ein Stofftier für das Kennenlernspiel. Auch an die Wasserflasche und die Brotdose hatte ich gedacht. Den Schulschlüssel hatte ich in der vorderen Reißverschlusstasche verstaut.

Ich kann doch ganz beruhigt starten, sagte ich mir.

Mein Handy gab einen leisen Ton von sich. Eine Nachricht von meiner Freundin Finja.

»Guten Start und sei nicht all*zu* streng!« Dahinter war ein Kleeblatt-Emoji – ein vierblättriges natürlich. Ich schmunzelte. Sie kannte mich gut.

Ich genoss den letzten Moment in der Stille und der vertrauten Umgebung unserer Doppelhaushälfte. Sebastian hatte die Kinder heute Morgen zur KiTa und zur Grundschule gebracht.

Okay, dann los, dachte ich, steckte das Handy in meine Tasche und öffnete entschlossen die Haustür. Dann setzte ich mich ins Auto und fuhr durch die Hauptstraße, vorbei an den Wohnhäusern und den Baumreihen zu jeder Seite. An den Bushaltestellen hatten sich die Schüler versammelt. Die sahen doch recht nett aus. Vielleicht würde ich einige von ihnen gleich in meiner Klasse wiedersehen.

Es war so ein schöner Spätsommertag. Die Sonne stand noch tief, aber zwischen dem Grün der Bäume war ein Stück des blauen Himmels zu erkennen. Meine Playlist spielte die Sommer-Hits ab und machte einfach nur gute Laune. Ich drehte die Lautstärke hoch. Schließlich bog ich in die Straße ein, in der die Wolkenheimer Schule lag, und stellte das Auto auf dem Lehrerparkplatz ab.

In Klasse 6 c fand ich dann dreiundzwanzig freundliche Mädchen und Jungen vor, die mich erwartungsvoll anblickten.

»Ich bin Frau Wollnau, eure neue Klassenlehrerin«, begrüßte ich die Schüler, während ich meine Tasche auf dem Pult abstellte. »Damit wir uns ein wenig kennenlernen können, stellt ihr euch am besten alle einmal vor« – ich griff in meine Tasche – »und dazu brauchen wir ihn hier.«

Ich holte den pinkfarbenen Oktopus heraus. Das Stofftier war sofort der Blickfang.

»Süß!«, kam es von den Mädchen aus der ersten Reihe. »Ist das ein Tintenfisch?«

»Ja, er heißt Olli«, erklärte ich. »Ich werfe ihn einem von euch zu, der sich dann mit seinem Namen und einem Adjektiv vorstellt. Das Adjektiv muss mit dem Anfangsbuchstaben des eigenen Vornamens anfangen. Zum Beispiel: die hilfsbereite Hanna. Danach sucht ihr euch jemanden aus und gebt Olli weiter. Alles klar?«

Einige nickten. Die Schüler warteten, bis ich anfing: »Ich bin die wortgewandte Wiebke Wollnau und freue mich, dass ihr jetzt meine neue Klasse seid.«

Ich gab das Tier an ein Mädchen in der ersten Reihe weiter.

»Ich bin die lustige Lisa!«

»Sehr gut!«

Sie warf das Tier einer Schülerin in der Reihe dahinter zu.

»Ich bin die …« – das Mädchen überlegte – »… mutige Merve!«

Es ging weiter. In der Klasse waren die clevere Carolin, die freundliche Fatma, die ehrgeizige Ecrin, der coole Can, der junge Jonas, der toughe Tim, der fixe Fynn, der leise Linus, der mutige Mathias und einige mehr. Nur Yusuf war frustriert, weil auch uns kein Adjektiv mit y einfiel. Da rief Carolin: »Der Youtube-begeisterte Yusuf!«

Alle lachten.

Am Ende der Stunde stand Lisa auf und kam zu mir ans Pult. »Können wir Olli als Klassentier nehmen?«

Ich war ein wenig erstaunt, denn eigentlich gab es diesen Brauch nur in der Grundschule. Von Sechstklässlern hatte ich das noch nicht gehört. »Olli gefällt euch?«

Merve kam auch nach vorn zum Pult. »Ja, total. Und Frau Tarinov hat unser altes Klassentier mitgenommen.«

»Verstehe.« Noch immer hielt ich Olli in der Hand. Ich schaute in sein rundes Smileygesicht. Er hatte acht Tentakelarme und war flauschig. Ich hatte Olli eigentlich für meine Tochter gekauft, er sollte ihr Geburtstagsgeschenk werden. Aber gerade überlegte ich es mir anders. Ich würde Sophie einfach ein neues Stofftier kaufen.

»Okay, dann ist Olli jetzt euer Klassentier.«

Dann packte ich eilig zusammen, um schnell ins Lehrerzimmer zu kommen. Die große Pause war die ideale Gelegenheit, um die anderen ein wenig kennenzulernen. Es roch nach frischem Kaffee, aber zugleich wie im ganzen Gebäude etwas muffig, was vielleicht auch daran lag, dass so viele Leute im Raum waren. Vor dem Schwarzen Brett drängten sich mehrere Lehrkräfte. Ich gesellte mich dazu. Offensichtlich ging man hier noch analog vor, denn die Fläche war mit Zetteln übersät. Nur der Vertretungsplan war schon auf einem an der oberen Wand angebrachten Monitor zu sehen.

Mir fiel eine Kollegin auf, die direkt neben mir stand. Mit ihren schulterlangen Haaren, blauen Jeans und weißem T-Shirt wirkte sie sofort sympathisch. Sie schaute auf den Zettel mit der Ankündigung für die Fachkonferenz Englisch und fotografierte die Angaben kurzerhand mit dem Handy. In der Lehrerkonferenz vor zwei Tagen hatte die Schulleiterin alle neuen Kollegen vorgestellt. Während ich noch überlegte, wie die Kollegin hieß, drehte sie sich um, reichte mir die Hand und sagte: »Ich bin Beate Meyer. Ich unterrichte deine Klasse in Englisch.«

»Ja, stimmt«, antwortete ich. »Wiebke Wollnau.«

»Und wie ist deine Klasse so?«, erkundigte sie sich.

»Sehr nett.« Ich lachte. »Die haben sich erst einmal ein Klassentier ausgesucht.«

»Och, meine Sechser sind auch noch richtig süß. Ich habe die 6 b.«

Neben uns tauchte eine ältere Kollegin auf. »Ich glaube, du hast meine Klasse in Deutsch«, sagte sie zu mir. Sie wirkte so ganz anders als Beate. Es lag vermutlich an der etwas zu großen Kunststoffbrille oder an der gemusterten Bluse, die sie trug. Ich hatte nichts gegen Blusen, aber diese wirkte altmodisch. Vielleicht war es das Muster. Die grauen Haare hatte sie zu einem strengen Pferdeschwanz im Nacken zusammengebunden.

»Ja, die 9 a«, erwiderte ich. »Dann bist du Frau Beck, die Klassenlehrerin?«

»Ja, ich heiße Birgit.«

»Was sind deine Fächer?«

»Englisch und Geschichte.«

»Und von welcher Schule kommst du?«, wollte ich wissen.

Birgit schüttelte den Kopf. »Von keiner. Ich war in Beurlaubung, weil ich meine Mutter gepflegt habe. Aber sie ist im Mai verstorben.«

»Oh, das tut mir leid.«

Eine Frau mit einer hellblonden Lockenfrisur und schulterfreiem roten Shirt tauchte vor mir auf. An der rechten Schulter kam ein Stück eines Tattoos zum Vorschein.

Die Kollegin blickte mich interessiert an. »Du unterrichtest auch praktische Philosophie?«

Ihren Namen hatte ich aus der Konferenz noch in Erinnerung. Jennifer Felber. Seit ich sie gesehen hatte, fühlte ich mich mit meiner pinkfarbenen Strähne im schwarzen Haar nicht mehr ganz so deplatziert. Wir beide waren offensichtlich die Einzigen im Kollegium, die optisch ein wenig hervorstachen. Doch sie hatte mir gerade eine Frage gestellt.

»Ja, drei Kurse. In den Jahrgangsstufen 6, 7 und 8«, antwortete ich.

»Oh, die Achter sind nicht ohne«, warnte mich Jennifer vor.

Doch darüber hatte ich mir noch keine Gedanken gemacht.

»Mir macht eher mein Stundenplan Sorgen«, erwiderte ich.

»Philosophie liegt bei mir immer in der letzten Stunde.«

»Hast du noch kleinere Kinder?«

»Ja. Sophie ist drei und Yvonne sechs. Mein Mann kann sie morgens zum Kindergarten und zur Schule bringen, aber mittags wird das dann immer stressig.«

Jennifer nickte. »Stimmt, Philosophie liegt meistens in den Randstunden, genau wie Religion. Was war nochmal dein zweites Fach?«

»Deutsch.« Die Hauptfächer lagen meist in den mittleren Stunden, was allein deshalb besser war, weil die Schüler dann noch aufmerksamer waren. Ich fügte hinzu: »Allerdings habe ich auch eine Klassenleitung.«

»Wer ist denn dein Co?«

Ich erinnerte mich an das erste Gespräch mit der Schulleiterin vor einigen Wochen. Frau Dahoff hatte gesagt: »Herr Martens wird mit Ihnen die Klassenleitung übernehmen. Er hat die Klasse auch mit Frau Tarinov im Team geleitet.«

Frau Tarinov war am Ende des Schuljahres in Mutterschutz gegangen. Deshalb sollte ich die Klassenleitung zusammen mit dem Kollegen übernehmen. Also antwortete ich Jennifer: »Eigentlich mit Herrn Martens. Aber der ist dauerhaft erkrankt.«

Sie sah mich nachdenklich an. »Ja, das habe ich auch gehört.«

»An meinem freien Tag ist dann kein Klassenlehrer für die 6 c da.«

Jennifer schaute zu einer Kollegin hinüber, die mir in ihrem grün-weiß gestreiften T-Shirt und dem kurzen roten Haar schon aufgefallen war.

»Sprich mal mit Monika. Sie ist unsere Gleichstellungsbeauftragte.«

Als ich zu ihr hinüberging, schellte es gerade zum ersten Mal. Ich hatte nur zwei Minuten, denn beim zweiten Schellen war die Pause zu Ende. Hastig informierte ich die Kollegin über mein Stundenplanproblem.

»Ich hatte da ein wenig mehr Glück«, meinte sie. »Als meine Kinder klein waren, hat sich die Oma gekümmert, sodass ich in meiner Arbeit nicht so eingeschränkt war. Aber sprich mal mit Herrn Bitt, der ist für den Stundenplan zuständig.«

Ich suchte den stellvertretenden Schulleiter gleich in der zweiten großen Pause auf. Auf meine Bitte hin erklärte er: »Am Ende des Halbjahres liegen Zettel im Lehrerzimmer aus, da können alle ihre Wünsche angeben. Versprechen kann ich aber nichts.«

Ich nickte. »Danke, das mache ich.«

Mit einem besseren Stundenplan würde es richtig gut werden an der Schule, davon war ich überzeugt.

*

Ich beherzigte Finjas Rat und war »nicht all*zu* streng«. Doch an einem Morgen im September wurden meine Schüler gar nicht ruhig, als ich vorne stand und wartete.

»Guten Morgen, Klasse 6 c!«, sagte ich. »Heute geht es um Fabeln …«

Eigentlich hatte ich mir eine motivierende schülerorientierte Methode überlegt, denn die Schüler sollten nicht nur Fabeln lesen, sondern die Lehre in Form eines Rollenspiels umsetzen. Doch mir hörte keiner zu. Ich verstummte und ließ meinen Blick durch die Klasse schweifen.

Mathias hatte sein Handy in der Hand, er machte sich nicht einmal die Mühe, es zu verstecken. Anders Yusuf, der seine In-Ear-Kopfhörer unter der Kapuze seines Hoodies versteckte und wohl glaubte, dass ich das nicht merkte. Julius hatte seine Tasche auf den Tisch gestellt und verschwand fast komplett dahinter. Can saß da und hatte noch seine Winterjacke an. Den Reißverschluss hatte er bis oben hin zugezogen, so als hätten wir tiefsten Winter und nicht erst Mitte September. Er unterhielt sich lautstark mit Julius. Merve hatte ihre Brotdose auf dem Tisch. Von Ecrin sah ich nur Haare, denn sie saß vornübergebeugt und war darin vertieft, ein Manga zu zeichnen. Das Bild war nicht einmal schlecht. Das müsste ich Monika erzählen, die das Fach Kunst in meiner Klasse unterrichtete. Nele starrte geistesabwesend an die Decke. Lena, Anna und Emilia diskutierten laut, es klang nach einem Streit. Ganz offensichtlich waren die Schüler beschäftigt und wollten mich nicht wahrnehmen.

»Hey«, sagte ich. »Was ist denn heute los mit euch?«

Manchmal waren Schüler einfach nicht mehr aufnahmefähig, zum Beispiel nach einer Klassenarbeit oder auch nach einer Doppelstunde Sport. Die Erfahrung hatte ich schon öfter gemacht. Ich nahm mir den Laptop und warf einen Blick auf das digitale Klassenbuch. Die Schüler hatten gerade eine Geschichtsstunde gehabt. Das Fach konnte es also nicht sein.

Doch meine Frage war im allgemeinen Lärm untergegangen. Nur Niklas sah mich an und machte eine verärgerte Geste in die Richtung seiner Mitschüler. Linus blickte kurz zu mir hinüber.

Ich überlegte. Losbrüllen schadete nur mir selber und half in den wenigsten Fällen. Aber ich musste hier einen Cut setzen, sonst würde ich die ganze Stunde warten.

Okay, dachte ich. Ich mache etwas Unerwartetes. Das war besser als zu schimpfen oder zu strafen.

Ich nahm meine Tasche vom Pult, winkte den Schülern lässig zu und ging zur Tür. Jetzt wurden Rufe laut. »Frau Wollnau, wo wollen Sie hin?«

Ich hatte schon die Hand auf den Türgriff gelegt. »Ich warte draußen, bis ihr euch beruhigt habt.« Ich sagte das ganz freundlich.

Jetzt wurden die Schüler leiser. Meine Reaktion überraschte sie. »Und wenn ich wieder reinkomme, seid ihr eine Musterklasse.«

»Musterklasse!«, wiederholte Linus eifrig. Auch einige andere schauten sichtlich verblüfft auf.

»Gut.« Ich nickte den Schülern zu. »Dann gehe ich jetzt raus.«

Ich verließ den Klassenraum und machte die Tür hinter mir zu. Im Flur lauschte ich. Der Lärm schwoll an, wurde wieder leiser, aber es wurde nicht völlig still. Ich zwang mich, zwei Minuten abzuwarten, den Blick auf die Zeitanzeige meines Handys gerichtet. Dann öffnete ich die Tür wieder, marschierte zum Pult und blieb dort stehen.

Ich sah die Schüler auffordernd an. »Musterklasse?«

Niklas stand auf. »Musterklasse!«

Sie hatten es begriffen. Es war wesentlich leiser. »Guten Morgen«, konnte ich sagen und die Begrüßung kam von der Klasse zurück.

»Na, dann packt mal eure Deutschsachen aus.« Ich schaute zu Julius. »Eure Taschen« – und ich schaute zu Can – »und eure Jacken braucht ihr nicht.«

Ich nahm Mathias und Yusuf ins Visier. »Und keine Handys im Unterricht, das wisst ihr.«

Endlich saßen alle mit ihren Büchern und ohne Ablenkungen da. Nur Neles Tisch war völlig leer. Um Nele würde ich mich im Laufe der Stunde kümmern. Erst einmal ging es mir darum, überhaupt unterrichten zu können. Ich sah meine Klasse streng an, sagte dann aber mit einem Augenzwinkern: »Und morgen seid ihr gleich die Musterklasse.«

Als es schließlich schellte, hatte gerade die letzte Gruppe ihr Rollenspiel präsentiert. Ich machte schnell einen entsprechend positiven Vermerk im Notenbuch. »Sehr gut. Na seht ihr, ihr könnt das doch. Das meint auch Olli hier.« Ich hob das Klassentier hoch, das ich auf dem Pult platziert hatte. Einige Schüler lachten, als ich Olli hin- und herbewegte. »Da wir alles geschafft haben, meint auch Olli, dass ihr keine Hausaufgaben braucht.«

Zustimmende Rufe wurden laut.

Ich tippte das Thema der Stunde ins digitale Klassenbuch ein. Auf einmal stand Lisa vor mir. Sie sagte etwas, aber im allgemeinen Lärm verstand ich ihre Worte nicht. Während die anderen nach draußen gingen, drückte sie mir ein zusammengefaltetes Blatt Papier in die Hand. Dann drehte sie sich um und rannte hinaus.

Ich öffnete den Zettel und las: »Liebe Frau Wollnau, sie sind meine Lieblingslehrerin. In ihrem Unterricht fühle ich mich am wohlsten. Ihr Job ist super. Machen sie auf jeden Fall weiter. Mit freundlichen Grüßen Lisa.«

»Oh«, murmelte ich. Was für ein lieber Brief. Und wie ermutigend. Ich erinnerte mich, dass ich an meiner letzten Schule die Bemerkung gehört hatte, ich wäre als Lehrerin »zu nett«. Doch hier wurde ich offensichtlich genau für diese Eigenschaft geschätzt und das freute mich.

Ich schmunzelte ein wenig wegen der kleingeschriebenen Anrede. Aber was spielte das für eine Rolle? Der Text war außenrum mit gemalten pinkfarbenen Herzchen und Blümchen verziert. Das war der netteste Brief, den ich als Lehrerin je bekommen hatte. Er bekam einen Ehrenplatz in meinem Ordner mit Schülerbriefen.

*

Birgits Schüler waren älter, also waren auch die Themen im Deutschunterricht noch interessanter als in Klasse 6. Die Unterrichtseinheit über Jugendsprache hatte schon in meiner alten Schule für einige Lacher bei Neuntklässlern gesorgt. Mit dieser Erwartung ging ich auch in Birgits neunte Klasse.

Aber heute quatschten Ahmed und Lea ständig dazwischen, während Malak versuchte, den Text vorzulesen. Mit einem frustrierten Schnauben verdrehte sie die Augen.

Gerade beugte sich Charlotte zu ihrer Nachbarin Lea und zischte ihr irgendetwas zu. Die keifte etwas zurück und riss ihr den Collegeblock weg. Charlotte sprang auf und schrie Lea an: »Hey, gib her!«

Ich hatte die beiden bestimmt schon drei Mal in dieser Stunde ermahnt. Trotzdem stritten sie sich weiter, wobei Lea ihre Nachbarin immer wieder provozierte.

Die anderen Schüler warfen mir flehende Blicke zu, denn auch für sie wurde der ständig unterbrochene Unterricht immer langweiliger. Und das ärgerte mich, weil ich mir so viel Mühe mit der Vorbereitung gegeben hatte.

Ich stand auf und stellte mich vor Lea. Gleichzeitig kam lautes Stimmengewirr aus der Jungenecke, wo Ahmed saß.

Ich sprach laut, um die Jungen zu übertönen: »Lea, Ahmed, für die anderen ist das auch nervig, wenn ich euch die ganze Zeit ermahnen muss. Macht doch jetzt einfach mit.«

Die beiden schauten zwar zu mir herüber, aber reagierten nicht. Ich hoffte, dass meine Ansprache wirkte, und ließ Malak weiterlesen. Doch wieder musste sie abbrechen, weil Lea lautstark weiter mit ihrer Nachbarin redete.

Ein Blick auf die Uhr zeigte mir, dass es noch zwanzig Minuten bis zur Pause waren. Mit weiteren Ermahnungen würde ich mich lächerlich machen. Auch wenn ich es nicht gerne tat, aber manchmal half ein anderer Platz, um die Störungen zu beheben.

Ich verschränkte die Arme und sagte in scharfem Ton: »Lea, du setzt dich dort rüber zu Samira.«

Sie schüttelte den Kopf und blieb sitzen.

Ich hoffte, dass sie es sich noch überlegen würde, und drehte mich zu den Jungen um. »Ahmed, du setzt dich zu Darcan.«

»Nein«, kam es von Ahmed. Er kippelte mit dem Stuhl, sodass die Stuhllehne fast gegen die Heizung an der Wand hinter ihm stieß. Die Schüler saßen in U-Form, Ahmed ganz hinten. Das war ohnehin kein guter Platz für ihn.

Es wurde auf einmal still in der Klasse, während Ahmed und Lea mich weiter trotzig anstarrten. Alle schauten gespannt auf die Szenerie.

»Ich warte«, sagte ich und verschränkte die Arme vor der Brust. Ich überlegte fieberhaft. Wenn die beiden sich weigerten, konnte ich nichts machen. Dann wäre von meiner Autorität nichts mehr übrig. Gleichzeitig wurde mir bewusst, dass ich mich gerade selbst in diese Situation gebracht hatte.

Doch Ahmed und Lea rührten sich nicht. Jetzt war der Fall eingetreten, den ich gar nicht haben wollte. Es gab Lehrkräfte, die so eine Autorität ausstrahlten, dass Schüler ihnen gehorchten. Das war bei mir leider nicht der Fall. Ich musste mir also immer etwas einfallen lassen. Aber mit »Musterklasse« konnte ich den Neuntklässlern nicht kommen.

Ich wandte mich an Lina und Zainab, die in der ersten Reihe saßen. Zainab war die Klassensprecherin. »Zainab, ich bin gleich wieder da. Hab bitte kurz ein Auge auf die Klasse und berichte mir dann, wer gestört hat.«

Zainab und die Mädchen neben ihr schauten erstaunt, nickten aber. Ich nahm mein Notenbuch und mein Handy und verließ die Klasse. Noch im Flur hörte ich das Gelärme.

Ich öffnete die Untis App und rief den Stundenplan der Klassenlehrerin Birgit auf. Aber wir hatten noch keine Absprache für so einen Fall getroffen. Und sie wirkte ohnehin immer so gestresst. Also suchte ich mir den Stundenplan von Frau Dahoff heraus. Sollte ich wirklich gleich die Schulleitung um Hilfe bitten? Sie hatte selbst Unterricht. Gerade eine Geschichtsstunde in Klasse 10.

Vor der Klassenzimmertür der 10 a zögerte ich. Dann klopfte ich und öffnete sie einen Spalt breit. »Entschuldigung?«

Frau Dahoff saß am Pult und blickte erstaunt auf. Aber nicht unfreundlich. Also ging ich die paar Schritte zu ihr und flüsterte ihr zu, dass die Neuner gerade nicht zu bändigen waren.

Sie nickte und legte ihr Buch ab. »Ihr macht noch Aufgabe 4 und 5«, sagte sie zu den Zehntklässlern. »Schriftlich. Ich bin gleich zurück.«

Während ich zur Tür ging, ließ ich meinen Blick über die Schüler schweifen. Die arbeiteten friedlich.

Frau Dahoff rauschte vor mir den Gang entlang zu meiner Klasse. Als sie die Tür öffnete, wurde es augenblicklich mucksmäuschenstill. Sie stellte sich vorne hin, ich neben sie.

»Ahmed! Lea! Ihr kommt jetzt mit mir!« Ihre Stimme war gefährlich leise.

Die beiden standen sofort auf.

»Mit euren Deutschsachen«, ergänzte ich. »Ihr macht die Aufgaben weiter.«

Auch dieser Aufforderung folgten sie, ohne zu widersprechen. Dann verließ die Schulleiterin mit den beiden den Raum.

Die Klasse war wie ausgewechselt. Wir hatten eine interessante Diskussion zum Thema. Lea gab mir am Ende der Stunde ausführliche schriftliche Aufgaben ab.

»Das ist ja super«, lobte ich sie, als ich ihr Heft einpackte. »Dann kann ich heute ja auch einen positiven Vermerk im Notenbuch machen.«

Von Ahmed kamen gerade vier hingeschmierte Zeilen. Ich nahm den Zettel an mich. »Dann machst du nächste Stunde aber wieder besser mit.«

Er antwortete nicht darauf. Ich wusste, er würde sich nicht mehr anstrengen. Deutsch war nicht sein Fach. Dafür war er in Mathe gut, hatte ich gehört. Wichtig war mir in diesem Moment nur, dass die Form gewahrt war und der Schüler trotzdem die Aufgaben erledigt hatte.

Und wie leicht war es zu unterrichten, wenn die Schüler mitmachten. Auch wenn das unangenehme Gefühl blieb, dass ich mir hier die Autorität nur »geliehen« hatte. Aber ich hatte schon von Anfang an gewusst, dass ich nicht der autoritäre Lehrertyp bin. Wenn Schüler gar nicht wollten, brauchte ich ein unterstützendes System von außen. Und es sah so aus, als hätte ich das an der Wolkenheimer Realschule gefunden.

*

Am Freitag in der sechsten Stunde wollte ich in Philosophie meine Achtklässler für den Sinn des Lebens begeistern. Ein spannendes Thema, aber ich hatte die Befürchtung, dass meine dreiunddreißig Schüler zur späten Stunde nicht mehr aufnahmefähig sein würden. Deshalb hatte ich extra einen Film zum Thema ausgewählt. Dazu hatte ich ein eigenes Arbeitsblatt mit Fragen vorbereitet, damit die Schüler auch aufmerksam blieben. An meiner letzten Schule hatte das in solchen Fällen schon gut funktioniert. Aber hier tobten und lärmten die Schüler noch schlimmer, als ich es befürchtet hatte. Vor allem Simon und Omar brüllten wie die Irren. Meine Ermahnungen konnten sie gar nicht hören. Ich brach den Film schon nach den ersten Minuten ab. »Leider geht es nicht.«

Meine Ohren dröhnten. Ich schaute auf die Uhr. Noch fünfunddreißig Minuten. Wie sollte ich die durchstehen? Unterricht war nicht möglich. Im besten Fall konnte ich die Stunde retten, indem ich die Schüler einfach beschäftigte. »Dann holt ihr jetzt euer Philosophiebuch raus und schreibt den Text auf Seite 55 ab.«

»Wieso wir, wir haben nichts gemacht!« Der Protest kam von Dana. Tatsächlich waren die meisten Mädchen mir nicht störend aufgefallen, auch einige der Jungen hatten ihre Bücher ausgepackt und schauten mich frustriert an. Aber wenn ich den Rest der Stunde mit lauten Ermahnungen verbrachte, würden auch sie unter dem Lärm leiden. Die einzige Möglichkeit, für Ruhe zu sorgen, war eine stupide Abschreibaufgabe. Ich zückte mein Notenbuch und kündigte an: »Ich schreibe auf, wer mitarbeitet und wer nicht.«

Zumindest in unteren Klassen funktionierte das immer recht gut, weil alle ein »Plus« haben wollten.

Aber die Hälfte der Schüler hatte hier noch nicht einmal das Philosophiebuch ausgepackt. Vermutlich hatten sie die Bücher gar nicht dabei und es war schlichtweg zu laut, um Nachforschungen zu betreiben. Dana hatte jetzt ihr Mäppchen aufgeklappt und starrte hinein.

Sie hatte bestimmt ihr Handy dort drin. Felix saß trotz der Wärme mit Jacke und sogar hochgeschlagener Kapuze im Raum. Sicher hatte er seine In-Ear-Kopfhörer darunter versteckt. Eine Papierkugel flog durch den Raum und landete bei Jan auf dem Tisch. Mit hochrotem Kopf brüllte er ein »He!«, warf sie aber nicht zurück, sondern auf den Boden. Larissa machte Blasen mit ihrem Kaugummi. Das waren alles Verstöße gegen die Schulregeln, aber das Schlimmste war die Lautstärke. Simon, Felix, Omar und ihre Kumpels lachten und grölten und hatten schiere Freude daran, mal so richtig die Sau rauslassen zu können. Vor allem Simon. Er kippelte dabei mit dem Stuhl so weit nach hinten, dass die Stuhllehne gegen die Heizung stieß. Ich sah, wie er eine zusammengeknüllte Papierkugel in die Öffnungen der Heizung stopfte, und stellte mich vor ihn. »Simon!«

Doch der sah zu mir hoch und lachte laut. Ich beugte mich etwas herunter. »He! Was machst du?«

»Nichts!« Er starrte mich wütend an und deutete auf die Ecke, wo Felix und seine Freunde saßen. Dort flogen Papierkugeln hin und her. »Die haben mich abgeworfen!«

Ich fuhr herum. »Felix! Larissa! Lukas! Omar! Was ist los mit euch?«

Eine Papierkugel zischte an mir vorbei, etwas Hartes traf mich am Ohr. Dann fiel der Gegenstand nach unten. Ich bückte mich. Es war ein Kugelschreiber. »Wer war das?«

Aber ich sah nur eine tobende Masse um mich herum. Und die Jungen lachten, am lautesten dieser Simon. Völlig sinnlos, hier einen »Täter« identifizieren zu wollen. Ich müsste die halbe Klasse rauswerfen, aber das ging ja nicht. An manchen Schulen gab es einen separaten Trainingsraum, in dem eine Lehrkraft störende Schüler beaufsichtigte, doch das war immer eine Frage des Personals und des Geldes. Daher gab es an unserer Schule leider keine solche Möglichkeit.

Schon wieder die Schulleitung holen wollte ich nicht. Auch der Humor war mir gerade abhandengekommen. Ich beschloss, das hier über die Eltern zu regeln, denn es war ja eindeutig ein erzieherisches Problem.

Während ich langsam durch den Klassenraum ging, schaute ich streng wie eine Polizistin mit meinem Notenbuch in der Hand auf die Schüler herunter. Es war so schade. Das Thema wäre spannend gewesen. Ich stellte mir selbst die Frage: Ist das hier der Sinn meines Lebens?

Der Raum sah aus, als hätte hier gerade eine wilde Party stattgefunden. Überall lagen Papierkugeln herum. Mein Schuh haftete kurz auf einer klebrigen Flüssigkeit. Eine Flasche lag umgekippt auf dem Boden und war ausgelaufen. Daneben entdeckte ich Reste von Chips und zerknüllte Packungen von Schokoriegeln und sogar eine Dose mit einem Energydrink. Kurz vorm Schellen hob ich die Hand und rief ins allgemeine Gemurmel: »Wir machen jetzt Schluss, damit ihr noch aufräumen könnt! Jeder ist für seinen Platz zuständig!«

Dann stellte ich mich schnell an die Klassenzimmertür, damit mir keiner der Schüler vorzeitig entwischen konnte. Ich war jetzt der Wachdienst und beobachtete, dass die wenigsten wirklich aufräumten. Stattdessen wurde es extrem laut. Ich sah Larissa, die schon wieder Blasen mit ihrem Kaugummi machte und sich mit Dana unterhielt. Ihre Stühle waren nicht hochgestellt. Auf den Tischen lagen noch Bücher und sogar Hefte. Ich trat zu ihnen. »Aufräumen hatte ich gesagt. Und die Stühle hochstellen!«

Sie reagierten nicht.

Unter dem Tisch lagen mehrere Packungen von Süßigkeiten.

»Und den Müll aufheben.«

»Das war ich nicht«, protestierte Larissa.

Ich wollte wieder daran erinnern, dass jeder für seinen Platz zuständig war, da bemerkte ich, wie Omar, gefolgt von Felix, Simon und drei weiteren Jungen, an mir vorbeihuschte und die Tür öffnete. Ich hechtete ihnen nach. »Hey! Es sind noch zwei Minuten bis zum Schellen.«

»Die anderen Lehrer lassen uns auch immer eher raus!«, sagte er in anklagendem Ton.

Wahrscheinlich sagte er sogar die Wahrheit, aber streng genommen konnte das richtig Ärger geben, und zwar für mich. Deshalb blieb ich dabei: »Aber ich nicht!«

Er ging einfach an mir vorbei auf den Flur.

Ich folgte ihm nach draußen und stellte mich ihm in den Weg. Seine Freunde traten neben ihn, auch Simon. »Echt jetzt, nur Sie sind so streng!«

»Das sind die Schulregeln.«

Jetzt schellte es. Ich machte einen Satz zur Seite, als sich die Schüler durch den Flur drängten.

Endlich war der Letzte gegangen und ich kehrte noch einmal in den Raum zurück. Dort stand völlig vereinsamt Jan mit dem Besen in der Hand. Er war der Ordnungsdienst, aber eigentlich zusammen mit Felix. Doch der war schon weg.

Umso mehr hatte Jan ein Lob verdient. »Oh, gut, dass du daran gedacht hast. Und Felix muss nächste Stunde fegen.«

Ich ging zum Pult und machte mir eine Notiz in meinem Kalender. Dann packte ich meine Sachen zusammen, schloss die Fenster und räumte ein paar weitere Papierkugeln weg. Sogar Bücher lagen achtlos hingeworfen auf dem Boden. Ich hob ein Englischbuch auf, das aufgeschlagen dalag und bei dem die Ecken der oberen zwei Seiten herausgerissen waren. Und es waren bestimmt noch zehn Stühle nicht hochgestellt. Jan half mir dabei, das zu erledigen.

»Danke«, sagte ich.

Er nickte und ging. Von draußen hörte ich Geräusche und sah schon die Frau vom Putzdienst an der Klassenzimmertür.

Hastig griff ich nach meiner Tasche. »Ich bin gleich weg.«

Ich musste mich beeilen, bevor sie mich im wörtlichen Sinne rauskehrte.

Als ich gegen vierzehn Uhr ins Lehrerzimmer wankte, war niemand mehr da, der mich in meinem Frust trösten konnte. Und dann fiel mir mit Schrecken ein, dass ich auch noch Küchendienst hatte. Diese Aufgabe wurde alphabetisch eingeteilt und mit mir war Henriette Wolf an der Reihe. Aber Henriette hatte freitags frei, deshalb hatte ich ihr versprochen, mich um die Küche zu kümmern.

In der Spüle türmten sich die Kaffeetassen. Ich öffnete den Geschirrspüler, aber fand noch das saubere Geschirr darin. Ich räumte es schnell in die Schränke und stellte die schmutzigen Tassen in die Maschine. Meine Uhr zeigte schon zwanzig nach zwei. Ich beschloss, jetzt direkt zum Kindergarten zu fahren. Sophie war um die Zeit ohnehin das letzte Kind, das abgeholt wurde. Yvonne war heute glücklicherweise nach der Schule zu einer Freundin gegangen, aber auch von da musste ich sie noch abholen.

Als ich die Kinder eingesammelt hatte und dann um sechzehn Uhr mit Kochen und dem Aufräumen meiner eigenen Küche fertig war, setzte ich mich an den Schreibtisch. Ich brauchte einen Kaffee. Ich war völlig erledigt und hatte noch keinen Unterricht für die nächste Woche vorbereitet, keine Mitarbeitsnoten aufgeschrieben und auch sonst noch nichts für die Schule getan. Aber ich musste die Schülereltern von meinem Philo-Kurs unbedingt noch informieren, damit sie erzieherisch auf ihre Kinder einwirkten – wie die Standardformulierung lautete. Wenn ich jetzt nichts unternahm, würde das den Rest des Schuljahres so weitergehen.

Ich überlegte, ob ich die Eltern anrufen sollte. Mit unterdrückter Rufnummer war das auch von zuhause möglich. Aber ich war zu heiser und zu kaputt dafür. Nein, es war ohnehin besser, so etwas schriftlich festzuhalten, um diese Vorfälle in der Schülerakte zu haben. Damit wären auch die Klassenlehrer der 8 a und 8 b informiert – Gerd Gerting und Jennifer Felber. Ich schrieb also an die Eltern von Simon, Omar, Felix und Larissa.

Am Montag kam ich etwas früher und legte die Briefe in die Fächer von Gerd und Jennifer, denn die beiden mussten sie unterschreiben, ehe die Post abgeholt wurde. Dann ging ich ins Sekretariat und nahm mir die Ordner der 8 a und 8 b vor. Wie erwartet waren die Schülerakten von Simon, Felix und Omar prall gefüllt. Omar hatte schon eine Teilkonferenz hinter sich, weil er so gewalttätig war. Es hatte aber nicht viel gebracht. Da hatte Gerd noch Arbeit vor sich …

In der großen Pause suchte ich nach Gerd und Jennifer, um ihnen von der Philosophiestunde zu berichten. Aber im Lehrerzimmer waren sie beide nicht. Ich hatte keine Zeit, auf sie zu warten, denn ich musste auf den Schulhof und stellte schnell die Tasche auf meinem Platz ab. Als ich zur Tür lief, kam mir Jennifer entgegen.

Das war die Gelegenheit, sie kurz zu informieren.

»Jennifer!«

Sie blieb stehen. »Was gibt's?«

»Deine Schüler haben sich furchtbar aufgeführt, letzten Freitag bei mir in Philosophie. Vor allem Felix, Lukas und Larissa.«

Jennifer seufzte. »Ständig klagen die Kollegen über die drei.«

»Ich habe dir Elternbriefe ins Fach gelegt. Ich habe jetzt Aufsicht.«

»Alles klar.« Jennifer drehte sich um und holte die Briefe aus ihrem Fach.

Im Vorbeilaufen schnappte ich mir den Toilettenschlüssel und lief auf den Schulhof. Vor den Toiletten drängten sich schon die Schüler.

»Tut mir leid, ich schließe euch jetzt auf.«

Die Schüler hasteten an mir vorbei. Ich blieb einen Moment an der Eingangstür stehen, obwohl mir von dem Gestank übel wurde. Aber die Schulleitung hatte darauf hingewiesen, dass die Hofaufsicht die sanitären Einrichtungen im Blick behalten sollte, denn unbeaufsichtigt hatten die Schüler schon einmal die Flüssigseife und das Klopapier überall verteilt.

Doch nach einigen Augenblicken wandte ich mich ab und holte erst einmal Luft. Puh. Ich sah Gerd über den Hof marschieren. Mit seiner Körpergröße von fast zwei Metern, dem weißen Hemd und der roten Krawatte fiel er sofort auf. Vermutlich trug er diese Business-Kleidung, weil er es von seinem vorherigen Job so gewohnt war. Jennifer hatte mir erzählt, dass er bis vor einigen Jahren in einem Forschungsinstitut gearbeitet hatte und erst mit Ende vierzig als Quereinsteiger Lehrer geworden war.

Während er mit ausholenden Schritten über den Schulhof marschierte, schaute er nach links und rechts und hatte anscheinend alles im Blick. Ein Stück weiter schlenderten Simon und Omar vorbei. Kollege Gerd war dicht hinter ihnen, so als ob er ihnen folgen würde.

Ich lief zu ihm hinüber, um ihn über die Philosophiestunde zu informieren. »Gerd?«

Er warf mir einen fragenden Blick zu.

»Simon und Omar haben am Freitag meinen Unterricht gesprengt.«

»Was genau ist denn passiert?«

Ich fasste zusammen, was in der Stunde gelaufen war, und fügte hinzu: »Jennifers Schüler übrigens auch. Ich habe jetzt Elternbriefe geschrieben.«

»Simon und Omar sind wirklich schwierig.« Er deutete nach vorn. »Deshalb bin ich gerade der pädagogische Kaugummi.«[2]

»Was?« Das hatte ich noch nie gehört.

Er setzte eine ernste Miene auf. »Wenn die Schüler die Regeln nicht einhalten, klebe ich an ihnen wie ein Kaugummi unter der Schuhsohle.«

Ich merkte, dass mir der Mund offen stand. Sicherlich war es für die Schüler sehr unangenehm, wenn eine Lehrperson ihnen buchstäblich auf den Fersen war.

»Und wie sind die bei dir im Unterricht?«

»Da trauen die sich nicht«, erwiderte er leichthin.

»Nicht?« Ich konnte mir das bei einer pubertierenden achten Klasse kaum vorstellen. Oder lag es an seiner Körpergröße? Er überragte auch den größten Schüler …

»Frau Wollnau«, sprach mich jetzt Merve von der Seite an. »Können Sie mir die Deutschhausaufgaben noch einmal erklären? Ich habe sie nicht verstanden.«

Mehrere Mädchen aus meiner Klasse umringten mich und während ich ihre Fragen beantwortete, beobachtete ich, wie Simon und Omar weiter über den Schulhof schlichen. Sie warfen Gerd verstohlene Blicke zu, der tatsächlich wie ein Kaugummi an ihnen klebte und gleichzeitig so tat, als würde er seine Aufmerksamkeit auf den gesamten Schulhof richten. Eine blöde Methode. Aber sie funktionierte.

*

In der letzten Septemberwoche stand die Klassenfahrt an. Ich ging noch kurz ins Lehrerzimmer. Auf dem Tisch an meinem Platz lag ein

Brief. Ich öffnete ihn und fand eine Seite getippten Text von Simons Eltern vor.

»Die Lehrerin war offensichtlich mit der Situation überfordert«, schrieben sie. »Warum darf denn unser Sohn auf einmal nicht mehr lachen? Wir fordern die Schule auf, die ausgesprochene Verwarnung wieder zurückzunehmen!«

Was soll das denn? So kommen wir nicht weiter, dachte ich. Die Eltern waren in der Stunde nicht dabei gewesen. Wenn sie jetzt das Fehlverhalten ihres Sohnes noch unterstützten, würde sich nichts ändern. Aber was regte ich mich auf? Ich hatte einfach nur meinen Job erledigt, und zwar so gut es angesichts dieser Umstände möglich war.

Und jetzt brauchte ich Mut und Zuversicht und keinen Elternbrief, der mich nur runterzog. Selbstzweifel konnte ich gerade gar nicht gebrauchen. Ich hatte ohnehin ein wenig Sorge, weil es meine erste Klassenfahrt als Lehrerin war. Vor der Elternzeit hatte ich zwar noch eine Fahrt geplant, aber bevor sie stattfand, war ich in Mutterschutz gegangen. An der neuen Schule schwieg ich lieber darüber. Es war nicht immer so klug, vermeintliche Defizite im Lehrerzimmer auszubreiten. Das hatte ich schon an meiner alten Schule so erlebt. Besser war es, mit Leuten zu sprechen, denen man vertraute.

Dennis schaute mich fragend an.

Ich seufzte tief. »Ach, mein Philosophie-Kurs!« Demonstrativ legte ich den Brief zur Seite. »Das ist mir zu blöd!«

Dennis war ein Kollege, den ich für vertrauenswürdig hielt, aber wenn ich dieser Sache jetzt Raum gab, würde sie noch schwerwiegender werden. Und ich wollte mich auf die vor mir liegende Aufgabe konzentrieren. Deshalb drehte ich mich auf dem Absatz um und eilte zur Bushaltestelle, wo meine Klasse wartete.

Drei Tage in Haltern am See. Meine Vorgängerin Carla Tarinov hatte die Klassenfahrt gebucht und komplett vorbereitet, ehe sie in Elternzeit gegangen war. Das ersparte mir all die Planungen, den Elternabend und das Kontrollieren der Zahlungseingänge.

Ich musste mich allerdings um eine Betreuung für meine eigenen Kinder kümmern. Sebastian konnte gerade diese Woche nicht freinehmen. Also bat ich meine Eltern, aus der Ferne anzureisen und die Tage bei uns zu wohnen. Denn auch als Teilzeitkraft wurde von mir der gleiche zeitliche Einsatz verlangt wie von einer Vollzeitkraft, allerdings für das halbe Gehalt. Ich hatte Monika nach einem Ausgleich gefragt und sie hatte geantwortet: »Theoretisch hast du die Möglichkeit, die Zahl der Klassenfahrten zu reduzieren.« Sie hatte mich nachdenklich angesehen. »Aber das hat bei uns noch niemand so gemacht.«

Ein weiteres Problem war, dass mir auf der Fahrt ein männlicher Lehrer fehlte. Ich hatte überlegt, Erik zu fragen. Der große blonde Kollege war mir sympathisch und er unterrichtete Mathe in meiner Klasse. Doch meine Kollegin Beate war schneller gewesen und hatte ihn zuerst gefragt. Und so fuhr er offiziell für die Parallelklasse, die 6 b, mit. Beate und ich mussten uns den einzigen männlichen Lehrer quasi teilen, aber mehr Kollegen standen nicht zur Verfügung. Und ich war ja selbst noch nicht bei jemandem mitgefahren, der mir jetzt wiederum diesen Gefallen erweisen würde. Also sagte ich mir: Das wird schon gehen.

Wir stiegen in den Bus. Das Wetter war gut und die Stimmung ebenfalls. Nachdem wir in der Jugendherberge unsere Zimmer bezogen hatten, versammelten wir uns im Aufenthaltsraum. Ich folgte dem Beispiel von Beate und Erik und rief meine Klasse dort zusammen, um einige Regeln zu besprechen, bevor wir dann zum Stausee aufbrachen.

Beim Tretbootfahren hatten wir Spaß. Es ging sportlich weiter: Im Kletterwald bewiesen alle Geschick.

Am späten Nachmittag führten wir mit den Schülern eine Stadtrallye in der Halterner Altstadt durch. Danach durften die Schüler in Kleingruppen die Stadt erkunden, während Erik, Beate und ich uns ins Eiscafé setzten. Lisa und Merve schlenderten mit einem Eis in der Hand an uns vorbei und winkten uns zu. Die Klassenfahrt ist ja sogar recht schön, stellte ich überrascht fest.

Bei den kooperativen Spielen am Abend fielen Anna und Jonas als gutes Team auf. Man sagt zu Recht, dass Klassenfahrten die Klassengemeinschaft stärken.

Vermutlich waren meine Schüler nach so viel Programm müde, denn sie gaben gegen Mitternacht Ruhe.

Stattdessen lärmten die Schüler der anderen Schulen bis tief in die Nacht im Gebäude herum. Deren Lehrer saßen auf Bänken in den Fluren und hielten Wache. Ich war froh, dass wir von der Wolkenheimer Schule uns gegen Mitternacht ins eigene Zimmer verabschieden konnten.

Am nächsten Morgen hörte ich schon vor sieben Uhr Lärm aus dem Jungenzimmer. Ich streckte den Kopf aus dem Fenster und erblickte Can, der ebenfalls hinaussah und zu mir rüberrief: »Dürfen wir raus, Fußball spielen?«

Das Wetter war warm und sonnig und der Kunstrasenplatz direkt vorm Haus. »Ja, seid nur pünktlich um acht im Frühstücksraum!«

Zu meinem Erstaunen füllte sich der Fußballplatz wirklich um diese frühe Uhrzeit mit einigen Kindern aus meiner Klasse, aber auch mit denen von anderen Schulen. Ich sah Can, Yusuf, Silas und Kaan. Und auf dem Beachvolleyballfeld entdeckte ich zwischen fremden Mädchen Lena, Fatma, Emilia, Ecrin, Merve und Carolin.

An dem Tag stand ein Ausflug zum Ketteler Hof auf dem Programm. Die Schüler verteilten sich je nach Interesse am See mit den Flößen, in der Warteschlange zur Wasserrutschbahn oder bei den Wildgehegen. Wir Lehrer konnten uns eine Pause auf einer schattigen Bank beim Eiskiosk gönnen. Am Nachmittag machten wir noch einen Abstecher ins Römermuseum.

Nach dem Grillabend auf dem Platz vor der Jugendherberge unternahmen wir eine Nachtwanderung durch die Westruper Heide. Hier leuchtete Yusuf uns mit seinem Handy den Weg, gefolgt von begeisterten Fährtensuchern wie Silas, Kaan, Tarek und Can. Und Carolin, Anna, Fatma und Ecrin filmten sich selbst in gruseliger Umgebung.

Auch die zweite Nacht war von unseren Schülern glücklicherweise nicht viel zu hören, nur gegen Mitternacht klopfte Tim bei mir an die Tür. Mit hochrotem Kopf, er hatte offensichtlich einen Sonnenbrand.

»Das ist mir auch mal passiert«, versuchte ich, ihn zu beruhigen. »Vielleicht hat jemand eine Après-Lotion dabei. Ansonsten hilft kaltes Wasser. Und morgen ist es dann schon besser.«

Am nächsten Morgen klagte er zumindest nicht mehr.

Wir stiegen gleich nach dem Frühstück in den Bus. Ich durchquerte den Mittelgang und zählte meine Schüler. Erleichtert stellte ich fest, dass meine Klasse vollzählig war. Alle waren da, mit Ausnahme von Nele. Sie war am Montagmorgen von ihren Eltern krankgemeldet worden und zuhause geblieben.

Als wir an der Wolkenheimer Schule ankamen, warteten dort schon die Eltern, um ihre Kinder abzuholen. Mir fiel auf, dass Carolins Mutter aufgeregt auf dem Schulparkplatz auf und ab lief. »Wo ist Carolin?«

Ich sah mich um. »Sie war im Bus.«

Gerade tauchte sie hinter der Ecke des Schulgebäudes auf und lief auf uns zu. »Mein Reißverschluss vom Rucksack ist aufgegangen«, erklärte sie, bevor sie ihrer Mutter in die Arme fiel.

Ich wandte mich ab und sah Lisa, die mit dem Handy in der Hand auf mich zukam. »Meine Mutter wollte mich abholen, aber sie hatte einen Auffahrunfall und weiß nicht, wann sie es schafft!«

Ich seufzte innerlich und bemerkte ein wenig neidisch, wie Beate sich mit den Worten »Bis morgen dann!« verabschiedete. Bei ihrer Klasse gab es offensichtlich keine Schüler, die nicht abgeholt wurden. Auch Erik ging, er war ja ohnehin nur die Begleitung. Aber Lisa sah mich so hilfesuchend an, dass ich sagte: »Okay, ich warte mit dir. Ich hoffe, es ist nichts Schlimmes passiert.«

»Nein, es war nur ein Fahrradfahrer und das Auto hat eine kleine Beule.«

Wir warteten. Ich stützte mich auf meinem Rollkoffer ab, Lisa setzte sich auf der Grasfläche vor der Schule auf den Boden. Eine Viertelstunde später fuhr Frau Wernicke mit dem Auto vor. Sie nickte mir zu. »Danke, dass Sie noch gewartet haben!«

Als die beiden weg waren, warf ich einen Blick auf mein Handy. Laut der Uhrzeit war mein Bus vor zwei Minuten abgefahren und der nächste kam erst fünfundvierzig Minuten später. Sonst fuhr ich ja immer mit dem Auto zur Schule, aber ich hatte es nicht tagelang auf dem Schulparkplatz stehen lassen wollen. Ich zog mit meinem Rollkoffer zur nächsten Bäckerei und gönnte mir einen Kaffee und ein Teilchen.

Am Tag nach der Klassenfahrt kam Herr Bitt im Lehrerzimmer auf mich zu. Ich dachte erst, es ginge um die Klassenfahrt, aber er sprach von meinem Philosophiekurs und reichte mir einen Zettel mit zwei Schülerlisten, eine mit sechzehn und eine mit siebzehn Schülern. »Der

Kurs wird halbiert«, erklärte er. »Jede Gruppe hat nur noch eine Stunde Philosophie pro Woche.«

Mit großen Augen starrte ich auf die zwei Listen. »Oh, vielen Dank.« Und die beiden Philosophiestunden lagen jetzt in der ersten Stunde. Ich lächelte dankbar. Das war wie ein Wunder.

In der Woche nach der Klassenfahrt stellte Erik die Fotos auf die Schulhomepage. Er hatte die drei Tage mit seiner Kamera dokumentiert. Carolin und Jonas schrieben einen kurzen Bericht über die Fahrt. Es hatte allen offensichtlich sehr gefallen.

Hoffentlich sehen die Eltern aus meinem Achter-Philosophiekurs die Bilder auf der Homepage, dachte ich. Diejenigen, die behaupteten, ich wäre überfordert. Denn Lehrer-Sein war mehr als freitags in der sechsten Stunde den Dompteur zu spielen.

In Gedanken klopfte ich mir selbst auf die Schulter. Meine erste Klassenfahrt als Lehrerin war so gut gelaufen. Umso mehr hoffte ich auf eine positive Resonanz von der Schulleitung, den Kollegen oder den Eltern. Aber im allgemeinen Alltagsgeschäft kam es nicht mehr dazu.

Ich druckte mir die schönsten Fotos aus und legte sie in meinen Sammelordner.

KAPITEL 2 – EINE KOLLEGIN IN NOT

Nach den Herbstferien wurden die Tage dunkler. Wenn ich morgens durch die Hauptstraße mit der Baumallee fuhr, war es noch dämmrig. Im Lehrerzimmer erhellte dafür grelles Neonlicht den Raum. Ich kniff geblendet die Augen zusammen und tappte zum Schwarzen Brett, wo die Kollegen sich wie jeden Montagmorgen drängten. Jetzt musste ich aus dem Haufen von angepinnten Zetteln nur noch die wichtigen von den unwichtigen unterscheiden.

»Hast du es gesehen? Deine Klasse ist mit dem Hofdienst dran.«

Neben mir stand Birgit. Sie wirkte abgehetzt, vielleicht lag das an ihrem immer geröteten Gesicht oder an den Sorgenfalten auf ihrer Stirn.

»Danke«, murmelte ich und wandte mich wieder dem Zettelchaos zu. Ganz oben rechts in der Ecke entdeckte ich den gesuchten Hinweis. Hofdienst, Klasse 6 c. In der Woche vom 31.10. – 04.11.2016. Wir waren wirklich diese Woche dran. Jetzt hatte ich das nur etwas spät gesehen.

»Oh je, da muss ich gleich heute meine Klasse in Gruppen einteilen!«

»Ich hatte den Zettel zuerst auch übersehen«, sagte Birgit.

In der zweiten großen Pause traf ich sie auf dem Weg zum Lehrerzimmer im Flur. Sie hielt den Kopf gesenkt und trug über jeder Schulter eine vollgepackte Tasche. Wie viele Sachen schleppte sie da eigentlich?

Ich hatte das Gefühl, ihr etwas Freundliches sagen zu müssen: »Danke nochmal. Ich habe meine Klasse jetzt eingeteilt.«

»Freut mich.« Birgit blickte kurz auf, dann schaute sie wieder auf den Boden.

Ich konnte mir die Frage nicht mehr verkneifen. »Ist alles in Ordnung bei dir?«

»Ach, die Eltern meiner Schüler haben sich beschwert, weil die Englischarbeit in meiner Klasse so schlecht ausgefallen ist.« Birgit machte ein paar Schritte zum Seitenausgang hin und ich folgte ihr. Es schellte gerade zur Pause. Die Klassenzimmertüren sprangen auf und die Schüler stürzten hinaus. Plötzlich war ohrenbetäubender Lärm. Wir wichen zur Seite aus und drückten uns an die Wand, während die Schüler durch den Hauptgang hinaus auf den Pausenhof rannten. Birgit verzog das Gesicht. »Ich habe bereits Tinnitus.«

»Oh je.« Fast hätte ich gesagt: *Dann ist das nicht der richtige Ort für dich. Sieh zu, dass du hier wegkommst.* Stattdessen fragte ich: »Was für einen Durchschnitt hatte denn deine Klasse in der Englischarbeit?«

»Vier Komma Eins«, antwortete sie gepresst. »Ich habe ja die Klasse jetzt auch erst neu bekommen. Die hören im Englischunterricht nicht zu und stören ständig, statt ihre Aufgaben zu machen. Fast die Hälfte der Schüler hatte in der Grundschule eigentlich eine Hauptschulempfehlung!«

Mir war auch aufgefallen, dass die Schüler recht leistungsschwach waren. Trotzdem fragte ich ein wenig ungläubig nach: »Die Hälfte hat eine Hauptschulempfehlung?«

»Ja. Oder eine eingeschränkte Realschulempfehlung. Früher« – sie unterbrach sich und sah mich geradezu verschwörerisch an – »früher hatten die Schüler ein viel höheres Niveau. Ich bin immer wieder geschockt, wie sehr sich das in den Jahren zum Negativen verändert hat.«
»Wie lange warst du denn beurlaubt?«

»Zehn Jahre.«

»So lange bin ich noch gar nicht im Dienst, aber ich glaube dir.«

»Ich wollte eigentlich gar nicht zurück in den Schuldienst«, gestand sie mir plötzlich.

»Nicht?« Das überraschte mich trotzdem. »Warum bist du dann zurückgekehrt?«

»Wegen der Pension.«

Ich runzelte die Stirn. »Du meinst, wenn du kündigst und den Beruf wechselst, verlierst du deine Pension?«

»Ja, dann wird man in der gesetzlichen Rentenversicherung nachversichert und erhält nur noch die Hälfte …« Sie brach ab. »Mir graut vor der Doppelstunde gleich in der 7 c.«

Die galt als die schlimmste Klasse. Birgit hatte mein vollstes Mitgefühl.

Ich dachte daran, wie die Schulleiterin mir in der 9 a mit ihrem Eingreifen geholfen hatte. »Dann schick die Störer zu Frau Dahoff.«

Birgit runzelte die Stirn. »Ich weiß, dass du das so gelöst hast.«

»Woher weißt du das?« Sprach sich das so schnell herum?

»Von Jennifer«, erwiderte Birgit. »Aber ich will nicht, dass die Kollegen über mich reden.«

»Ich verstehe.« Auch ich hatte immer ein ungutes Gefühl, wenn ich Schüler zu Kollegen schickte, und machte das deshalb nur im absoluten Notfall und nach vorheriger Absprache.

»Dann schick die Schüler zu mir«, bot ich ihr an.

Vielleicht konnten wir eine Absprache treffen.

»Danke, das ist nett. Ich muss noch eben ins Lehrerzimmer.«

Ich sah Birgit nach, wie sie mit ihren schweren Taschen zum Lehrerzimmer schlurfte, und hechtete selbst noch schnell auf die Toilette. Es schellte gerade zum ersten Mal. In zwei Minuten war die Pause zu Ende, daher lohnte es sich nicht mehr, noch ins Lehrerzimmer zu gehen.

Ich beschloss, Birgit ermutigend zur Seite zu stehen. Aber am nächsten Tag war sie krankgeschrieben. Mir kam der Gedanke, sie zuhause anzurufen. Die Nummer stand ja auf der Adressliste des Kollegiums. Doch wir kannten uns nicht so gut, daher ließ ich es.

Immer wenn ich in Birgits Klasse unterrichtete, war ich froh und dankbar, dass es bei mir lief, auch in meiner eigenen Klasse. Allerdings hatten meine Schüler Probleme mit dem Deutschbuch, weil die Texte und Aufgaben für sie zu schwer waren. Vor allem für Merve, Fatma, Ecrin, Silas, Kaan und Tarek – also für die Schüler, die erst seit einigen Jahren in Deutschland waren. Ich musste ihnen zum Beispiel erklären, was »Der Bach plätschert« bedeutet. Diese Vokabeln gehörten nicht zu ihrem Wortschatz und ein Satz wie »Der Fluss fließt« wäre für sie eher verständlich gewesen. Auch die starken Verben im Präteritum stellten für viele eine Hürde dar. Oft las ich in Schülertexten dann Verbformen wie »denkte« und »schlagte«.

Aber auch Lisa, Anna, Lena, Nele und Julius, Fynn, Linus und Mathias brauchten kleinschrittige Erklärungen und vor allem viel Übung und Wiederholung.

Also fing ich an, selbst Übungsaufgaben zu konzipieren, um die Aufgaben im Buch zu vertiefen. Sehr bald saß ich jeden Abend am Schreibtisch, um Extra-Arbeitsblätter mit Erklärungen und vereinfachten Übungen zu erstellen. Ich wollte, dass die Schüler den Lernstoff verstehen konnten, und zwar alle.

Ich vergaß dann abends die Zeit und wurde von Sebastians Frage aus der Arbeit gerissen: »Es ist halb neun! Warum sitzt du denn noch immer am Schreibtisch?«

Ich machte eine hilflose Geste. »Ich muss für meine Schüler Arbeitsblätter erstellen. Das Deutschbuch ist viel zu schwer!«

Wenigstens waren die Kinder schon im Bett.

»Zu schwer?«, fragte er nachdenklich. »Ja, stimmt wohl, nachdem die Hauptschulen in der Stadt geschlossen wurden.«

»So ist es. Diese Schüler sind jetzt alle bei uns!«

»Dann nimm doch einfach die Hauptschulausgabe von eurem Deutschbuch!«

Die Idee war gar nicht so schlecht. Ich könnte differenzierten Unterricht planen – und Texte aus dem Realschulbuch für die leistungsstärkeren Schüler nehmen und Texte aus dem Hauptschulbuch für die anderen. Zwar gab es in dem Buch bereits differenzierte Aufgaben, aber eher nach unterschiedlichen Leistungsniveaus und weniger für Deutschlernende.

Gleich am nächsten Tag fragte ich die ältere Kollegin, Frau Stiller, die – soweit ich wusste – die Fachvorsitzende in Deutsch war.

»Nein, das geht nicht!«, erwiderte sie entschieden. »Wir sind eine Realschule, da dürfen wir keine Hauptschulbücher verwenden!«

»Aber unser Deutschbuch ist zu schwer für unsere Schüler.«

Denise, die auf ihrem Platz im Lehrerzimmer saß, hatte mitgehört. »Dann ist das eben so!«

Sie war schon länger im Dienst. Ich schätzte sie auf Ende fünfzig, auch wenn sie keinerlei graue Strähnen im braunen Haar hatte, das ihr stufig über die Schultern fiel. Der leichte Rotstich verriet, dass sie die Haare gefärbt hatte. Jedenfalls gehörte sie zu den Älteren im Kollegium. Vielleicht ist man nach so vielen Berufsjahren dann desillusioniert, dachte ich. Aber so weit war ich noch nicht.

»Mir tun die Schüler leid«, widersprach ich in einem letzten Versuch. »Sie sind überfordert, da ist es doch kein Wunder, dass sie den Unterricht stören!«

»Dann hefte wenigstens alles gut ab«, meinte Ralf, der mitgehört hatte. Er wirkte mit seinem Dreitagebart, dem karierten Flanellhemd und der ausgeblichenen Jeans ohnehin immer locker. Irgendwie hatte er eine beruhigende Wirkung auf mich.

»Mach ich!«

Mein Ordner zuhause füllte sich entsprechend schnell mit den selbst erstellten Materialien, die ich vor dem Unterricht dann kopieren musste.

*

»Wieder in Eile?«, begrüßte mich Monika an einem solchen Morgen von ihrem Platz aus und schüttelte den Kopf, sodass ihre grünen Ohrringe klimperten.

Ich war zur ersten großen Pause gekommen, rannte durchs Lehrerzimmer, packte schnell meine Sachen aus und lief zum Kopierer. Dort drängte sich eine Schlange von fünf Kollegen. Ich sah nervös auf die Uhr. Noch zehn Minuten bis zum Unterrichtsbeginn. Als ich mit einem Stapel Kopien ins Lehrerzimmer zurückkehrte, schellte es gerade.

Denise, die neben Monika saß und gemütlich ihren Kaffee trank, sah durch ihre Brillengläser zu mir hoch. »So war ich früher auch. Immer in Eile.«

Sie war jetzt schon die zweite Kollegin, die das an diesem Morgen zu mir sagte. Ich konnte nichts daran ändern, dass es eben so war, außer mir wäre die Arbeit gleichgültig. Ich ignorierte ihre Bemerkung und hastete in meinen Unterricht. Ich hatte eine Gruselgeschichte herausgesucht, die die Schüler hoffentlich auch spannend finden würden. Sie sollten in Partnerarbeit mit ihrem Banknachbarn die Verben im Präteritum heraussuchen, um dann anschließend mit zehn dieser Verben selbst eine Gruselgeschichte zu schreiben. Lisa las gerade ihre Liste vor »… schlich, blickte, schlug …«, als plötzlich mein Handy vibrierte.

Ich wollte den Anruf ablehnen, aber da sah ich, dass es die KiTa war. Oh nein. Womöglich war doch etwas mit Sophie. Heute Morgen hatte sie schon über Bauchschmerzen geklagt. Aber Sebastian konnte nicht zuhause bleiben und ich wollte auch nur ungern fehlen. Trotzdem hatte ich schon das Handy in der Hand gehabt, um die Schule anzurufen, als Sophie dann doch noch gefrühstückt hatte. Ich hatte gehofft, dass alles in Ordnung wäre. Aber wenn jetzt die KiTa anrief, war das sicherlich nicht so. Ich starrte auf das Display, auf dem der Anruf immer noch angezeigt wurde. Mir brach der Schweiß aus. Eigentlich durfte ich im Unterricht keine privaten Telefonate führen, aber ich entschied, es jetzt trotzdem zu tun. Es ging schließlich um mein Kind.

»Entschuldigt mich kurz, das ist wichtig«, sagte ich zur Klasse, die auf einmal wie gebannt zu mir herüberschaute und mucksmäuschenstill war. Lisa hatte aufgehört zu lesen.

Ich ging ein paar Schritte zur Seite und nahm den Anruf an. »Ja, Wollnau hier.«

Gleichzeitig ratterten meine Gedanken. Wenn Sophie krank war … das ging nicht, ich hatte doch noch drei Unterrichtsstunden vor mir.

»Hier ist Frau Schneider von der Kinderoase«, hörte ich aus dem allgemeinen Hintergrundlärm in der KiTa heraus. »Sie müssen Sophie bitte sofort abholen. Sie hat sich hier schon zweimal auf dem Spieleteppich übergeben und klagt über starke Bauchschmerzen.«

Im Hintergrund brüllte ein Kind, das ich als meines erkannte. Es ging mir durch Mark und Bein. »Ich bin auf der Arbeit«, sagte ich gepresst. »Aber ich komme so schnell wie möglich.«

»Oh, ist Ihre Tochter krank?«, fragte Carolin.

»Ja, die KiTa hat angerufen, ich muss sie abholen.« Can grinste. »Dann haben wir jetzt frei?«

»Ich organisiere euch eine Vertretung«, sagte ich geistesabwesend, während meine Gedanken um mein Betreuungsproblem kreisten. Sebastian konnte nicht kommen. Er war für zwei Tage bei einem Kunden in Süddeutschland. Die Großeltern waren zu weit weg. Die Nachbarn kannte ich noch nicht gut genug, weil wir erst seit einem Jahr in der Gegend wohnten. Außerdem arbeiteten die meisten. Es gab in der Nachbarschaft zwar eine junge Mutter, die vielleicht zuhause war, aber mein Kind in diesem Zustand sicher nicht betreuen wollte. Ich hatte keine Wahl, ich musste einen Vertretungslehrer organisieren.

Ich stellte meine Tasche auf das Pult und packte zusammen.

»Gehen Sie jetzt?«, fragte Yusuf. Seine Augen blitzten.

»Ja, ich muss.« Ich schluckte. »Ich schicke euch gleich einen anderen Lehrer. Und ihr schreibt eine eigene Gruselgeschichte. Bedingung ist, dass ihr zehn Verben aus eurer Liste darin verwendet, gerne mehr. Und denkt an die Merkmale von gruseligen Geschichten. Wir besprechen eure Texte dann morgen.«

Dann wandte ich mich an die beiden Klassensprecher.

»Carolin und Jonas, habt bitte ein Auge auf die Klasse.«

Ich verließ den Klassenraum und hörte, wie sogleich der Lärm anschwoll. Ich rannte zum Lehrerzimmer. Dort fand ich Gerd vor, der gerade den Ordner mit den Schülerakten durchging.

Ich stellte mich vor ihn. »Gerd«, sprach ich ihn an, und noch bevor er mich ansah, begann ich, ihm atemlos mein Problem zu schildern, und schloss mit den Worten: »Du hast doch gerade eine Freistunde, kannst du bitte für den Rest der Stunde in meine Klasse gehen?«

Er blickte auf die Wanduhr im Lehrerzimmer. Es waren noch dreißig Minuten. »Das ist gerade schlecht, ich muss gleich Elternanrufe erledigen. Unter anderem bei Simon und Omar.« Er sagte das in einem Tonfall, als wollte er ausdrücken, dass das ja auch in meinem Sinne sei.

Ich seufzte und sah mich um. »Dann frage ich Herrn Bitt«, murmelte ich und machte mich auf den Weg zu seinem Büro. Hoffentlich war er da. Ansonsten musste ich zu Frau Dahoff, aber ich würde sie nur ungern stören.

Herr Bitt war nicht in seinem Büro. Jetzt blieb mir nichts anderes mehr übrig. Ich musste die Schulleiterin über mein Problem informieren. Doch vor ihrer Tür hörte ich ihre Stimme, es klang, als würde sie telefonieren.

Ich hob die Hand, um trotzdem zu klopfen, da sah ich aus dem Augenwinkel jemanden mit grünem Wollpullover über den Flur huschen. Es war Monika. Ich eilte ihr nach.

»Monika!«, rief ich und erklärte ihr, warum ich gehen musste. »Kannst du vielleicht nach meiner Klasse sehen?«

»Tut mir leid, ich habe selbst Unterricht, ich wollte nur etwas aus dem Lehrerzimmer holen. Frag die Kollegen in den Nachbarklassen. Und du musst die Schulleitung informieren!«

Das war mir klar. Ich musste auf jeden Fall mit Herrn Bitt sprechen, damit er mich für die nächsten drei Stunden ausplante. Aber meine Klasse brauchte als Erstes eine Vertretungslehrkraft. Mir war nicht wohl dabei, die Schüler unbeaufsichtigt zu lassen. Mittlerweile war ich schweißgebadet.

Ich rannte zurück zu meinem Klassenraum. Von drinnen hörte ich Stimmengewirr, aber es war nicht allzu laut. Daher verzichtete ich darauf, die Tür zu öffnen. Stattdessen klopfte ich an der Nachbartür und schaute in den Raum. Dort unterrichtete gerade Denise. Ich sah aufgeschlagene Politikbücher auf den Tischen der Schüler.

Denise nahm die Brille ab und sah mich fragend an. »Warum ist es bei dir so laut?«

Ich winkte ab. Das war gerade meine geringste Sorge. Auch ihr erzählte ich von meinem Problem.

Sie deutete auf ihr Knie. »Ich kann aber nicht schnell laufen. Ich habe starke Schmerzen. Also mehr als einmal nach der Klasse schauen kann ich nicht.«

In meiner Verzweiflung blickte ich auf die Zehntklässler, die dort saßen. Einige beobachteten uns interessiert.

»Könntest du vielleicht zwei von deinen Schülern rüberschicken?«

Sofort meldeten sich mindestens zehn Schüler. »Ich will!« – »Ich!«, riefen gleich welche.

»Gut«, sagte Denise. Sie hob die Hand. »Ali, du und vielleicht noch ein Mädchen – Tamara. Ihr geht rüber und schaut, dass die Sechstklässler ihre Aufgaben machen.«

Die beiden sprangen so schnell auf, dass sie noch vor mir aus der Tür waren. Und das, obwohl ich mich jetzt auch beeilte. Doch im Flur fiel mir wieder Herr Bitt ein. Fast wäre ich einfach so gegangen!

Ich nahm mein Handy, scrollte durch die Stundenpläne und schaute nach, wo er gerade Unterricht hatte. Laut der App war er im Informatikraum am anderen Ende des Gebäudes. Ich rannte dort hinüber. Vor der Tür war es so leise, dass ich schon befürchtete, er wäre nicht da. Aber als ich die Tür öffnete, fand ich ruhig arbeitende Schüler an den Schulrechnern vor. Der Raum war abgedunkelt, sodass ich zweimal hinschauen musste, bis ich Herrn Bitt zwischen den Schülern entdeckte.

»Entschuldigung!« Als er aufsah, schilderte ich wieder mein Problem.

»Frau Krehmer und ihre Zehner haben die Klasse im Blick«, versicherte ich ihm. »Danach hätte ich noch drei Stunden.«

»Das ist wirklich ungünstig«, meinte Herr Bitt. »Aber gut, ich werde Vertretung organisieren.«

Wahrscheinlich würde das so auf die Schnelle auch nur über die gleichzeitige Beaufsichtigung zweier Klassen parallel möglich sein, aber das war jetzt nicht mehr mein Problem. Ich taumelte aus der Schule und fuhr zur KiTa. Sophie übergab sich im Auto noch ein weiteres Mal. Zuhause kümmerte ich mich um mein krankes Kind. Als Sophie endlich eingeschlafen war, putzte ich mein Auto und rief die Grundschule an, damit die Erzieherin in der Ganztagsbetreuung Yvonne heute ausnahmsweise einmal allein nach Hause gehen ließ.

Dann sank ich aufs Sofa. Mir war schlecht, und ich wusste nicht, ob ich mich auch angesteckt hatte oder ob es nur daran lag, dass ich seit morgens um halb sieben nichts mehr gegessen hatte. Aber ich rappelte mich gleich wieder auf. Wenigstens konnte ich frei entscheiden, wann ich meinen Unterricht vorbereiten wollte – jetzt oder heute Abend. Aber als ich vor meinen Büchern und Notizen saß, schweiften meine Gedanken immer wieder ab. Ich holte mir wenigstens ein belegtes Brötchen. Dann bereitete ich auf die Schnelle das Nötigste für den nächsten Schultag vor.

Ich steckte mich dann doch noch bei Sophie an und fehlte den Rest der Woche, aber so konnte ich wenigstens weitere Arbeitsblätter erstellen, diesmal für den Lesewettbewerb, der im November stattfinden sollte. Ich suchte mir Tipps zum Vorlesen aus dem Internet heraus und stellte alles in einer Übersicht zusammen.

In der darauffolgenden Deutschstunde forderte ich meine Sechstklässler auf, sich zu überlegen, wer bei dem Wettbewerb mitmachen wollte. Diese Kandidaten sollten ihr Lieblingsbuch in die Schule mitbringen. Zehn Schüler stellten sich zur Auswahl. Die Klasse bildete die Jury und wir entschieden, dass Tim der beste Vorleser war.

Eine Woche später fand in der Schulaula ein Wettkampf zwischen Tim und den Gewinnerinnen der Nachbarklassen statt – Emily aus Beates Klasse und Mia aus Frau Beckers Klasse. Zu meiner Freude kam mein Schüler Tim weiter und vertrat die Wolkenheimer Realschule in der nächsten Runde gegen die Sieger der Gesamtschule und des Gymnasiums. In diesem Wettbewerb erhielt er »nur« den zweiten Platz. Er war ein wenig enttäuscht. Die Schülerin vom Gymnasium hatte quasi geschauspielert, sie hatte so laut und gefühlvoll vorgelesen, als stünde sie auf einer Bühne, und das war es offensichtlich, was die Jury haben wollte. Dabei fand ich, dass man Tim gerade aufgrund seines ruhigeren Vortrags besser folgen konnte. »Du hast wirklich gut gelesen«, lobte ich ihn deshalb.

Ich fragte Erik, ob er die Fotos von Tim auf die Schulhomepage setzen würde. Sogar im Stadtteilanzeiger erschien ein kurzer Bericht über den Lesewettbewerb der Schulen. Und immerhin war mein Schüler einer der Teilnehmenden gewesen. Ich hoffte auf irgendeine Reaktion der Kollegen oder der Schulleitung, aber als ich am nächsten Morgen zur ersten großen Pause ins Lehrerzimmer kam, war es erstaunlich ruhig dort. Eine Gruppe von Kollegen hatte sich um Monika und Herrn Bitt versammelt.

»... im Wolkenheimer Krankenhaus. ... Wissen die noch nicht«, hörte ich Monikas Stimme.

Offensichtlich war etwas Schlimmes passiert. Mein Blick fiel auf den Vertretungsplan, der sich von oben nach unten über den Bildschirm schob. Frau Dahoff stand dort als fehlend. Ich erschrak. Was war da los? Ich sah Erik und fragte ihn: »Ist was mit Frau Dahoff?«

Er schüttelte den Kopf. »Nein, mit ihrem Mann. Gestern Abend ist ihm ein Motorradfahrer reingefahren. Mit 80 in einer 50er-Zone.«

Herr Bitt sagte gerade: »Maria hat mir geschrieben, dass ihre Tochter nur leicht verletzt ist.«

Er nannte Frau Dahoff sonst nie beim Vornamen. Offensichtlich war er sehr bestürzt.

Auch die Kollegen wechselten erschrockene Blicke.

Jennifer fragte: »Jana war mit im Auto?«

»Wie gesagt, sie ist schon wieder zuhause. Aber Herr Dahoff schwebt noch in Lebensgefahr und natürlich ist sie jetzt bei ihm«, fuhr Herr Bitt fort.

Es wunderte mich nicht, dass Frau Dahoff auch in den nächsten Tagen fehlte. Was Tim anging, wurde ich selbst aktiv. Ich bastelte eine Urkunde für ihn und alle Schüler der Klasse unterschrieben.

Dummerweise war schon im Dezember mein Kopier-Kontingent aufgebraucht. Frau Dahoff fehlte immer noch. Und Herr Bitt musste doppelt arbeiten, solange die Schulleiterin ausfiel. Daher war es mir ein wenig unangenehm, ihn mit meinem Kopierproblem zu belästigen.

»Tut mir leid, wenn ich störe«, sagte ich deshalb.

Er sah von seinem Computer auf.

»Meine Kopien sind aufgebraucht«, sagte ich.

Er wirkte irritiert. »Die Kopien sind schon aufgebraucht? Aber Sie haben doch nur die halbe Stundenzahl.«

»Tut mir leid. Das liegt an den Elternbriefen. Und ich erstelle viele Arbeitsblätter selbst.«

Eigentlich wusste er, dass ich wegen der Klassenleitung immer all die Schreiben von der Schule kopieren musste.

»Legen Sie die Karte hin, ich lade sie dann auf«, antwortete er kurz angebunden und wandte sich wieder seinen Aufgaben zu.

Die Schulklingel übertönte mein »Danke!«.

Ich beeilte mich, um pünktlich in den nächsten Unterricht zu kommen.

***

Im zweiten Halbjahr hatte ich wieder späte Stunden, obwohl ich meinen Wunschzettel für Herrn Bitt ausgefüllt hatte. Aber Philosophie lag am Mittwochnachmittag in der siebten und achten Stunde, und der freie Tag war wieder der Dienstag.

Komischerweise hatte Denise freitags frei, obwohl ihre Tochter schon erwachsen und längst ausgezogen war.

Meine Nachmittage hingegen waren stets durchgetaktet. Sophie hatte im Kindergarten ein Mittagessen, aber für Yvonne und mich musste ich etwas zubereiten. Sebastian aß zum Glück in der Firma. Wenn ich mit der Küchenarbeit fertig war, half ich Yvonne bei den Hausaufgaben, kümmerte mich um die Wäsche und putzte wenigstens einmal in der Woche.

Besonders an den Tagen mit späten Unterrichtsstunden verschob sich auch die Schreibtischarbeit auf den Abend.

»Ich muss gleich noch Unterricht vorbereiten, ich bin noch nicht fertig«, vertröstete ich Sebastian regelmäßig, wenn er abends von der Arbeit kam.

»Mach das doch morgen früh, bevor du losfährst!«, war sein Vorschlag.

Aber dann würde ich den Klassenlehrerkram mit in den Schlaf nehmen, um ja nichts zu vergessen. Es gab immer unzählige Listen, die zu führen waren, Elternbriefe, Organisatorisches. Und wenn am nächsten Morgen irgendetwas dazwischenkam, müsste ich unvorbereitet in den Unterricht, und das hatte ich noch nie getan.

»Trotzdem, so geht das nicht. Du musst das nochmal ansprechen!«

Sebastian hatte recht. Ich beschloss, seinen Rat zu befolgen.

Am nächsten Morgen traf ich Dennis im Lehrerzimmer. Auf seinem Shirt prangte die Aufschrift: »Don't worry – be happy.« Dieser Spruch passte gerade.

Ich sah Monika ein Stück weiter auf ihrem Platz sitzen und Biologietests korrigieren. »Entschuldige«, sprach ich sie an. Sie war doch die Gleichstellungsbeauftragte. Vielleicht konnte sie helfen. »Ich habe schon wieder ein Problem mit meinem Stundenplan.«

»Sprich noch einmal mit Herrn Bitt. Aber erwarte da nicht zu viel.«

Ich merkte, dass ich sie irritiert anstarrte, woraufhin sie erklärte: »Er muss sich ja nicht nur um die Unterrichtsverteilung kümmern, sondern noch um vieles mehr, solange Maria fehlt.«

Da hatte Monika wohl recht. Und bis jetzt hatte ich mit Herrn Bitt immer reden können.

Ich nahm den Zettel mit dem Stundenplan und suchte Herrn Bitt noch vor dem Unterricht auf. Er saß in seinem Büro am Computer.

»Guten Morgen«, sagte ich.

Flüchtig schaute er auf.

»Herr Bitt«, begann ich und hielt den Zettel hoch. »Meine Stunden liegen alle spät. Aber ich muss meine Tochter vom Kindergarten abholen. Und meine andere Tochter kommt um vierzehn Uhr von der Grundschule nach Hause. Ich weiß, so ein Stundenplan ist schwierig, aber können Sie meine Stunden nicht etwas früher legen? Bitte!«

»Es sind schon andere Kollegen gekommen, die auch ihre Wünsche haben«, brummte er. »Aber ich schaue mir das an.«

Im Lehrerzimmer ließ ich die schwere Tasche auf meinen Stuhl fallen.

Denise sah mich mit hochgezogenen Augenbrauen an. Sie wirkte immer so gelassen. Ich wünschte, mir würde das auch gelingen. Ich wollte nicht immer so viele Dinge regeln müssen. Ob das jemals besser würde? Vielleicht kurz vor der Pension? Wie machten das die älteren Kollegen? Ich stellte diese Frage: »Wie kommt man eigentlich gesund bis zur Pension? Kannst du mir da einen Tipp geben?«

Denise lachte laut und schüttelte den Kopf. »Gar nicht! Das ist hier« – sie machte eine ausholende Geste – »gar nicht möglich!«

Diese Antwort erschreckte mich. Ich wusste, dass viele Lehrkräfte erkrankten und in Frühpension gingen, aber ich hatte erwartet, dass es Strategien gab, das zu vermeiden. Nein, Denise hatte bestimmt nicht recht.

Am nächsten Morgen lag ein neuer Stundenplan auf meinem Platz. Die sechsten Stunden blieben, auch der freie Dienstag, aber der Unterricht vom Mittwochnachmittag war in die erste und zweite Stunde vorverlegt. Mir fiel ein Stein vom Herzen und ich sprach Herrn Bitt meinen Dank aus.

»Hi, Wiebke. Konnte Herr Bitt dein Stundenplan-Problem lösen?«, fragte mich Beate während der Hofaufsicht.

Ich wollte antworten, da drehte sie sich abrupt um und rief einigen Fünftklässlern zu: »Hey!«

Ein Stück weiter eskalierte gerade ein Streit. Doch als Beate auf die Gruppe zulief, stoben die Schüler auseinander, bis auf zwei Jungen, die sich gegenseitig mit Vorwürfen bombardierten. Ich hörte, wie Beate anfing, den Streit zu schlichten, als ein Siebtklässler vor mich trat. »Die geben mir den Ball einfach nicht.« Er zeigte auf einige Jungen, die mit einem Softball kickten.

Ich nickte, ging zu der Gruppe und stellte sie zur Rede.

»Wieso lasst ihr ihn nicht mitspielen?«

»Der kann das nicht«, kam die Antwort.

»Na, wenn ihr ihn nicht üben lasst, wird er es auch nicht lernen.«

Ich beobachtete, wie der Junge sich wieder zu den anderen gesellte. Ich fand das immer schwierig, so einen Streit zu schlichten. In der Ausbildung war das kein Thema gewesen. Besonders bei Schülern, die ich nicht kannte und über die ich nichts wusste, klappte das nicht immer. Ich warf noch einen Blick auf die Jungen. Diesmal hatte meine Ansprache gewirkt. Jetzt ließen sie ihn mitspielen.

Als ich weiter über den Hof lief, fiel mir eine Gruppe von Zehntklässlern auf, die sich alle am Zaun drängelten. Beim Näherkommen erkannte ich, dass hinter dem Zaun drei weitere Jugendliche standen und rauchten. Sie sahen schon älter aus. Vermutlich waren das keine Schüler von unserer Schule.

Aber ich war mir nicht sicher und drehte mich zu Beate um, die schon mit schnellen Schritten näherkam.

»Sind die von unserer Schule?«, fragte ich sie.

»Nein, das sind irgendwelche Freunde von unseren Schülern«, erklärte Beate. »Die hängen öfter hier rum, aber die Schulleitung will das nicht.«

Sie lief zu ihnen hinüber. »Hey, was soll das hier werden?«

Es gab ein kurzes Hin und Her und schließlich zogen die drei ab. Als der Schulgong das Ende der Pause ankündigte, zerstreute sich auch unsere Schülergruppe.

Ich wartete, bis die meisten Schüler im Gebäude verschwunden waren, und wollte dann selber gehen, da entdeckte ich Darcan und Lea aus der neunten Klasse. Sie standen seelenruhig auf dem Schulhof.

»Jetzt aber los, in den Unterricht«, sagte ich im Vorbeilaufen.

»Ist doch eh bloß Englisch«, gab Lea zurück.

»Englisch ist wichtig!«

»Nicht bei Frau Beck!«, kam es frech von der Schülerin.

Ich blieb stehen und sah sie streng an.

Lea lachte auf. »Die hat doch gar keinen Plan! Wenn sie überhaupt mal da ist!«

Ich runzelte die Stirn. Birgit war länger krank gewesen, aber seit heute wieder in der Schule. Ich wusste, dass Lea von der Sache her recht hatte. Aber trotzdem, dazu musste ich etwas sagen: »Lea, es ist nicht okay, wie du hier über deine Lehrerin herziehst.«

»Jetzt machen Sie mal nicht gleich so einen Aufstand!«

Sie hakte sich bei Darcan unter und die beiden verschwanden im Schulgebäude.

Ich pfiff durch die Zähne. So etwas hätten wir uns in meiner Schulzeit nie getraut.

Im Lehrerzimmer traf ich Birgit, als ich nach der Pausenaufsicht den Toilettenschlüssel zurückhängte. Sie war mit zwei schwer bepackten Taschen schon an der Tür.

Eigentlich hatte ich ihr von Lea erzählen wollen. Aber bei ihrem Anblick verstummte ich. Das würde ich ihr jetzt nicht noch aufbürden. Außerdem musste ich pünktlich in den eigenen Unterricht.

In der zweiten großen Pause saß ich dann endlich im Lehrerzimmer und biss in mein Brot, als ich Birgit mit ihren Taschen hereinkommen sah.

Sie nickte mir im Vorbeilaufen zu. Ich stand auf und ging zu ihrem Platz hinüber.

»Hallo, Birgit.«

»Hallo.« Sie stellte ihre Taschen ab und setzte sich.

Ich brachte es auch jetzt nicht fertig, mich bei ihr über ihre Schülerin zu beklagen. Irgendetwas war mit ihr. »Ist alles okay bei dir?«

»Ständig beschweren sich die Schüler und die Eltern wegen der Noten«, stöhnte sie. »Die Arbeiten wären zu schwer. Der letzte Schnitt war halt auch nur Drei Komma Sieben. Aber du kennst ja die Klasse. Und sie sagen, ich brauche zu lange zum Korrigieren.«

»Wie lang hast du denn gebraucht?«

»Vier Wochen, aber ich war krankgeschrieben. Ich konnte nur die letzte Woche korrigieren und saß dann auch die ganze Woche dran, obwohl es mir immer noch nicht gut ging.«

Ich wollte ihr etwas Tröstliches sagen. »Das tut mir so leid für dich.«

Auf einmal stand Erik neben mir und drückte mir einen Stapel Arbeitsblätter in die Hand. »Kannst du die bitte in deiner Klasse abgeben, wenn du jetzt die Stunde hast? Ich bin morgen auf einer Fortbildung und habe den Schülern gesagt, sie sollen die Aufgaben dann zuhause erledigen.«

Es schellte bereits. Ich beeilte mich »Klar« zu sagen und holte meine Sachen.

Es irritierte mich, dass die Neuntklässler sich über die Noten im Fach Englisch beschwerten. Ich unterrichtete die Schüler ja selbst und wusste, dass manche von ihnen sich ständig anders beschäftigten und sich oft weigerten, die schriftlichen Aufgaben zu machen. Wie Birgit hingegen ihren Unterricht gestaltete, konnte ich nicht beurteilen. Ich war ja nicht dabei.

Im Februar stand für die Neuntklässler das Betriebspraktikum an. Lina fragte mich: »Kommen Sie uns im Praktikum besuchen?«

»Das wird immer nach Zahl der Stunden in der Klasse auf alle Lehrer aufgeteilt, wie ihr sicher wisst. Ich besuche also vier Schüler.«

»Mich!« – »Nein, mich!«, riefen sofort einige und Darcan meinte: »Besser Sie! Die Frau Beck kann doch nicht mal Auto fahren! Wie soll die uns dann besuchen?«

Ich sah die Schüler zweifelnd an. Konnte Birgit wirklich nicht Auto fahren? Aber das spielte doch keine Rolle für sie als Lehrerin.

Jetzt ereiferte sich Lea: »Schaut die euch doch mal an. Was die anhat, ist doch voll cringe.«

Die Stimmung wurde zunehmend abwertender. Ich musste eingreifen. »Hey, ich finde es nicht in Ordnung, wenn ihr so über eure Lehrerin redet!«

»Ja, aber Frau Wollnau, keiner mag die, weil die immer so streng ist und die Arbeiten viel zu schwer sind!«, warf nun Zainab ein.

»Sprecht bitte direkt mit Frau Beck darüber!«

»Ja, aber das haben wir schon! Die hört uns nicht zu!«, erwiderte Zainab.

Ich machte eine abwehrende Handbewegung. »Ich habe das jetzt schon mehrmals mitbekommen, dass ihr über eure Klassenlehrerin lästert. Sie ist aber nicht hier und kann sich nicht verteidigen.«

»Das kann die doch eh nicht«, warf Lea ein.

Ich sah sie zornig an. »Lea, wie würdest du dich denn fühlen, wenn deine Mitschüler in deiner Abwesenheit über dich herziehen?«

Lea antwortete nicht. Ich schaute wieder die Klasse an.

»Ich rede ja auch nicht schlecht über Dritte«, erklärte ich noch einmal. »Natürlich verstehe ich, dass ihr wegen der Noten frustriert seid. Aber trotzdem solltet ihr oder eure Eltern direkt mit Frau Beck sprechen. Sie hat sicher Tipps für euch, wie ihr eure Noten verbessern könnt.«

Nach der Stunde ließ ich mich im Lehrerzimmer auf meinen Stuhl fallen und atmete erst einmal durch. Ich hatte jetzt eine Freistunde und wie durch ein Wunder stand nichts auf dem Vertretungsplan. Ich nahm das Deutschbuch heraus und meinen Collegeblock. Aber auf dem Tisch stapelten sich Bücher und Zettel der anderen Kollegen. Ich schob die Sachen ein wenig zur Seite, sodass ich wenigstens das Buch hinlegen konnte.

Beate und Monika saßen am Nebentisch, offensichtlich hatten sie auch gerade frei.

»Die fehlt wirklich ständig«, hörte ich Monika zu Beate sagen. »Für die Klassenarbeiten braucht sie Wochen.«

Beate sortierte gerade einen Stapel Arbeitsblätter. »Und sie hat ihre Klasse nicht im Griff.«

»Die Schulleitung gibt den Druck von außen dann weiter. Aber Birgit schafft das einfach nicht«, sagte Monika.

Ich stand auf und ging zu den beiden hinüber. »Woher wisst ihr das?«

»Ach, das hört man doch überall«, sagte Monika ausweichend.

Ich konnte mir die Antwort denken, trotzdem hakte ich nach: »Wo hört man das?«

»Das erzählt doch jeder, sogar deine Schüler! Hast du das nicht mitbekommen?«

Meine Klasse redete auch über die Kollegin?

»Nein«, erwiderte ich erstaunt. Davon wusste ich nichts. »Aber die 9 a hat heute richtig über sie gelästert. Ich finde das nicht okay.«

Die Kolleginnen schwiegen.

»Die war lange beurlaubt wegen ihrer Mutter«, sagte Beate schließlich.

»Ja, das habe ich auch gehört«, antwortete Monika. »Mir hat sie erzählt, sie ist alleinstehend. Kinder hat sie keine.«

In diesem Moment kam Birgit ins Lehrerzimmer.

Monika kramte auf einmal wild in ihren Sachen herum und Beate packte den Stapel Arbeitsblätter in ihre Tasche.

»Hast du auch eine Freistunde?«, fragte ich Birgit, um das plötzliche Schweigen zu überspielen.

Birgit nickte. »Ja.«

Sie setzte sich an ihren Platz und begann, in ihren Unterlagen zu wühlen.

Beate holte einen Stapel Hefte hervor und strich demonstrativ etwas an. »Die lernen das nie – he – she – it, das S muss mit!«

Monika machte sich Notizen in ihrem Notenbuch. Sie schnaubte. »In Kunst haben neun Schüler ihre Bilder wieder nicht abgegeben.«

Ich hörte nur noch halb hin. Sollte ich Birgit vom Gespräch mit ihrer Klasse erzählen? Aber wahrscheinlich würde sie das noch mehr belasten. Und außerdem würden die Schüler hoffentlich selbst mit ihr sprechen.

Sie tat mir leid. Ich hätte ihr gerne geholfen, aber was konnte ich tun?

Ich beschloss, Finja zu fragen. Sie unterrichtete an der Schule, an der Yvonne vor einem Dreivierteljahr eingeschult worden war. Sie hatte Yvonne allerdings nicht im Unterricht, weil sie Klassenlehrerin einer zweiten Klasse war. Aber als Lehrerin konnte sie mir sicherlich einen Rat geben.

»Was meinst du?«, fragte ich Finja. »Alles sagen oder besser schweigen?«

»Hm, also für mich klingt das nach Mobbing. Und wenn diese Frau Dahoff nicht da ist und der stellvertretende Schulleiter deswegen zu viele Aufgaben übernehmen muss, erhält deine Kollegin da auch keine Hilfe. Dennoch sollte sie noch einmal das Gespräch suchen.«

»Ich könnte sie begleiten …«

»Nein«, meinte Finja, »halte du dich da besser raus. Deine Situation ist auch nicht ganz einfach, mit deinem Stundenplan und der Klassenleitung ohne zweiten Lehrer.«

»Vielleicht hast du recht.«

»Aber Birgit könnte jemanden vom Lehrerrat mitnehmen«, schlug Finja vor.

Als ich Birgit am nächsten Tag im Lehrerzimmer traf, riet ich ihr: »Nimm jemanden mit! Zum Beispiel Ralf!«

»Das mache ich. Ich habe nach der sechsten Stunde einen Termin mit Herrn Bitt«, sagte sie.

Nach dem Unterricht sah ich Birgit und Ralf zu Herrn Bitt ins Büro gehen und atmete ein wenig auf. Ich war neugierig, wie das Gespräch gelaufen war, aber am nächsten Morgen stand Birgit wieder als fehlend auf dem Vertretungsplan. Im Lehrerzimmer war sie jetzt kein Thema mehr. Das Schulleben ging weiter.

KAPITEL 3 – UNERFÜLLTE WÜNSCHE

In den nächsten Wochen bereitete Nele mir zunehmend Sorgen. Ich sprach sie immer wieder an, forderte sie auf, ihr Buch aufzuschlagen und im Unterricht mitzumachen, aber aus irgendeinem Grund prallten meine Worte an ihr ab. Wenigstens war sie immer ruhig. Sie saß einfach nur am leeren Tisch und schaute irgendwohin. Einmal starrte sie auf das Waschbecken im Klassenzimmer und gab mir mitten in der Stunde den Hinweis: »Der Spiegel hat einen Fleck.«

Mir fiel auf, dass sie nie von der Tafel abschrieb. Stattdessen nahm sie eine Schere und schnitt in ihrem Deutschheft herum.

Als ich das zum ersten Mal bemerkte, war ich völlig perplex. »He, Nele, was machst du da?«

Doch sie fuhr unbeirrt fort. Von den anderen kamen missbilligende Blicke. – »Die ist immer so!« – »Die Lehrer müssen da mal was sagen!«

Ihre Leistungen waren natürlich auch schlecht. Bei Klassenarbeiten gab sie leere Blätter ab. Alle Ansprachen und Hilfestellungen verpufften ohne Wirkung. Bei der Klassenfahrt war sie gar nicht mitgefahren. Ich fragte mich immer öfter, ob hier ein Förderbedarf vorlag. Aber ich hatte Sonderpädagogik nicht studiert und in meinem eigenen Lehramtsstudium nichts über geistige oder körperliche Beeinträchtigungen gelernt.

Aber selbst meine Schülerin Carolin formulierte es ganz klar: »Nele gehört nicht auf diese Schule!«

Neles Eltern waren jedoch anderer Meinung. Sie wollten nicht, dass ihre Tochter »stigmatisiert« würde. Aber dieses Schulsystem passte nicht für sie. Ich sah jeden Tag mit an, wie das Mädchen im Unterricht litt, und wollte irgendetwas tun, um zu helfen. Ich könnte die Schulleiterin fragen, was zu tun war. Zwar war Frau Dahoff inzwischen wieder da, aber ihr Mann war jetzt in einer Reha, wie ich hörte, und sie wirkte immer noch stark belastet. Daher erschien es mir besser, die Kollegen um Rat zu fragen.

Auf meine Schilderung meinte Beate: »Eigentlich müsste man da einen Antrag auf sonderpädagogische Unterstützung stellen …«

Ich hatte inzwischen Neles Schülerakte studiert. »Frau Tarinov hat den Eltern schon in Klasse 5 ein solches AO-SF-Verfahren vorgeschlagen, aber die Eltern wollten nicht.«

Vielleicht war das der Grund, warum die Grundschullehrer das nicht schon erledigt hatten. Ein solches Verfahren lohnte sich für die Grundschulen wahrscheinlich nicht, weil die Schüler ja nur vier Jahre da waren. Und auf der weiterführenden Schule war es normalerweise nur bis zum Ende von Klasse 6 möglich.

»Wie steht Nele denn bei dir in Deutsch?«, fragte Beate nun.

»Nicht gut. Mündlich und schriftlich auf Fünf.«

»In Englisch steht sie auch auf Fünf«, war Beates Antwort. »Frag mal Erik, was sie in Mathe hat.«

Ich ahnte, worauf Beate hinauswollte. »Du meinst, sie wird in der Erprobungsstufenkonferenz sowieso nicht versetzt …«

Erik unterhielt sich gerade mit den Kollegen am Tisch. Als ich neben ihn trat, drehte er sich zu mir um.

»Erik, wie steht Nele bei dir in Mathe?«

Ohne in sein Notenbuch zu schauen, sagte er sogleich: »Also, die letzte Arbeit war eine Sechs. Sie hat mir ein leeres Blatt abgegeben. Im Unterricht ist sie ständig abgelenkt. Sie arbeitet nie mit. So wird das nichts.«

»Das habe ich befürchtet«, erwiderte ich und setzte mich auf die Tischkante, während ich Erik nachdenklich ansah. »Ich überlege, ob ich einen AO-SF-Antrag stellen soll. Allerdings dann gegen den Willen der Eltern …«

Denise kam gerade vorbei und blieb neben uns stehen. »Spar dir die Arbeit.« Sie konnte es beurteilen, denn sie unterrichtete Geschichte und Politik in meiner Klasse und kannte Nele somit auch. »Ich habe vor paar Jahren schon einmal einen AO-SF-Antrag gestellt. Wenn die Eltern das nicht wollen, wird Nele nicht auf eine Förderschule geschickt. Und wenn sie hierbleibt, betreut sie vielleicht einmal pro Woche eine unserer Förderlehrerinnen für eine Stunde. Aber dafür musst du einen ausführlichen Antrag schreiben und für einen Tag kommt eine Förderlehrerin in den Unterricht, die noch einmal ein Gutachten erstellt.« Sie schüttelte den Kopf. »Nele wird doch die Klasse sowieso wiederholen.«

Denise klang sehr überzeugt, aber mir widerstrebte es, ihr zuzustimmen. »Trotzdem würde ich gern etwas tun.«

Denise seufzte sichtlich traurig. »Glaub es mir, ich hatte gerade letztes Schuljahr so einen Fall, und da ist es genau so gelaufen.«

Ich hätte so gern geholfen, aber so wie Denise das erklärte, standen Aufwand und Nutzen in keinem Verhältnis. Weder für mich noch für die Schülerin.

*

Nach den Osterferien traf ich Birgit im Flur, als es zur zweiten großen Pause schellte. »Die Schüler sind so unverschämt!« Ihre Stimme klang zittrig.

Ich ahnte nichts Gutes. Birgit hatte einige Wochen gefehlt. Seit ein paar Tagen quälte sie sich wieder in die Schule, aber wirkte sichtlich angeschlagen.

»Was sagen sie denn?«

»Die sagen – ich wäre unfair zu ihnen. Wenn sie laut sind, muss ich doch streng werden. Und Lea hat vor allen meine Kleidung kritisiert.

Was hat sie denn dagegen? Ich halte nichts von Markenklamotten. Die Schüler werden immer respektloser.« Birgits Stimme versagte.

»Das ist nicht okay.« Birgits Outfit gefiel mir auch nicht, aber das war kein Grund, sie auf persönlicher Ebene anzugreifen. »Du hast doch sicher Elternbriefe geschrieben?«

»Das bringt alles nichts. Die Eltern sagen, es liegt an mir! Eine Schülermutter hat sich direkt bei Frau Dahoff beschwert. Deshalb lasse ich das.«

»Vielleicht solltest du die Schulleitung um eine andere Klasse bitten.«

»Das nützt auch nichts. Mittlerweile behandeln mich alle Klassen so.« Sie machte eine Pause und meinte dann: »Vielleicht bekomme ich wenigstens eine Schwerbehinderung anerkannt, dann kann ich mit dreiundsechzig raus.«

Es schellte. Ich sah, wie Birgit ihre schweren Taschen vom Boden hob und den Gang entlangeilte. Es waren noch Jahre bis zur Pension, hatte sie gesagt. In Birgits Situation der pure Horror. Für sie wäre es das Beste, so schnell wie möglich zu verschwinden. Auf der Adressliste des Kollegiums hatte ich ihr Geburtsdatum gelesen. Sie war sechsundfünfzig. Wenn sie mit dreiundsechzig gehen durfte, wären das noch sieben Jahre.

Am nächsten Tag war Birgit wieder krank.

*

In der Erprobungsstufenkonferenz beschlossen die Kollegen, dass Nele das sechste Schuljahr wiederholen musste, weil ihre Leistungen nicht ausreichten. Damit würde Nele nicht mehr in meiner Klasse sein. Aber das eigentliche Problem der Schülerin war damit nicht gelöst. Nur war ich jetzt nicht mehr für sie zuständig.

Am Ende der Konferenz sprach Erik mich an. »Ich habe ja Mathe in deiner Klasse und ich mag die sehr. Wie du weißt, habe ich keine eigene Klassenleitung. Deshalb würde ich gern die Co-Klassenleitung übernehmen.«

Das klang ja wie Weihnachten. All die Klassenlehrer-Aufgaben teilen zu können und die Klasse alle fünf Wochentage versorgt zu wissen, war die ideale Lösung. Mit Erik würde ich bestimmt gut zusammenarbeiten. Und er kam zum richtigen Zeitpunkt. Also sagte ich erfreut: »Ich hatte schon überlegt, dass ich die Schulleitung noch einmal frage, aber ich wusste nicht, welchen Kollegen ich vorschlagen sollte. Aber jetzt gibt es ja dich!«

»Genau!«, stimmte Erik zu. »Dann spreche ich mit Herrn Bitt.«

An diesem Tag verließ ich das Schulgebäude richtig beschwingt. Als ich auf dem Heimweg durch die Straße mit der Baumallee fuhr, drehte ich die Musik laut. Ich dachte an Erik und stellte mir vor, wie wir alle, auch die Schüler, im neuen Schuljahr gut zusammenarbeiten würden. Das anstrengende erste Jahr würde bald überstanden sein.

Am nächsten Tag lief Erik mir im Lehrerzimmer über den Weg. Ich konnte es kaum erwarten, die Neuigkeiten von ihm zu hören. »Und?«

»Ich habe gleich heute Morgen mit Herrn Bitt und auch mit Maria gesprochen«, begann Erik. An seiner Miene las ich schon ab, dass es nicht geklappt hatte.

»Es geht nicht?«

»Herr Bitt hat gesagt, ich soll seine Klasse übernehmen, weil ich zu den wenigen Kollegen gehöre, die mit der Klasse klarkommen. Er wüsste sie gern in guten Händen.«

Richtig, er ging ja zum Ende des Schuljahres in Pension. Und Erik unterrichtete wie Herr Bitt auch Mathematik.

Trotzdem war ich enttäuscht.

Erik sah es mir offensichtlich an, denn er fügte tröstend hinzu: »Aber ich habe die ja dann nur ein Schuljahr. Dann sind die weg und ich kann die Schulleitung noch einmal fragen.«

»Danke, Erik, das ist sehr nett.«

Dennoch war die Aussicht, die Klassenleitung noch ein weiteres Schuljahr alleine zu übernehmen, nicht sehr aufbauend.

Ich setzte mich auf den nächsten freien Stuhl und stützte den Kopf in die Hände. Außer Erik fiel mir kein Lehrer ein, der noch keine Klassenleitung hatte und für meine Klasse in Frage kam.

Es hatte wohl keinen Sinn, Herrn Bitt oder Frau Dahoff jetzt noch einmal darauf anzusprechen.

Am letzten Schultag öffnete ich den Brief, den meine Schüler mir in die Hand gedrückt hatten. »Liebe Frau Wollnau, Wir werden sie über sechs Wochen lang sehr vermissen! Wir hoffen das sie schöne Ferien haben werden. Wir werden uns freuen wenn sie in der 7. Klasse auch unsere Klassenlehrerin sein werden!« Und darunter: gemaltes Herz und gemalte Blümchen. Die pinkfarbenen Herzen waren eindeutig von Lisa.

»Vielen Dank.« Ich blinzelte eine Träne weg. »Ich wünsche euch auch schöne Ferien.« Ich hob Olli Oktopus hoch. »Und Olli auch.«

Linus nickte. Carolin lachte.

Dann machte ich mich auf den Weg zum Aufenthaltsraum, wo die Lehrerkonferenz stattfand. Auf den Tischen an der Wand hatte Herr Bitt ein Büfett aufgebaut. Heute war ja sein letzter Tag an der Schule.

Nach und nach trudelten die Kollegen ein und setzten sich an die Schülertische, die im Raum verteilt waren. Nur Birgit sah ich nirgends. Frau Dahoff und Herr Bitt standen vorne am Smartboard.

Als Dennis als Letzter in den Raum eilte und die Tür schloss, sagte die Schulleiterin: »Ich begrüße euch zur letzten Dienstbesprechung in diesem Schuljahr.« Sie schaute auf ihren Zettel. »Es gibt einige personelle Veränderungen an der Schule. Frau Beck kommt erst einmal nicht wieder.«

Leises Gemurmel ging durch den Raum. »War ja klar.« – »Ist besser so.« Es war wirklich besser so für Birgit. Im Lehrerzimmer wurde seit einigen Tagen das Gerücht verbreitet, dass sie wegen Burn-out in der Klinik war. Die typische Lehrerkrankheit. Mich wunderte es nicht.

Frau Dahoff hob die Hand und wartete, bis es ruhig wurde.

»Frau Wolf wird die Klassenleitung der 9 a übernehmen.«

Die Kollegen schauten zu Henriette, die kurz nickte.

Die Schulleiterin fuhr fort: »Die Stelle von Herrn Bitt wird neu besetzt. Zum nächsten Schuljahr wird Frau Ziems uns unterstützen. Sie wird zusammen mit Erik die Klassenleitung der 10 b übernehmen.«

Sie blickte auf ihren Zettel. »Es gibt noch eine wichtige Neuerung: Nächstes Schuljahr werden wir wieder Lehramtsanwärter haben. Das heißt, wir brauchen ein oder besser zwei Ausbildungsbeauftragte. Ich werde nach den Ferien in der ersten Dienstbesprechung fragen, wer sich dafür zur Verfügung stellt.«

Das war ja interessant. Ich hatte schon während meiner Zeit an der ersten Schule daran gedacht, mich später einmal als Fachleiterin fortzubilden. Dann musste man nicht immer vor der Klasse stehen, sondern konnte junge Erwachsene unterrichten. Und erst einmal als Ausbildungsbeauftragte zu starten, war sicher eine gute Idee.

Ich wandte mich an Ralf, der neben mir saß: »Ich überlege, ob ich mich dafür melde.«

Ralf nickte. »Du bist ein einfühlsamer Typ und wärst sicher eine gute Fachleiterin. Außerdem wird erwartet, dass jeder eine außerunterrichtliche Aufgabe übernimmt.«

Richtig, das hatte ich schon von mehreren Kollegen gehört. Jeder hatte zusätzliche Aufgaben. Ralf hatte mir einmal eine Liste gegeben, die er erstellt hatte. Die war zwei Seiten lang. Mir schwirrte der Kopf schon beim bloßen Drüberlesen: Es gab den Lehrerrat, die Fachvorsitzenden, die Gleichstellungsbeauftragte Monika, und Gerd war der Kollege für die Teilkonferenzen. Denise war für die Koordination der Berufspraktika zuständig. Jennifer war von den Schülern zur Vertrauenslehrerin gewählt worden. Außerdem organisierte sie das Austeilen und Einsammeln der Schulbücher. Eine Auswahlkommission kümmerte sich um Neueinstellungen. Mehrere Arbeitsgruppen entwarfen innovative Konzepte. Dann gab es einen Ansprechpartner für das digitale Klassenbuch, jemanden, der das Schulprogramm schrieb, und es gab einen Informatiklehrer für die Wartung der schuleigenen iPads (zumindest hatten wir zwei Klassensätze davon zum Ausleihen). Einzelne Kollegen kümmerten sich um Projekte, Ausflüge, Kooperationen mit anderen Schulen, Externenprüfungen, soziale Trainings, Wettbewerbe, AGs, Schulgottesdienste, das Nachhilfeportal und die Schulhomepage. Und das war noch nicht alles. Ralf hatte recht, ich sollte auch eine Aufgabe übernehmen.

Frau Dahoff sprach noch einige weitere Punkte an, die für das nächste Schuljahr wichtig waren, aber ich hörte nur halb zu. Die ganze Zeit überlegte ich, ob ich mich nach den Ferien als Ausbildungsbeauftragte melden sollte.

»Das Büfett ist eröffnet! Bedienen Sie sich!«, sagte Herr Bitt in die Runde. Wir holten uns etwas zu essen und die Atmosphäre wurde gelöster. Doch schon nach zehn Minuten brachen die ersten Kollegen auf. Sie packten sich das Essen in eine Serviette und verließen hastig das Gebäude. So auch Beate. »Ich muss meinen Flieger erwischen! Schöne Ferien!«

Als ich schließlich als eine der Letzten nach draußen trat, kam mir ein Schwall feuchter, heißer Luft entgegen. Zum Glück nur hier draußen und nicht in der Schule. Im Auto setzte ich erst einmal Olli auf den Beifahrersitz. Dann warf ich einen Blick auf mein Handy. Eine Whatsapp von Finja.

»Glückwunsch, du hast das erste Jahr geschafft! Schöne Ferien!«

Ich tippte schnell: »Danke!« Ich zögerte einen Moment, dann schrieb ich: »Ich hoffe, das zweite Jahr läuft für mich auch so gut.« Ich fügte ein pinkfarbenes Oktopus-Emoji hinzu.

Finja schickte einen Smiley zurück.

Ich legte das Handy beiseite. Ein merkwürdiges Gefühl beschlich mich. Ich bin doch zufrieden an der Wolkenheimer Schule, sagte ich mir. Aber es war beunruhigend, wie schnell sich Schüler und Eltern zusammengetan hatten, um Birgit loszuwerden, und das mit Erfolg. Das konnte letztlich jedem passieren.

Als ich nach Hause fuhr, zogen sich dunkle Wolken zusammen und ein heftiges Sommergewitter ging nieder. Es blitzte und donnerte und der Regen prasselte gegen die Frontscheibe. Die Scheibenwischer konnten nicht viel ausrichten.

Angestrengt starrte ich auf die Straße. »Puh.«

Als ich endlich die Siedlung erreichte, in der ich wohnte, und unsere Doppelhaushälfte vor mir sah, war das buchstäblich die Rettung. Wir hatten die Immobilie vor einem Jahr extra am Schulort gekauft. Inzwischen fühlten wir uns hier sehr wohl. Ich stellte das Auto vor der Garageneinfahrt ab. Jetzt erstmal Sommerferien!

TEIL II

DAS ZWEITE JAHR IN WOLKENHEIM

KAPITEL 4 - OLAF UND TIM

Am ersten Schultag nach den Sommerferien schien die Sonne. Vor dem Schulgebäude kniff ich die Augen zusammen, so hell war es. Im Inneren des Gebäudes war es gleich viel dunkler und angenehm kühl. Der etwas abgestandene Geruch in der Luft war vertraut. Noch war das Schulhaus gespenstisch leer. Die Schüler würden erst übermorgen kommen. Ich beeilte mich, um rechtzeitig zur ersten Dienstbesprechung zu gelangen. Erfreut sah ich, dass schon einige Kollegen da waren, die ich seit fünf Wochen nicht gesehen hatte. Es hatten sich kleine Grüppchen gebildet und ich hörte, wie sie sich ihre Urlaubserlebnisse erzählten. Aber dazwischen ging es auch schon um Dienstliches. Wer welche Klasse hatte und so weiter.

Ich stellte meine Tasche an einem freien Platz auf dem Boden ab. Die war schwer, denn ich hatte meinen Laptop mitgenommen. Ich musste heute das Protokoll schreiben und wollte die Ergebnisse gleich eintippen.

Frau Dahoff kam auf mich zu und begrüßte mich. Sie wirkte erholt nach den Ferien.

»Wie geht es Ihrem Mann?«, fragte ich.

»Er bekommt noch Physio, aber nach dem, was er hinter sich hat, kann man nicht klagen.« Sie machte eine Pause und meinte dann: »Du bist ja jetzt schon ein Jahr hier. Wir duzen uns fast alle hier. Ich bin Maria.«

Ich nickte erfreut. Das war ein guter Start ins neue Schuljahr. Dennoch war ich etwas kribbelig, denn heute stand die Wahl der Ausbildungsbeauftragten an. In den Sommerferien hatte ich mich mit den

Vorschriften zur Lehrerausbildung beschäftigt und wusste, welche neuen Aufgaben auf mich zukamen. Dafür würde ich zwei Entlastungsstunden bekommen. Und ich hätte die Chance, mich langfristig an einem Zentrum für schulpraktische Lehrerausbildung als Fachleiterin zu bewerben. Mir war schon als Studentin klar gewesen, dass ich die nächsten fünfundzwanzig Jahre bis zur Pension nicht durchgehend Jugendliche unterrichten wollte. Wie Denise gesagt hatte, es war in dem System gar nicht möglich, bis zur Pension durchzuhalten. Ich wollte mir meine Motivation und Freude an der Arbeit erhalten und da wäre ein Wechsel der Tätigkeit im Laufe der Jahre sicher sinnvoll. Natürlich hatte ich auch schon überlegt, später vielleicht einmal eine Schulleitung zu übernehmen. Doch den Gedanken hatte ich wieder verworfen. Ich hatte größten Respekt vor jedem, der sich dieser herausfordernden Aufgabe stellte.

Aber eine Fachleitung könnte das Richtige für mich sein.

Auch Sebastian ermutigte mich: »Ich kann mir vorstellen, dass es dir Spaß machen würde, junge Erwachsene auszubilden.«

Also meldete ich mich, doch zu meiner Überraschung hob auch Simone die Hand. »Ich kann das auch machen.«

Maria sah von Simone zu mir und meinte: »Dann macht ihr das beide zusammen.«

Was zuerst gut klang, weil wir uns die Aufgaben aufteilen konnten, bedeutete, dass wir uns die zwei Entlastungsstunden teilen mussten. Aber wenigstens die eine Stunde wollte ich bekommen. Zumal diese eine Stunde die Zeit der Mehrarbeit wie so oft ohnehin nicht ausgleichen würde.

Die Entlastungsstunde sah ich aber gar nicht auf meinem Stundenplan. Und ich hatte noch ein Problem. Mein freier Tag war schon wieder der Dienstag.

Die neue stellvertretende Schulleiterin Frau Ziems war jetzt für den Stundenplan zuständig. Ich ging zu ihrem Büro und sah sie dort an ihrem Schreibtisch sitzen. Sie war kaum älter als ich, hatte aber, soviel ich gehört hatte, keine Kinder. Ihr dunkelblauer Blazer bildete einen farblichen Kontrast zu ihrem blonden Pixi-Schnitt. Als ich klopfte, sah sie auf.

»Frau Ziems, ich brauche bitte den Donnerstag oder Freitag als freien Tag, wenn das geht. Ich habe zwei Kinder und die ganze Hausarbeit und die Unterrichtsvorbereitungen stauen sich sonst immer am Wochenende.«

Und Denise hatte mit ihrer Dreiviertelstelle schon wieder den Freitag frei, obwohl sie keine Kinder versorgen musste. Aber das sagte ich nicht. Frau Ziems war neu und kannte die Kollegen und ihre Lebensumstände noch nicht so gut.

»Oh, das wusste ich nicht«, erwiderte sie.

»Herr Bitt hat immer Wunschzettel von allen Kollegen eingesammelt.«

Jetzt ließ sich sicher nichts mehr ändern, aber beim nächsten Mal hoffentlich.

Sie nickte. »Gute Idee.«

»Ich habe noch eine Frage«, fuhr ich fort und sprach sie auf die Entlastungsstunde an.

»Eine Entlastungsstunde?«, fragte sie sichtlich erstaunt. »Das kriegen wir dieses Halbjahr nicht mehr hin.«

Sie blickte auf ihre Liste. »Aber dann erhalten Sie im nächsten Halbjahr zwei.«

Sie wirkte entschlossen. Ich hätte es lieber schriftlich gehabt, aber es schellte schon wieder zum nächsten Unterricht.

Mit einem »Danke« verließ ich ihr Büro.

***

Olaf war einer von vier neuen Schülern in meiner Klasse. Ein zweiter Schüler musste das Schuljahr wiederholen, ein weiterer kam vom Gymnasium und einer war aus einer anderen Stadt hergezogen. Nele war sitzengeblieben, also waren es drei mehr als im letzten Jahr. Jetzt waren es sechsundzwanzig Schüler in meiner siebten Klasse.

Olaf trug im Unterricht sein Käppi, obwohl dies laut der Schulregeln nicht erlaubt war, was er sicherlich wusste. Er setzte sich direkt neben Julius, der selbst oft den Unterricht störte.

Von Maria erfuhr ich, dass Olaf vorher auf einer benachbarten Realschule gewesen war, aber die Kollegen ihn aufgrund seines Verhaltens von der Schule verwiesen hatten. Maria sah mich fast mitleidig an, als sie mir riet: »Wenn etwas ist, halte das auf jeden Fall schriftlich fest.«

Das klang nicht gerade beruhigend. Noch am selben Tag holte ich mir nach meinem Unterricht die Schülerakte aus dem Sekretariat. Tanja, unsere Sekretärin, hatte Olafs Unterlagen bereits in den Ordner meiner Klasse gestopft, der damit voll war. Ich blätterte durch die Seiten. Die Mutter war geschieden und lebte mit vier Kindern alleine. Olaf war der zweitälteste Sohn.

Schon in der zweiten Woche teilte mir Erik mit: »Der Olaf hat eben in der Pause den Tim aus deiner Klasse geschlagen.«

»Ich habe gleich die Deutschstunde in meiner Klasse, da werde ich das klären«, sagte ich, obwohl ich größten Widerwillen verspürte. Ich brauchte die Stunde, um die Schüler auf die Deutscharbeit vorzubereiten. Für eine Streitschlichtung hatte ich da gar keine Zeit. Ich hatte verschiedene Kurzgeschichten mitgebracht und die Schüler sollten mithilfe der Think-Pair-Share Methode Inhaltsangaben dazu schreiben. Kooperative Methoden wandte ich nicht jeden Tag an, weil sie einiges an Vorbereitung erforderten, aber sie ermöglichten einen anderen Zugang zum Thema. Es war das erste Mal, dass ich meine Schüler nach dieser Methode arbeiten ließ, und ich war gespannt, wie sie darauf reagieren würden.

Doch erst einmal musste ich mich mit Olaf beschäftigen, der jetzt nach der Pause zwar ohne Käppi, aber mit strähnigem Haar und verschwitzt, in die Klasse eilte. Tim kam gar nicht und Mathias und Jonas fehlten auch. Ich deutete auf die leeren Plätze. »Wo sind die?«

Doch es kam nur Achselzucken. »Vorhin waren sie noch da.«

Yusuf und Can sprangen auf. »Wir wissen, wo die sind! Sollen wir die holen?«

Ich schüttelte den Kopf. »Nein. Wartet erst einmal.«

Doch die beiden waren schon an der Tür.

»Hey!«, brüllte ich und machte einen Hechtsprung, sodass ich vor ihnen an der Tür war.

»Wir warten erst einmal. Setzt euch wieder hin!«

Ich hörte Protest, aber blieb unbeirrt an der Tür stehen. Zögernd setzten sich die beiden wieder hin. Dann ging ich zu Olaf, der mit seinem Stuhl kippelte. Ich wollte ihn auf den Vorfall in der Pause ansprechen, doch es war zu laut in der Klasse. Die Schüler hatten die Deutschsachen noch nicht ausgepackt.

Ich holte hastig meine Stapel mit Arbeitsblättern aus der Tasche. Es waren vier Kurzgeschichten, jeden Stapel hatte ich mit einer Zahl beschriftet. Ich hielt demonstrativ zwei der Stapel hoch und fragte, wer die Arbeitsblätter austeilen wollte.

Sofort gingen mehrere Finger hoch.

»Lisa, Carolin«, sagte ich.

Die beiden standen auf und legten jedem Schüler ein Arbeitsblatt auf den Tisch. Prompt wurde es wieder lauter, doch ich wartete erst einmal ab.

Schließlich waren die Kopien verteilt und ich schlug auf die Tischglocke, die ich mir inzwischen zugelegt hatte, doch das *Pling* ging in der allgemeinen Geräuschkulisse unter. Ich holte Luft, um die Schüler zu ermahnen, doch Yusuf hatte schon wieder seine Kapuze über den Kopf gezogen und würde mich mit seinen In-Ear-Kopfhörern gar nicht hören. Can hatte sein Handy ins Mäppchen gelegt und war schwer beschäftigt, vermutlich am Zocken. Julius versteckte sich wie üblich hinter seiner Schultasche, die er als Sichtschutz auf dem Tisch platziert hatte. Lena und Anna erzählten sich wichtige Neuigkeiten und lachten laut. Merve schob sich einen Schokoriegel in den Mund. Die Verpackung segelte kurz darauf auf den Boden. Ecrin zeichnete wieder ein erstklassiges Manga. Immerhin war sie dabei leise.

Lena und Anna waren im Moment am lautesten.

»Lena! Anna!«, fuhr ich die beiden an. Sie verstummten. Ich legte den Zeigefinger auf die Lippen. Jetzt erst wurde es langsam ruhiger. »Erinnert ihr euch, was wir in der letzten Stunde zum Thema Inhaltsangabe be…«

Doch plötzlich wurden Olaf und Yusuf laut und bombardierten sich mit Papierkugeln.

»He!« Ich sprang dazwischen und bekam eine Papierkugel ab. Ich wollte Olaf zurechtweisen, doch schon wurden die anderen wieder laut.

Lena schrie irgendetwas in die Klasse.

Wieder ermahnte ich sie: »Lena!«

Da hörte ich, wie einer rief: »Still, seid endlich still!« Ich fuhr herum und sah Niklas, der aufgestanden war und durch den Mittelgang marschierte. »Musterklasse!«, erinnerte er seine Mitschüler. »Seid die Musterklasse!«

Ich riss überrascht die Augen auf. So etwas hatte ich in meinem Lehrerleben noch nicht erlebt. Ein Schüler fühlte sich offensichtlich für eine gute Lernatmosphäre zuständig. In seiner Schülerakte hatte ich gelesen, dass er in der Grundschule ein Schuljahr wiederholt hatte. Er war also ein Jahr älter und zudem einen Kopf größer als die anderen, vielleicht meinte er deshalb, dass er die Rolle des Aufpassers übernehmen musste. Er ging zwischen den Bänken hin und her und starrte die Schüler finster an. Ich wusste nicht, was ich sagen sollte. Ich war einerseits gerührt, dass er die Situation so glasklar erfasste und helfen wollte, andererseits war das nicht seine Aufgabe.

Die anderen schauten kurz irritiert zu ihm hoch und lärmten dann weiter.

Ich machte ein paar Schritte auf ihn zu. »Danke, Niklas, aber du musst nicht helfen. Setz dich wieder hin.«

Ich wartete, bis er auf seinen Platz zurückgekehrt war. Dann stellte ich mich mit erhobener Hand vorne hin.

»Leise!«, rief Fynn.

»Wir fangen an!«, bestätigte Lisa.

»Ihr habt gerade verschiedene Kurzgeschichten erhalten, die ihr jetzt erst einmal allein still für euch lest«, begann ich. »Danach …«

Emilia meldete sich. »Kann ich mal aufs Klo?«

»Warum bist du nicht in der Pause gegangen?« Die Stunde hatte doch gerade erst angefangen.

»Da hatte ich keine Zeit.«

Ich seufzte und nickte. »Na gut.«

»Ich muss auch!«, rief Fatma in die Klasse.

Ich schüttelte den Kopf. »Nicht zusammen. Warte, bis sie zurück ist.«

Emilia verließ den Raum. Die Klassenzimmertür knallte zu.

»Was sollen wir jetzt machen?«, rief Yusuf in die Klasse.

»Melde dich doch bitte!«, wies ich ihn zurecht. »Ihr lest erst einmal die Kurzgeschichte, die gerade vor euch liegt. Dann schreibt jeder zu seinem Text eine Inhaltsangabe. Denkt dabei an die Kriterien, die wir in der letzten Stunde erarbeitet haben.«

»Und warum haben wir verschiedene Arbeitsblätter?«, fragte Can.

»Meldest du dich auch bitte!« Etwas freundlicher fuhr ich fort: »Danach dürft ihr aufstehen und euch in der Klasse einen Partner suchen, der nicht denselben Text hat wie ihr. Dem zeigt ihr eure Inhaltsangabe. Da der eure Geschichte nicht kennt, wird er Rückfragen stellen und so könnt ihr euren Text verbessern.«

Merve meldete sich. »Das habe ich nicht verstanden. Können Sie das vielleicht an die Tafel schreiben?«

»Ja, gleich.« Zuerst wollte ich zu Ende erklären. »Zuletzt werden einige Zweier-Teams aus der Klasse ihre Texte vorlesen und uns berichten, wie sie diese verbessert haben.«

Ich nickte Merve zu und drehte mich zur Tafel. Doch kaum hatte ich der Klasse den Rücken zugewandt, ging das Gemurmel wieder los. Hinter meiner Stirn machten sich Kopfschmerzen breit. Ich versuchte, mich zu konzentrieren und den Schülern stichpunktartig die drei Arbeitsschritte mit den entsprechenden Zeitvorgaben aufzuschreiben, als wieder die Tür aufgerissen wurde.

»Der Tim!«, hörte ich einen meiner Schüler rufen. »Und Mathias und Jonas sind wieder da!«

Ich drehte mich um. »Wo wart ihr?«, fragte ich, als die drei sich schnaufend an mir vorbeibewegten.

Tim warf seine Tasche ab, setzte sich und sah zu mir hoch. Seine Wangen waren rot, besonders eine Stelle unter seinem linken Auge.

»Der Olaf hat mich geschlagen!«

»Das habe ich gehört! Wo kommt ihr jetzt her?«

»Vom Pausenhof«, sagte Mathias. »Tim hat uns alles erzählt.«

»Dann erzählt es mir nochmal.«

Tim begann stockend etwas zu sagen, doch Olaf brüllte dazwischen: »Ey, immer der, dem hören die Lehrer zu!«

Dann redeten beide gleichzeitig, aber die Worte gingen in der allgemeinen Lautstärke unter.

Aus dem Augenwinkel bekam ich mit, dass Emilia wieder hereinkam und Fatma hinausging.

Den Wortfetzen von Olaf und Tim konnte ich entnehmen, dass die beiden schon seit Olafs erstem Tag in der Klasse Probleme hatten. Dennoch war es mir in dem Chaos unmöglich, die Einzelheiten zu verstehen. Und ich musste mich um die anderen kümmern, denn für sie war meine Detektivarbeit die willkommene Gelegenheit für alles außer Unterricht.

Auf einmal sprang Olaf auf, stellte sich vor Tim und schrie ihn an: »Du Missgeburt, ich geb dir eine …«, und schon hob er die Hand. Ich eilte herbei und hielt meinen Arm dazwischen. Olaf musste erst einmal an mir vorbei. Er blieb einen Moment vor Zorn bebend stehen. Ich wies ihn an: »Setz dich hin.«

Langsam wich er zurück. Tim war noch roter im Gesicht geworden. Ich konnte diesen Streit zwischen den Jungen so nicht schlichten. Dies hier war ein Fall für unsere Sozialarbeiterin. Am besten sofort, bevor die beiden wieder ausrasteten.

Ich wandte mich an Carolin, die Klassensprecherin.

»Holst du bitte die Saskia?«

Carolin stand sogleich auf.

»Darf ich mit?«, fragte Emilia.

Ich nickte hastig, denn es wurde immer lauter.

Die Mädchen verschwanden durch die Tür. Fatma huschte gerade wieder herein.

Ich betätigte noch einmal die Tischglocke. Das erste *Pling* ging komplett unter. Das zweite auch. Ich stellte mich demonstrativ vorne hin und hob die Hand. Es dauerte mehrere Minuten, bis die Schüler die Aufforderung wahrnahmen. In dem Moment öffnete sich wieder die Tür. Es waren Carolin und Emilia. »Die Saskia ist gerade in der 5 b!«

So ein Mist. In der 5 b gab es auch immer wieder Streit und sogar von Mobbing unter den Schülern war die Rede. Für mich hieß das, dass ich das Problem mit Olaf und Tim erst einmal selbst lösen musste.

Ich beugte mich zu Olaf hinab, damit er mich hören konnte. »Schreib einfach auf, was passiert ist.«

Dann ging ich zu Tim und forderte auch ihn auf, alles aufzuschreiben. So konnte ich das Ganze nachmittags in Ruhe entwirren und dann später an die Sozialarbeiterin weitergeben.

Tim fing an, mit ungelenker Handschrift Notizen zu machen. Oh je, dachte ich, ob ich daraus schlau werde?

Olaf hingegen machte keine Anstalten zu schreiben.

»Ich sagte, du sollst mir den Vorfall aufschreiben«, wiederholte ich. Mein Ton war jetzt leicht scharf.

Er verschränkte die Arme und kippelte mit dem Stuhl.

»Will ich nicht.«

Ich glaubte, mich verhört zu haben. »Anders kann ich das nicht klären.« Noch während ich das sagte, wurde mir klar, wie unsinnig das war. Jetzt bat ich buchstäblich darum, helfen zu dürfen!

Olaf schrieb nichts. Also fischte ich fünfzehn Minuten später nur von Tims Tisch einen Zettel.

Inzwischen liefen zig Schüler gleichzeitig durch die Klasse, um sich einen Arbeitspartner zu suchen. Can lachte laut, Yusuf rempelte Mathias an, der sofort lauthals lamentierte.

»Yusuf!«, rief ich, aber mit meiner Ermahnung kam ich mir ein wenig lächerlich vor. Ich setzte zu einem Brüller an. »Ihr seid zu laut! Geht leise durch die Klasse und setzt euch dann schnell wieder hin!«

Mir kam der Gedanke, dass die neue Unterrichtsmethode vielleicht doch keine gute Idee gewesen war.

Ich schaute auf Tims Zettel. Auf den ersten Blick und im allgemeinen Durcheinander wurde ich aus dem Geschreibsel nicht schlau. Das hatte ich befürchtet. Ich schrieb erst einmal seinen Namen und das Datum auf den Zettel. Das sagte ich den Schülern zwar immer, aber in der Aufregung vergaßen die das meistens.

Dann legte ich den Zettel in mein Kalenderbuch und schaute in die mittlerweile sehr unruhige Klasse. Ich überlegte gerade, wie ich mich bemerkbar machen sollte, als die Tür geöffnet wurde.

Ich sah Monikas roten Haarschopf, den sie durch die Tür streckte, und schaute erstaunt zu ihr hinüber. Meine Klasse wurde augenblicklich ruhig und die letzten Schüler huschten auf ihre Plätze.

»Entschuldige die Störung«, sagte Monika. »Aber ihr seid zu laut, wir können unser eigenes Wort nicht verstehen.«

Richtig, Monikas Klasse war genau unter uns.

Ich wandte mich an meine Schüler. »Ihr habt es gehört.«

Monika nickte und schloss die Tür. Schon ging das Gemurmel wieder los.

Ich konnte gerade noch sagen: »Ihr habt noch fünf Minuten! Dann besprechen wir eure Ergebnisse in der Klasse!«

Mit einem weiteren »Ihr habt es doch eben gehört!« öffnete ich demonstrativ mein Notenbuch. »Ich schreibe auf, wer mitarbeitet! Der bekommt ein Plus!«

»Ich will ein Plus!«, rief Yusuf in die Klasse.

»Wenn du jetzt arbeitest, schreib ich dir eins auf!« Ich hatte keinen Nerv mehr, ihn schon wieder darauf hinzuweisen, dass er sich melden sollte.

Die letzten Minuten der Pair-Phase wurde es endlich leiser. Dafür hatte meine Stimme sich verabschiedet.

Lisa meldete sich. »Kann ich das so schreiben?«

»Ich komme.« Ich trat zu ihr und beugte mich über ihr Heft. Sofort hörte ich wieder Gequatsche – aus der Ecke der Mädchen diesmal. Lena kreischte lauthals.

»Lena, jetzt reicht es!«, krächzte ich. »Das ist die dritte Ermahnung! Du gehst jetzt kurz mal vor die Tür und beruhigst dich.«

Lena kniff zornig die Augen zusammen. »Immer ich! Es sind doch alle laut!«

»Du hast zum dritten Mal gestört, du gehst jetzt raus.«

»Das ist voll unfair!«, maulte sie, ging aber an mir vorbei zur Tür, die ich einen Spalt offen ließ.

»So, die Zeit ist um«, sagte ich mit heiserer Stimme. »Dann sind wir jetzt in der Share-Phase. Das bedeutet, die ersten Pärchen kommen nach vorne, tragen der Klasse eine ihrer Inhaltsangaben vor und berichten, nach welchen Kriterien sie diese überarbeitet haben. Wer fängt an?«

Zu meiner Überraschung meldeten sich jetzt Yusuf und Can und lasen eine gute Inhaltsangabe vor. Dann folgten Emilia und Fatma und einige andere Gruppen. Gemeinsam im Plenum sammelten wir Tipps und erstellten eine Liste mit Punkten, die ich am Ende der Stunde an die Tafel schrieb.

Als die Schüler die Ergebnisse abschrieben, wurde es von selbst ganz still in der Klasse, sodass ich noch einmal die Notizen auf Tims Zettel überfliegen konnte. Hier klang es so, als ob Olaf ihn ohne Grund geschlagen hätte. Leider hatte Olaf nichts notiert, was dem widersprach.

Ein Klopfen an der Tür ließ mich aufblicken. Es war Saskia. »Hier gab es einen Streit?«

Ich nickte. »Ja, Olaf und Tim.« Ich drückte Saskia Tims Zettel in die Hand und forderte Olaf und Tim auf, mit der Sozialarbeiterin mitzugehen.

»Nee, wir haben schon alles erzählt«, protestierte Olaf.

»Ich sag das heute sowieso meinen Eltern«, kam es von Tim.

Im Flur hörte man einen Ruf. »Saskia, hast du Zeit?«

Sie rief etwas zurück. Dann wandte sie sich noch einmal an uns. »Tut mir leid, ich muss jetzt erst einmal in die 8 a! Schick die beiden gleich morgen in der ersten großen Pause zu mir!«

Ich nahm den Zettel von ihr wieder entgegen. Ich würde die Jungen auf jeden Fall zur Sozialarbeiterin schicken, aber für Olaf wäre eine zusätzliche Maßnahme angemessen.

Am Nachmittag saß ich am Schreibtisch und dachte darüber nach. Ich erinnerte mich an Marias Rat, alles schriftlich zu regeln. Normalerweise schrieben die Kollegen in so einem Fall einen Elternbrief. Aber das erschien mir hier zu wenig. Eine Teilkonferenz wäre direkt nach nur zwei Schulwochen wiederum zu viel. Selbst wenn er von der anderen Schule geflogen war, ging es ja darum, dass er hier bei uns eine neue Chance erhalten sollte. Dennoch musste ich ihm eine Grenze aufzeigen. Es gab da noch eine Möglichkeit: ein Elternbrief mit Unterschrift der Schulleitung und ein Gespräch mit der Schulleitung. Das wäre ein gutes Signal für den Schüler. Ich brauchte Maria.

Gleich am nächsten Tag wollte ich zu ihr, doch vor dem Unterricht war sie immer in Gespräche mit Kollegen vertieft und in der ersten Pause hatte ich Hofaufsicht. In der zweiten Pause hoffte ich, mit ihr sprechen zu können, denn ich hatte dann Schluss und wäre erst am nächsten Tag wieder an der Schule. Hinzu kam, dass Saskia heute krank war, und das Gespräch mit den Jungen nicht führen konnte. Und je mehr Zeit verstrich, desto weniger wirksam wären unsere Maßnahmen. Ich klopfte an Marias Tür, die einen Spalt offen stand. Dort stand Monika und war mit ihr im Gespräch. Sie warf mir einen Blick zu und beendete hastig ihren Satz. Dann verließ sie das Büro.

Das Telefon klingelte. Maria sah zu mir herüber, nahm aber den Hörer ab. Sie fasste sich kurz und legte auf. Zwei Minuten vor dem Ende der Pause.

»Tut mir leid, störe ich?«, fragte ich.

»Nein, komm rein.«

Sie deutete auf den Stuhl vor ihrem Schreibtisch. »Setz dich doch.«

Ich winkte dankend ab. »Ich muss gleich in den Unterricht, aber ich wollte dir dies hier zeigen.«

Ich zeigte ihr den Bericht von Tim und schlug ihr die Variante »Schulleitertadel« vor.

»Ach, der Olaf.« Sie seufzte. »Ja, können wir so machen. Dann komm morgen mit Olaf nach der sechsten Stunde zu mir.«

Wir trafen uns also zum Gespräch im Schulleitungsbüro. Während Maria ruhig ihre Fragen stellte, beobachtete ich Olaf. Er spielte unter dem Tisch nervös mit seinen Fingern herum. Diesmal hatte er sich nicht getraut, sein Käppi aufzusetzen. Hoffentlich war diese Situation unangenehm genug für ihn, dass er sie nicht noch einmal erleben wollte.

Ich allerdings auch nicht. Ich war Lehrerin geworden, weil ich meine Fächer liebte und nicht weil ich solche Maßnahmen organisieren wollte.

Als ich am Freitagabend alles für Montag vorbereitet hatte und das Deutschbuch zuklappte, hatte ich nur einen Gedanken: Wie gut, dass diese schwierige Woche überstanden war!

Aber da fiel mir ein, dass ich seit zwei Tagen nicht mehr in meine dienstlichen E-Mails geschaut hatte. Das sollte ich noch tun, bevor ich mich ins Wochenende verabschiedete.

Als ich meinen Posteingang öffnete, fand ich eine E-Mail von Tims Eltern vor. Sie schrieben: »Sehr geehrte Frau Wollnau, wir sind entsetzt, welche Zustände an der Schule herrschen und wie Sie damit umgehen. Unser Sohn wird geschlagen und Sie tun nichts. Der Unterricht ist immer laut, und Sie greifen nicht durch. Die Kollegen sind auch nicht besser. Sie machen alle nur Ihren Job, ohne sich wirklich für die Kinder zu interessieren. Wir werden jetzt Konsequenzen ziehen. Mit freundlichen Grüßen.«

Was war das denn? Hinter meiner Stirn schien eine dicke Masse zu brodeln und sie wurde immer dicker. Dauerkopfschmerzen kündigten sich an. Gleichzeitig begann die Grübelspirale. Hätte ich etwas anders machen und diesen Ausgang der Geschichte verhindern können? Und hatten die Eltern vergessen, dass Tim den Lesewettbewerb gewonnen hatte? Er hatte doch nicht nur Schlechtes an der Schule erlebt. Ich nahm all diese Gedanken in den Schlaf und ins Wochenende mit. Immer wieder fragte ich mich, ob ich es hätte besser regeln können. Ich muss die Kollegen fragen, dachte ich. Aber die würde ich erst am Montag sehen. Und am Wochenende wollte ich sie nicht stören.

Am Samstag wachte ich mit üblen Rückenverspannungen auf. Ich wusste ja auch, woher die kamen. Ich ärgerte mich über meinen Arbeitseifer. Ab sofort würde ich das dienstliche Postfach nur noch zu den üblichen Bürozeiten öffnen. Und freitags am besten gar nicht mehr. Ich musste wenigstens am Wochenende einmal abschalten können.

»Ich habe auch schon einmal eine solche Eltern-Mail erhalten«, tröstete Denise mich am Montagmorgen. »Die Eltern wissen nicht, was wir hier alles tun und aus Datenschutzgründen darfst du Tims Eltern auch keine Details darüber erzählen, welche Maßnahmen wir für Olaf beschließen.«

Das hatte ich befürchtet. Wie gern hätte ich den Eltern von Tim geschildert, was wir unternommen hatten. Ich fühlte mich hier zu Unrecht verurteilt. Aber ich würde gegenüber Tim gleich heute durchblicken lassen, dass Olaf natürlich Konsequenzen erfahren hatte und solche Vorfälle immer auch in der Schülerakte vermerkt wurden. Damit waren laut Schulgesetz weitere Maßnahmen möglich, die sich mit jedem Mal steigerten, bis zum Verweis von der Schule, was Olaf ja schon einmal passiert war.

Aber Tim war nicht da. Dass er krank war, glaubte ich nicht. Es hatte bestimmt mit Olaf zu tun.

Ich überlegte, ob ich Tims Eltern anrufen sollte, und eilte in der ersten großen Pause ins Lehrerzimmer, um mir Rat zu holen.

Denise sah mich skeptisch an. »Willst du dir das wirklich antun?« Sie blätterte in ihrem Kalender. Es standen viele Termine darin, sicher nicht nur schulische, vermutete ich. Sie hatte Hobbys und Interessen außerhalb der Schule. Auf ihrem Handy sah ich oft Fotos von ihren Katzen. Ich sollte meinen Fokus auch mehr auf schöne Erlebnisse in der Freizeit richten. Dann würden mich solche schulischen Vorfälle sicher nicht so deprimieren.

»Na ja, ich könnte einfach fragen, wie es Tim geht.«

Eigentlich hatte ich wirklich keine Lust, bei Tims Eltern anzurufen. Nicht nach dieser E-Mail. Und in der großen Pause war es im Lehrerzimmer zu laut, um zu telefonieren.

Nach dem Unterricht war das Lehrerzimmer verlassen. Jetzt hatte ich Ruhe, aber nicht viel Zeit. Ich war wegen der Sache mit Olaf schon an zwei Tagen länger in der Schule geblieben. Das bedeutete, dass sich am Nachmittag alles noch mehr staute. Sebastian war das auch schon aufgefallen. »Wie lange geht das noch so, dass du die Schule mit nach Hause nimmst?«, hatte er leicht vorwurfsvoll gefragt.

Ich wollte diese Sache mit Tim also so schnell wie möglich zum Abschluss bringen.

Das Telefon stand auf dem schmalen Regal vor der Wand. Ich nahm es mit an meinen Platz. Dann wählte ich die Nummer und wartete. Freizeichen. Nichts. Schließlich meldete sich der AB: »Hier ist Familie Müller. Sprechen Sie nach dem Ton.«

Mist, nur der AB, dachte ich. Vielleicht aber gut so.

»Guten Tag, hier ist Frau Wollnau von der Realschule«, begann ich, »ich wollte nachfragen, wie es Tim geht. Ich hoffe, er kann bald wieder zur Schule kommen. Unsere Sozialarbeiterin ist leider erkrankt, weiß aber Bescheid, und wird sich so schnell wie möglich um Tim und den Mitschüler kümmern.«

Am Dienstag hatte ich meinen freien Tag und hörte nichts weiter.

Als ich am Mittwoch auf dem Weg zum Lehrerzimmer war, lief mir im Flur Maria über den Weg.

»Dein Schüler Tim wurde gestern von der Schule abgemeldet!«, teilte sie mir im Vorbeilaufen mit.

Ich glaubte, mich verhört zu haben. »Was?«

»Ja, der Vater kam gestern mit Tim ins Sekretariat. Tim wechselt zu einer anderen Realschule.«

»Das verstehe ich nicht. Nur, weil er Streit mit Olaf hatte?«

Ich hatte doch noch auf den AB gesprochen.

»Mach dir keine Gedanken. Das ist die Entscheidung der Eltern.«

Maria hatte recht. Wir hatten unseren Teil getan.

Als dann von Olaf endlich der unterschriebene Rückzettel für den Schulleitertadel kam, dachte ich erleichtert, dass diese Sache jetzt abgehakt war. Aber die Unterschrift sah merkwürdig aus. »Barbato«, stand da mit durchgezogenen Linien und trotzdem sah der Schriftzug ungelenkig aus. Ich nahm den Zettel und holte nach meinem Unterricht die Schülerakte aus dem Sekretariat. Die dort hinterlegte Unterschrift sah anders aus. Ich hatte es mir gedacht. Olaf hatte sie gefälscht.

Also rief ich gleich nach meinem Unterricht seine Mutter an.

»Hallo, Frau Barbato?«

»Ja?«, kam es am anderen Ende.

»Hören Sie, Olaf hat seit Beginn des Schuljahres Streit mit einem Mitschüler. Deshalb habe ich einen Brief an Sie geschickt. Haben Sie den erhalten?«

»Cosa?«

Sie hatte mich offensichtlich nicht verstanden.

»Sprechen Sie Englisch?«

»Non parlo inglese.«

»Oh. Kein Englisch. Okay, dann erkläre ich es Ihnen noch einmal.« Ich wiederholte, was ich gesagt hatte, ganz langsam.

Olafs Mutter sagte schließlich: »Olaf … geschlagen? Brief … nein.«

»Das dachte ich mir. Olaf hat die Unterschrift gefälscht. Ich schicke den Brief noch einmal.«

Frau Barbato versprach, ihn zu unterschreiben und Olaf direkt mitzugeben. Wenn das nicht klappte, blieb mir nur noch, die Mutter zum Gespräch in die Schule zu bitten. Aber einige Tage später rückte Olaf den Zettel schließlich raus. Wortlos und mit finsterer Miene. Ich nahm ihn an mich. Ja, das war die Unterschrift aus der Schülerakte.

KAPITEL 5 – ZWISCHEN KLASSENLEITUNG UND AUSBILDUNGSKOORDINATION

Als Ausbildungsbeauftragte musste ich an einem Nachmittag an der Infoveranstaltung teilnehmen, die im Zentrum für schulpraktische Lehrerausbildung stattfand. Es gab so viele Informationen und so viel mitzuschreiben, dass mir der Kopf schwirrte bei all den Regelungen und Formulierungsvorgaben, die zu beachten waren. Aber das Merkwürdigste war: Simone war nicht da. Ich hatte mich sogar darauf gefreut, sie zu sehen, um wenigstens eine Person zu kennen, denn die Lehrkräfte von den anderen Schulen kannte ich nicht. Aber Simone tauchte nicht auf.

Von den Kollegen erfuhr ich, dass Simone langzeiterkrankt war. Jetzt hatte ich die Ausbildungskoordination alleine, aber an meinem Stundenplan änderte das nichts. Und ich musste das schulische Ausbildungsprogramm für unsere Lehramtsanwärter jetzt alleine schreiben. Zum Glück fand ich im Internet genug Beispiele von anderen Schulen. Es waren nur ein paar Seiten, auf denen tabellarisch aufgelistet werden sollte, welche Themen mit den Lehramtsanwärtern zu welchem Zeitpunkt an der Schule durchgenommen werden sollten. Dennoch – solche Zusatzaufgaben summierten sich irgendwann merklich.

*

Als die Deutscharbeit geschrieben wurde, fehlten Ecrin, Niklas und Julius. In der Woche danach kamen sie wieder und ich musste einen Nachschreibtermin für sie organisieren. Am besten bei Kollegen, die auch eine Arbeit schrieben.

Während der Pausenaufsicht sah ich Monika ein Stück weiter auf dem Schulhof stehen. Ich wusste, dass sie in Bio und Kunst auch schon einmal längere schriftliche Überprüfungen durchführte und fragte sie.

Doch sie sagte: »Tut mir leid, im Moment schreibe ich nur Tests und die dauern nicht die ganze Stunde.«

Im Lehrerzimmer sah ich mich nach einem Hauptfachlehrer um, den ich fragen konnte. Beate war schließlich bereit, Ecrin und Niklas während der Englischarbeit in Klasse 8 c in ihrem Raum zu beaufsichtigen. »Aber ich habe nur Platz für zwei Schüler!«, sagte sie.

Erleichtert bedankte ich mich. Julius konnte ich im Notfall während der Deutschstunde vor dem Klassenraum nachschreiben lassen. Auch wenn der Hausmeister Möbel im Flur nicht gerne sah wegen des Fluchtweges im Brandfall. Aber es wurde toleriert. Ich nahm also meinen Lehrerkalender und quetschte noch eine weitere Notiz in die vollgeschriebene Seite: Nachschreiber über Zeit/Ort informieren.

Ich forderte Julius auf, einen Stuhl und einen Tisch in den Flur zu stellen, und achtete darauf, dass er nur sein Mäppchen mit nach draußen nahm, nicht etwa sein Handy. Während der Stunde schaute ich zweimal nach ihm und jedes Mal, wenn ich die Klasse verließ, ging dort drinnen der Lärmpegel hoch. Aber schlussendlich hatte ich die Arbeiten aller drei Schüler.

Doch weitere Aufgaben warteten auf mich. Beate wollte mit der Klasse nach den Herbstferien ein englischsprachiges Theaterstück besuchen. Als Klassenlehrerin war ich dafür zuständig, Geld von den Schülern einzusammeln. Es war schon die zweite Woche, in der ich zu Beginn jeder Deutschstunde nach dem Geld fragte, aber immer noch hatten elf Schüler den Betrag nicht abgegeben.

»Muss ich heute Nachmittag bei euch zuhause anrufen und euch daran erinnern?«, drohte ich und hoffte, dass ich das nicht tun musste.

Ein weiteres Problem war die Lagerung des Bargeldes. Bisher hatte ich Geld von den Schülern immer in mein Fach in der Schule gelegt. Ich konnte es zwar abschließen, aber während der Ferien wollte ich das Geld trotzdem ungern dort lassen. Diesmal war es auch ein großer Betrag von immerhin zweihundertfünfzig Euro. Ich würde mir etwas einfallen lassen müssen.

Am Ende der Stunde kam Anna zu mir nach vorne: »Frau Wollnau, meine Mutter und ich sind im November in Kur.«

»In Ordnung, das brauche ich natürlich schriftlich von dir.« Und ich durfte nicht vergessen, ihr dann die Aufgaben zu schicken, solange sie in Kur war, damit sie den Anschluss nicht verlor. Ich quetschte noch eine Notiz in mein volles Notizbuch, denn auch die Kollegen mussten informiert werden.

Und Fatma wartete schon, denn sie hatte auch ein Anliegen. »Ich kann am letzten Schultag vor den Herbstferien nicht zur Schule kommen. Mein Onkel heiratet in der Türkei.«

Sie drückte mir eine Einladungskarte in die Hand. Das war offensichtlich die Einladung zur Hochzeit, aber der Text war in türkischer Sprache geschrieben. Ich nahm die Karte erst einmal mit. Am ersten und letzten Schultag waren Beurlaubungen immer schwierig, weil der Schüler sofort in den Verdacht geriet, dass die Familie wegen der günstigeren Preise schon einen Tag vor den Ferien in den Urlaub startete. Ich musste mir auf jeden Fall das Einverständnis der Schulleitung dafür holen.

»Ich muss das übersetzen lassen«, sagte Maria. Aber am nächsten Tag gab sie ihr »Okay« und die Sekretärin schrieb eine kurze Bestätigung, dass das in Ordnung wäre. Ich holte den Brief in der zweiten großen Pause im Sekretariat ab und legte ihn in mein Notizbuch, um ihn in der nächsten Deutschstunde Fatma zu geben.

*

Am nächsten Tag war ich jedoch erst einmal mit Yusuf beschäftigt, der nach der Sportstunde zu spät in den Unterricht kam. Sein Kopf war hochrot und er zeigte mir seinen weißen Hoodie, der mit Flecken einer braunen Flüssigkeit übersät war. »Der Philipp hat seine Flasche über meinem neuen Hoodie ausgeschüttet!«

»Oh je. Absichtlich?«

»Ja klar! Dieser Hurensohn!«

Ich seufzte innerlich. Aber der allgemeine Lärm hallte durchs Gebäude und ich wollte mir nicht schon wieder Beschwerden von Monika anhören müssen.

Daher verzichtete ich auf eine Bemerkung darüber, dass Hurensohn ein Schimpfwort war, das in erster Linie nicht den Sohn, sondern seine Mutter – also Frauen – beleidigte, und sagte nur: »Yusuf, ich habe jetzt keine Zeit, aber nach der Stunde können wir das kurz klären.«

»Da muss ich zum Bus!«

Ich war perplex. »Da fährt doch wohl mehr als nur ein Bus.« »Ich muss zum Bus«, wiederholte er und setzte sich auf seinen Platz.

Bevor ich mit Philipps Eltern Kontakt aufnahm, musste ich ja schon genau wissen, was passiert war. Vielleicht überlegte Yusuf sich es ja noch.

Aber schon vor dem Schellen stand er zusammen mit den anderen Jungen an der Tür. Die Stühle waren nicht hochgestellt.

»Yusuf, Olaf, Can! Stühle hochstellen!«

Widerwillig kamen sie der Aufforderung nach. Dabei schubste Can Niklas, der mit seinem Tornister gegen den Stuhl stieß und ihn vom Tisch schmetterte. Der Stuhl krachte zu Boden. Die Schüler rempelten sich gegenseitig an. Ein zweiter Stuhl krachte runter. Und ein dritter. Ich schaute auf die Uhr. Noch zwei Minuten bis zum Schellen. In der Zeit konnten die Schüler das Gebäude auseinandernehmen. Ich schwitzte und zählte die Sekunden. Endlich schellte es. Die Schülermassen stoben nach draußen.

Ich stellte noch drei Stühle hoch, hob den Tafelschwamm vom Boden auf und ordnete meine Sachen.

Ich musste ohnehin noch länger bleiben, weil ich die Plakate, die die Schüler in Philosophie zum Thema *Mensch und Natur* gestaltet hatten, benoten wollte. Ich wollte es vermeiden, die Papprollen nach Hause zu transportieren. Es regnete schon den ganzen Tag in Strömen. Auf dem Weg bis zum Auto wären die Plakate nass. Außerdem hatte ich hier viel Platz, anders als im Lehrerzimmer. Ich stapelte also drei Haufen auf dem Lehrerpult und den angrenzenden Tischen – einen für die guten Plakate, einen für die mittleren und einen für die schlechten. Doch ich war gerade halb durch, da stand schon wieder die Putzkolonne vor der Tür. Mist. Ich machte schnell Fotos von den restlichen Plakaten, damit ich sie dann doch zuhause benoten konnte.

Als Yvonne und Sophie am Nachmittag um sechzehn Uhr mit einer Kinderserie über unseren Streamingdienst versorgt waren, machte ich mir erst einmal einen Kaffee. Dann nahm ich mein Handy und rief die Fotos auf. Ich musste mich beeilen. Viel Zeit hatte ich nicht, um die restlichen Plakate zu benoten und den Unterricht vorzubereiten. Eine Nachtschicht wollte ich möglichst vermeiden.

Als ich damit fertig war, widmete ich mich dem Klassenlehrerkram. Ich schaute in mein E-Mail Postfach und fand eine E-Mail von Yusufs Mutter vor.

»Der Hoodie von unserem Sohn wurde in der Sportumkleide mit einem Getränk bespritzt. Yusuf hat Sie informiert, dass es Philipp Ariti war, aber Sie hatten keine Zeit, das zu regeln. Der Hoodie war ganz neu. Deshalb wollen wir, dass Philipps Eltern die Reinigungskosten bezahlen.«

Ich runzelte die Stirn. Ich hatte Yusuf doch ein Gespräch nach dem Unterricht angeboten, aber da war ihm die Sache plötzlich nicht wichtig genug gewesen. Seinen Eltern gegenüber stellte er es jedoch so dar, als ob ich keine Zeit gehabt hätte. Unfassbar. Jegliche Anrede oder ein Gruß fehlte auch. Ich seufzte. Philipp war in der 7 a, das war die Parallelklasse. Die Klasse von Simone Becker. Aber die Kollegin war ja nicht da. Und Yusuf war mein Schüler. Also musste ich mich um den Vorfall kümmern. Ich öffnete die Vorlage für den Elternbrief und schrieb an die Eltern von Philipp. Ich schilderte ihnen den Vorfall und formulierte die Aufforderung: »Frau Hussein hat dies der Schule gegenüber angezeigt und besteht auf Schadensersatz.« Ich überlegte. Und wenn die Mutter von Philipp das ablehnen würde? Ich hätte ein ewiges Hin und Her oder müsste schon wieder die Schulleitung einschalten. Ich erinnerte mich, wie Jennifer einmal einen ähnlichen Fall in ihrer Klasse gelöst hatte, und schloss mit dem Satz: »Bitte setzen Sie sich mit Frau Hussein in Verbindung und klären Sie die Sache einvernehmlich.«

Dann holte ich einen ganzen Stapel von Elternbriefen meiner Kollegen aus der Tasche. Ob es nun an Olaf lag, der ständig Unruhe in die Klasse brachte, oder daran, dass die Schüler in die Pubertät kamen, jedenfalls sorgte das Verhalten der Klasse immer öfter für Unmut bei den Kollegen. Ich als Klassenlehrerin musste alle Elternbriefe unterschreiben und eine Kopie in der Schülerakte abheften. Letzteres würde ich erst am nächsten Tag in der Schule erledigen können. Die einzelnen Anschreiben ins Fach im Sekretariat legen konnte ich auch erst morgen. Der Hausmeister brachte die gesammelten Briefe zur Post, und dann wurden sie über die Stadt weitergeleitet. Das dauerte dementsprechend immer einige Tage. Und dummerweise hatte ich die Anschrift von Philipps Eltern nicht. Ich unterrichtete ja nicht in der 7 a. Gleich am nächsten Tag würde ich in der Schülerakte nachschauen.

Außerdem hatte sich ein Stapel von Rückzetteln der Schülereltern angesammelt, den ich mit meiner Liste abgleichen musste, und ich musste prüfen, ob die Unterschriften echt waren.

Aber jetzt war es schon Viertel nach sechs. Meine Kinder warteten auf ihr Abendessen. Und ich hatte noch keinen Unterricht vorbereitet. Sebastian würde nicht begeistert sein, wenn ich den Abend schon wieder am Schreibtisch verbrachte. Und alles nur wegen der vielen Regelverstöße der Schüler. Ich seufzte frustriert. Immer öfter kam mir der Gedanke, dass das, was mir Spaß machte, nämlich die Vorbereitung des Unterrichts, viel zu kurz kam.

Ich wollte die Sammlung der Rückzettel gerade wegpacken, da fiel mir auf, dass Julius nie welche abgegeben hatte. Und dabei hatte er besonders viele Elternbriefe erhalten. Er hatte bei mir in Deutsch, aber auch bei Erik in Mathe und bei Beate in Englisch immer wieder den Unterricht gestört.

Am nächsten Tag schnappte ich mir in der ersten großen Pause das Telefon im Lehrerzimmer. Der Geräuschpegel erschwerte mir zwar das Telefonat, aber in meiner Freistunde war ich für Vertretungsunterricht eingesetzt. Und nachmittags waren meine Kinder da. Zuhause wollte ich dienstliche Gespräche möglichst vermeiden.

Aber Julius' Vater war nicht zu überhören. Er brüllte ins Telefon: »Was wollen Sie denn jetzt?« Der Rest des Gebrülls war völlig unverständlich.

Ganz offensichtlich war der Vater nicht bereit, mir meine Frage nach den Elternbriefen zu beantworten.

Ich hielt das Telefon mit ausgestrecktem Arm so weit wie möglich von mir und warf meinen Kollegen Ralf, Dennis und Denise einen fragenden Blick zu. »Was mach ich denn jetzt?«

»Auflegen«, schlug Denise vor.

Ich rief noch einmal »Hallo?«, aber als das Gebrüll weiterging, legte ich auf. Puh. Meine Kopfschmerzen waren wieder da. Außerdem war ich hungrig und müde. Und jetzt noch eine Doppelstunde Deutsch!

»Diese Klassenleitung alleine ist echt nicht ohne!«

Warum machte ich das eigentlich?

Aber jetzt hatte mich ein gewisser Trotz gepackt. Allein an der Front. Ich wollte allen beweisen, dass ich das auch alleine schaffte.

Eine Woche später lag der Brief, den ich an die Eltern von Philipp geschrieben hatte, ungeöffnet, aber mit Poststempel, in meinem Fach im Lehrerzimmer. *Unzustellbar, Adresse nicht bekannt* – stand darauf.

Das war ja merkwürdig, ich hatte die Adresse doch extra aus der Schülerakte herausgesucht. Ich fragte die Kollegen, denn Frau Becker war immer noch nicht da.

Jennifer klärte mich auf. Als Vertrauenslehrerin wusste sie oft mehr über einzelne Schüler als die anderen Kollegen. »Die haben kein Türschild. Und Philipp wohnt da auch nicht mehr. Er ist inzwischen in einer Wohngruppe. Da müsstest du mal die Saskia fragen.«

Also ging ich nach dem Unterricht direkt zu Saskia und war froh, dass ich sie in ihrem Büro antraf.

Sie gab mir die aktuelle Adresse, die ich schnell der Sekretärin mitteilte, bevor diese um vierzehn Uhr die Schule verlassen würde.

Als ich nach Hause fuhr, dröhnte mir der Kopf.

*

Ich versuchte immer, so viel wie möglich in der Schule zu erledigen. Besonders in der großen Pause, wenn endlich der letzte Schüler gegangen war, hatte ich etwas Ruhe im Klassenraum. Diese Minuten nutzte ich manchmal, um E-Mails zu beantworten. Diesmal waren es Anfragen von Zehntklässlern vom Gymnasium, die ein Praktikum bei uns machen wollten. Auch dafür war ich als Ausbildungskoordinatorin zuständig, was mir vorher nicht klar gewesen war.

Nach der Doppelstunde Deutsch hatte ich schon wieder die üblichen Kopfschmerzen. Ich musste gleich einmal etwas trinken, das würde auch gegen die Heiserkeit helfen, die mich nach dem lauten Reden wieder plagte. Aber ich wollte diese E-Mails vom Tisch haben. Wenn ich mich beeilte, hätte ich noch ein paar Minuten Pause. Ich tippte schnell die Antworten ein. Plötzlich rammelte es an der Tür, sie wurde aufgerissen und Niklas und Fynn rannten in den Klassenraum.

»Kommen Sie schnell, der Olaf hat ein Portmonee geklaut!«

Oh, bitte nicht. Aber ich sagte: »Ich komme gleich.«

Ich schrieb noch den letzten Satz und klickte auf Senden. Dann nahm ich meine Sachen und schloss die Klassenzimmertür ab. Die Pause war schon fast zu Ende. Einen Moment überlegte ich, ob ich trotzdem nach draußen rennen sollte, um Olaf zu suchen und zur Rede zu stellen. Aber die beiden Philosophiestunden in der fünften und sechsten Stunde würden hammerhart werden. Nein, es ging nicht. Ich musste noch einmal kurz durchatmen und in mein Brot beißen, sonst würde ich den Rest des Tages nicht durchhalten. Also wies ich Niklas und Fynn an: »Sagt Olaf, er soll gleich zu mir in den Unterricht kommen.«

Als ich ins Lehrerzimmer trat, tauchte Gerd so plötzlich vor mir auf, dass er mir einen Schreck einjagte. Ich schaute zu ihm nach oben, als er mich ansprach. »Wir hörten, in deiner Klasse wurde gerade ein Portmonee geklaut. Kümmerst du dich nicht darum?«

»Doch, aber ich brauche kurz mal eine Pause.«

Gleich zu Beginn des Unterrichts ließ ich die Sechstklässler einen Philosophietest schreiben, den ich für die Stunde ohnehin geplant hatte. Das war jetzt mein Glück, denn so war der unruhige Haufen einigermaßen beschäftigt. Das hoffte ich zumindest.

Die Tür wurde aufgerissen und Olaf, Niklas und Fynn marschierten auf mich zu. Die Sechstklässler sahen interessiert auf.

»Was macht ihr hier?«, fragte einer.

»Ich muss mit den Schülern aus meiner Klasse etwas klären. Ihr schreibt weiter euren Test«, wies ich sie an.

Dann begann ich mein Polizeiverhör. Immer mit Blick auf meine Sechstklässler. Lars saß so verkrampft da. Er hielt irgendetwas unter dem Tisch. Ich lugte hinunter. Sein Handy! Ich hatte es geahnt. Er schummelte!

Ich stand auf. »Lars, gib mir dein Handy!«

Er zuckte sichtlich zusammen und ließ das Handy in seine Schultasche fallen. »Zeig mir, was du da abgelesen hast!«

»Nichts!« Er machte keine Anstalten, es aus der Tasche zu holen.

»Hol es raus!«, beharrte ich und ärgerte mich, dass ich als Lehrperson nicht in die Tasche des Schülers greifen durfte.

»Nein.«

»Dann gehe ich davon aus, dass du die Lösungen abgelesen hast. Eigentlich müsste ich dir den Test jetzt abnehmen und dir eine Sechs geben!«

Maya sah zu uns herüber. »Nein, das wäre unfair, er war doch nicht ...«

Sie brach ab. Wollte sie sagen, er war nicht der Einzige, der gemogelt hatte? Ich blickte unter die Tische und spürte es geradezu, wie die Klasse gemeinschaftlich zusammenzuckte. Aber die reagierten schnell. Handys entdeckte ich keine mehr.

»Bitte«, sagte Lars flehend. »Ich kriege Ärger!«

Ich seufzte. Da ich keine weiteren Handys sah und ich ja auch mit meinen eigenen Schülern sprechen wollte, beschloss ich, dies hier abzukürzen. Ich beugte mich zu Lars hinunter und markierte die Stelle auf seinem Blatt, wo ich ihn beim Mogeln erwischt hatte. Ich würde später entscheiden, wie ich seine Eigenleistung benoten würde. »Dann zeig mal, was du alleine schaffst.«

Die Klasse wurde ruhiger und ich wandte mich wieder Olaf, Fynn und Niklas zu.

»Das war mein Portmonee!«, rief Fynn. Verstohlene Blicke der Sechstklässler trafen ihn.

»Ich war das nicht!«, protestierte Olaf.

»Wie viel Geld war darin?«, fragte ich.

»Zwanzig Euro!« Fynn bebte vor Empörung.

»Ich habe das Portmonee nicht geklaut!«, wiederholte Olaf.

Schon wieder eine Taschendurchsuchung, die ich nicht machen durfte. »Mach mal deine Tasche auf und zeig mir, was drin ist.«

Olaf machte widerstrebend seine Tasche auf.

»Auch die Vortasche.«

Olaf öffnete sichtlich genervt alle Reißverschlüsse.

»Sind Sie jetzt zufrieden?«

Es war kein Portmonee in seiner Tasche zu finden, was aber letztlich nichts darüber aussagte, ob er der Dieb war oder nicht. Ein kluger Dieb würde das Portmonee irgendwo in der Schule verstecken.

Ich erkannte, dass ich hier alleine nicht weiterkam. Es wäre doch gut, wenn die Schulleitung informiert wird, dachte ich und bat Niklas und Fynn: »Bitte geht zu Frau Dahoff und sagt ihr, was passiert ist.« Es ging ja nun schon wieder um diesen Olaf.

Kurz darauf kamen Niklas und Fynn wieder zurück.

»Frau Dahoff hat gesagt, sie braucht auch mal kurz eine Pause.«

Ich hatte mich wohl verhört. Das waren ja meine eigenen Worte, die ich gegenüber Gerd geäußert hatte! Der musste diesen Satz so an Maria weitergegeben haben. Und sie schloss wohl daraus, dass ich meinen Klassenlehrerpflichten nicht nachkam?

Am liebsten wäre ich direkt zu ihr gegangen, um das Ganze zu klären, aber ich konnte den chaotischen Philosophiekurs nicht alleine lassen.

Gleich nach dem Unterricht rannte ich zum Schulleiterbüro. Doch die Tür war verschlossen. Offensichtlich war Maria nicht in ihrem Büro und sie war auch sonst nicht zu sehen.

Als ich an diesem Tag nach Hause fuhr, fühlte ich mich geradezu plattgewalzt. Ich hatte das Gefühl, egal, wie ich mich abmühte und versuchte, alles zu regeln und jedem gerecht zu werden, es kam immer etwas Neues in meiner Klasse, und was ich auch tat, es reichte nie.

Am nächsten Tag suchte ich Maria im Büro auf. Gerade als ich an der Tür stand, klingelte ihr Handy. Sie winkte ab. Ich ging und versuchte es nach dem Unterricht noch einmal. Sie saß am Schreibtisch und war allein. Diesmal auch kein Telefon.

»Jetzt nicht!«, sagte sie, als ich in den Raum treten wollte.

Ich drehte mich um und ging ins Lehrerzimmer. Dort war nur noch Monika. Ich erzählte ihr von der Sache mit Olaf und Marias merkwürdiger Reaktion und machte eine hilflose Geste. »So war sie bisher noch nie zu mir.«

Monika warf einen kurzen Blick zur Tür, als ob sie befürchtete, dass dort jemand hereinkommen würde, und raunte mir dann zu: »Ihre Tochter ist in stationärer Behandlung, weil es ihr psychisch sehr schlecht geht. Da ist wohl einiges schiefgelaufen. Lass Maria am besten in Ruhe.«

»Oh je«, entfuhr es mir. »Das wusste ich nicht.«

Auf der Heimfahrt dachte ich fieberhaft nach. Erst der Ehemann und jetzt die Tochter. Das erklärte, warum Maria so abweisend war. Aber seit dem neuen Schuljahr gab es ständig Ärger in meiner Klasse.

Wenn jetzt die Unterstützung durch die Schulleitung wegfiel, wusste ich nicht, ob ich an dieser Schule bleiben wollte. Vielleicht würde ich an einer anderen Schule bessere Bedingungen vorfinden? Vor allem eine Klassenleitung im Team. Ich könnte im Dezember einen Versetzungsantrag stellen. Aber Maria musste als Schulleiterin zustimmen, denn ich brauchte von ihr eine Freigabe. Und wer würde dann die Klassenleitung übernehmen? Ich würde meine Klasse im Stich lassen. Und ich hatte ja jetzt die Aufgabe der Ausbildungsbeauftragten.

Vielleicht war das die Lösung. Ich würde mich weiter informieren, um die Revisionsprüfung für angehende Fachleiter machen zu können. Für jeden Lehramtsanwärter würde einem eine Schulstunde erlassen. Es gab Fachleiter, die unterrichteten kaum noch selbst. Diese Aussicht war sehr verlockend.

Wenigstens hatten rechtzeitig vor den Herbstferien alle Schüler den Betrag für das Theaterstück abgegeben. Bei Yusuf und Olaf hatte ich zuletzt doch noch angerufen. Am letzten Schultag wollte ich die zweihundertfünfzig Euro im Sekretariat abgeben.

Aber Tanja schüttelte den Kopf. »Nein, das Geld kannst du nicht in der Schule lassen. Das ist hier in den Ferien auch nicht sicher.«

Mist. Ich hatte ein ganz ungutes Gefühl dabei, das Geld zuhause zu lagern, denn in unserer letzten Wohnung war vor einigen Jahren einmal eingebrochen worden. Auch dieses Mal hatten wir eine Woche Nordseeurlaub gebucht. Aber jetzt blieb mir nichts anderes übrig.

***

Im November war der Tag der offenen Tür. Das war meine Möglichkeit zu glänzen. Schon im Jahr davor hatte ich auf Tischen Schülerwerke ausgestellt, aber da war ich noch neu an der Schule gewesen und hatte noch nicht so viel vorweisen können. Doch diesmal konnte ich einige Arbeitsergebnisse aus meinem Unterricht zeigen. Es war mir wichtig, denn ich wollte besonders auf Maria und die neue stellvertretende Schulleiterin, Frau Ziems, einen guten Eindruck machen. Die Plakate aus dem Philosophieunterricht hatte ich schon vor einigen Wochen im Schulgebäude in den Vitrinen platziert. Am Tag der offenen Tür wollte ich daher vor allem das Fach Deutsch präsentieren. Ich stellte Tims Urkunde vom Vorlesewettbewerb aus. Dann legte ich die Deutschbücher unserer Jahrgangsstufen auf die Tische und daneben Schnellhefter, in denen Gedichte abgeheftet waren, die meine Schüler in Klasse 6 selbst geschrieben hatten. Außerdem hatten die Schüler in Klasse 7 zum Thema Vorgangsbeschreibung eigene Bastelanleitungen für Fenstersterne im Passiv verfasst und dazu einige kurze Lernvideos erstellt. Ich schaltete den Beamer ein und zeigte die Kurzfilme der Schüler auf dem Whiteboard.

Aber der Tag der offenen Tür war an Realschulen nie gut besucht. Anders am Gymnasium, da traten sich die Leute immer gegenseitig auf die Füße. Zu unserer Schule kamen auch dieses Mal nur wenige Besucher. Nicht einmal Maria fand die Zeit, vorbeizuschauen, aber wenigstens Frau Ziems erschien kurz an der Tür und warf einen Blick in den Raum. Und Erik schaute bei mir vorbei und machte Fotos für die Schulhomepage. Ich klopfte mir in Gedanken selbst auf die Schulter und verbuchte den Tag der offenen Tür für mich als Erfolg.

Am Dienstag nach dem Tag der offenen Tür war ich zuhause, es war ja mein freier Tag. Ich hatte es mir gerade mit einem Tee gemütlich gemacht und wollte Unterricht für die beiden Deutschklassen vorbereiten, als ein Signalton meines Handys den Eingang einer Nachricht anzeigte. Im Dienst-E-Mail-Fach. Das war nichts Ungewöhnliches. Es kamen ja täglich E-Mails.

Ich checkte meinen Posteingang. Es war eine Nachricht von den beiden Schulleiterinnen. Vielleicht ging es um den Tag der offenen Tür. Ich lächelte. Bestimmt hatte Frau Ziems Maria von meiner Ausstellung erzählt. Obwohl ich davon ausgegangen war, dass Frau Ziems mit nur einem Blick gar nicht alles hatte erfassen können. Aber vielleicht hatte sie die Fotos auf der Schulhomepage bemerkt. Gespannt öffnete ich die E-Mail und las: »Liebe Wiebke, du gehst deinen Aufgaben als Klassenlehrerin mit großem Engagement nach. Dennoch beunruhigen uns Beschwerden über Streitigkeiten und Lärm in deinem Unterricht. – Komm doch bitte morgen in der sechsten Stunde zu uns. Maria und Annika.«

Mir wurde heiß und kalt zugleich. Das erinnerte mich schlagartig an Birgit! Ich las die Mail ein zweites Mal. Beschwerden über meinen Unterricht? Aber von wem? Ja, in meiner siebten Klasse gab es Unruhe und viel Streit unter den Schülern. Und auch wenn die Kollegen es selten offen zugaben – die vielen Elternbriefe, die auch von ihnen kamen, bewiesen doch, dass immer die gleichen Schüler überall ein ähnliches Störverhalten an den Tag legten. Warum richtete sich der Fokus plötzlich so auf meine Person? Ich hatte das Gefühl, dass das ein schwieriges Gespräch werden würde. Zumal mein Verhältnis zu Maria seit dem Vorfall mit dem Portmonee etwas abgekühlt war. Auf jeden Fall sollte ich einen Kollegen bitten mitzukommen.

Vielleicht Ralf, er war nicht nur der Bruder von Dennis, sondern er kannte die Klasse und er war Mitglied im Lehrerrat. Ansonsten war da noch Gerd Gerting. Er war auch im Lehrerrat. Mir fiel seine Bemerkung zu der Sache mit dem Portmonee ein, und ganz offensichtlich hatte er das der Schulleitung weitergetragen. Nein, Gerd war nicht der Richtige.

Ralf dagegen wirkte in seiner Art so wohlwollend und bestätigend. Ich griff nach der Kollegiumsliste und rief ihn an.

Er sagte sofort: »Klar komme ich mit, deshalb bin ich ja im Lehrerrat.«

In der Nacht wälzte ich mich hin und her. Ich fragte mich, wer die Beschwerden gegenüber der Schulleitung geäußert hatte. Die Kollegen? Die Schülereltern?

Ich fragte Ralf am nächsten Tag im Lehrerzimmer. Er schüttelte den Kopf. »Also die Kollegen nicht, denke ich. Aber Schülereltern beschweren sich gern schon mal direkt bei der Schulleitung.«

Ich schnaubte empört. »Das würden die doch auch nicht wollen, dass wir direkt zu ihrem Chef laufen!«

Ralf fuhr fort: »Bei Carla Tarinov, die vor dir die Klassenleitung in der 5 c hatte, waren die Schüler auch unruhig und es gab auch Elternbeschwerden. Aber dann ist sie in Mutterschutz gegangen.«

Leider plante ich kein drittes Kind. Nein, ich würde meinen Exit-Plan mit der Fachleitung weiter verfolgen. Ich schaute bereits regelmäßig auf dem Ausschreibungs-Portal STELLA nach Fachleiterstellen. Aber noch hatte ich keine Fachleiterstelle für Deutsch oder Philosophie entdeckt.

Nach meinem Unterricht saß ich dann in der sechsten Stunde im Schulleitungsbüro. Ralf und ich auf der einen Seite des Tisches, Frau Dahoff und Frau Ziems mit ihrem Tablet auf der anderen Seite. Ein schwacher Geruch nach Zigarettenrauch streifte meine Nase. Wahrscheinlich hatte Frau Dahoff gerade geraucht. Frau Ziems konnte es nicht sein, sie rauchte nicht, soweit ich das wusste.

Beide wirkten mit ihren schicken Blazern wie eine Prüfungskommission.

Mein Outfit mit dem Pferdeschwanz, der pinkfarbenen Haarsträhne und dem pinkfarbenen Pulli kam mir dagegen ein wenig schrill vor. Auf jeden Fall underdressed.

Sogar meine Kinder hatten große Augen gemacht, als sie mich am frühen Morgen mit dem pinkfarbenen Pullover sahen.

»Du siehst aus wie Mrs Umbridge!«, hatte Yvonne gerufen und sie hatte recht, die Farbe erinnerte an die Lehrerin aus den Harry-Potter-Filmen. Auch mein Pulli war knallig pink und hatte oben links noch eine Schleife …

Aber heute musste ich in Pink kommen. Das war wie ein Naturgesetz.

Annika sprach als Erste: »Wir haben dich hergebeten, weil uns zugetragen wurde, dass es ständig chaotisch ist in deiner Klasse.«

Ich drehte meinen Kugelschreiber zwischen den Fingern hin und her. »Wer genau hat sich denn beschwert?«

Annika antwortete langsam: »Äh, da war eine Frau Bornkamp am Tag der offenen Tür. Sie hat das Maria gegenüber erwähnt.«

»Aha«, sagte ich nachdenklich. Die Mutter von Mathias. Vielleicht weil sie seit diesem Schuljahr die Klassenpflegschaftsvorsitzende war?

»Aber Wiebke«, setzte nun Maria nach, »das spricht sich doch schon seit Monaten in der Schule rum, dass es viel Streit in deiner Klasse gibt, sogar Diebstahl!«

Ich wusste nicht, was ich darauf antworten sollte.

Ralf warf ein: »Ich weiß, dass Wiebke sich der Problematik bewusst ist und jeden Tag daran arbeitet, den Frieden in der Klasse wieder herzustellen.«

Annika schob mir einen Flyer hin. »Frau Bornkamp kennt da jemanden, der dir dabei helfen könnte.«

Ich las:

Hilde Haan - Coaching und Supervision für Lehrkräfte

Ich starrte die beiden Schulleiterinnen an. Es hatte mir die Sprache verschlagen.

Maria fuhr sich über das Kinn und wechselte einen Blick mit Annika. Dann erklärte Maria: »Frau Haan führt schulinterne Lehrerfortbildungen zum Thema Classroom-Management durch. Wir kennen diese Frau Haan zwar nicht persönlich, aber dennoch wäre es eine Möglichkeit, um auch Frau Bornkamp zu zeigen, dass wir Probleme ernst nehmen.«

Warum erwähnte sie hier so explizit die Schülermutter? Ich blickte Ralf an, der mir mit einer beschwichtigenden Handbewegung unter dem Tisch zu verstehen gab, jetzt ruhig zu bleiben.

»Wiebke ist die Ausbildungsbeauftragte der Schule«, wandte er mit ruhiger Stimme ein.

Damit hatte er den Nagel auf den Kopf getroffen.

Maria zuckte ein wenig zusammen.

Annika sah zur Seite. »Stimmt … das hatten wir auch überlegt.« Sie warf Maria einen beschwörenden Blick zu.

Maria seufzte. »Gut, dann lassen wir das mit dieser Frau Haan.« Sie schwieg einen Moment, ehe sie fortfuhr: »Aber ich denke, eine kollegiale Hospitation wäre schon sinnvoll. Ich schicke dir Monika einmal mit in den Unterricht.«

Ich schluckte. Besser Monika als eine Fremde, trotzdem fühlte sich das auch nicht gut an. Warum fragten mich die beiden nicht, wie sie mich unterstützen konnten? Ich war doch eine erwachsene Person.

Ich hatte das Gefühl, dass hier mit dem Finger auf mich gezeigt wurde. Dabei führte ein ganzes Bündel von Ursachen zu der Situation in meiner Klasse. So würde ein Coaching definitiv nicht funktionieren. Selbst mit der Kollegin würde es schwierig. Um zu lernen und sich zu entwickeln, brauchte jeder eine wohlwollende Umgebung, aber ich hatte das Gefühl, dass diese Voraussetzung hier nicht gegeben war.

Außerdem ging es den beiden offensichtlich weniger um mein persönliches Wohlergehen als Lehrkraft, sondern vor allem um die Außenwirkung der Schule.

Aber so ein bissiger Kommentar hätte jetzt wohl zu einer Eskalation geführt.

Wieder rettete Ralf die Situation. »Monika hat schon bei Frau Tarinov einmal im Unterricht hospitiert, letztes Jahr, und das war sogar in deiner Klasse.«

»Das sehen dann auch die Schüler«, beteuerte Annika.

Darum ging es, sie bestätigte es gerade wieder. Den Eltern der Schüler sollte vermittelt werden, dass wir handelten.

»So machen wir es«, beschloss Maria.

Innerlich war ich wie erstarrt und nickte wie ferngesteuert. Ein »Danke« brachte ich nicht über die Lippen, nicht einmal, um den Anschein von Höflichkeit zu wahren.

Beide standen schweigend auf, Ralf und ich ebenfalls.

Im Flur blieb Ralf nach der nächsten Biegung stehen.

»Du hast das gut gemacht.«

»Meinst du?« Ich hatte einen komischen Geschmack im Mund und das Gefühl, ich müsste mich gleich übergeben. Mir kamen meine Lehrproben im Referendariat in den Sinn.

»Das fühlt sich für mich an wie eine Lehrprobe.«

Ralf nickte. »Ich verstehe dein Problem. Aber Monika ist keine Prüferin.«

Es war mir trotzdem unangenehm.

»Und wenn der Lehramtsanwärter das mitkriegt …?«

»Der kommt doch erst im Mai«, versuchte Ralf mich zu beruhigen. »Bis dahin ist die Sache erledigt.«

Ralfs Argumente waren einleuchtend, aber trotzdem schlief ich in der Nacht schlecht. Ja, natürlich war es nicht förderlich, wenn Lehrer im Klassenzimmer Einzelkämpfer waren und alles allein regeln mussten. Es müsste viel mehr gegenseitige Hospitation und kollegiale Beratung geben. Ein Coaching war etwas völlig Normales, nicht nur in der Schule. Aber ich fühlte mich bedrängt, bekam keine Luft. Und es machte mich wütend, dass meine Persönlichkeit jetzt das Problem sein sollte.

Mir kam der Gedanke, mich krankzumelden, aber das wäre jetzt zu offensichtlich. Außerdem käme Monika dann einfach zu einem späteren Zeitpunkt.

Oder hatten die Schulleiterinnen doch recht und es lag wirklich an mir? Meine Schüler waren besonders bei mir laut und stritten sich besonders bei mir ständig. Diese Zweifel waren zermürbend. Wie auch immer, langfristig sah ich nur eine Lösung. Ich musste das mit der Fachleiterstelle hinkriegen, dann wäre ich nicht mehr so oft in der Schule.

Wieder kam mir der Gedanke, einfach die Schule zu wechseln. Doch es gab ja auch viele nette Schüler in meiner Klasse. Ich konnte sie doch nicht im Stich lassen. So drehte sich die Grübelspirale bis in die Weihnachtsferien hinein.

Natürlich sorgten die Feiertage für Ablenkung und ich genoss die Zeit mit meiner Familie – neben den üblichen Unterrichtsvorbereitungen und der Korrektur der 7-er und 10-er Deutscharbeiten. Außerdem entwarf ich einen neuen Sitzplan für meine Klasse. Ich musste die Störer unbedingt auseinandersetzen. Undenkbar, wenn sie sich in der Stunde mit Monika dann auch so aufführten wie sonst.

Am ersten Schultag nach den Weihnachtsferien ging ich schon in der großen Pause in meinen Raum und schrieb den Sitzplan an die Tafel.

Ich musste ihn spiegelverkehrt aufschreiben. Anders als auf meinem handschriftlichen Plan, der nur vom Lehrerpult aus gesehen stimmte. Und ich wollte die U-Form der Tische in einfache Reihen hintereinander umstellen, um den Schülern weniger Gelegenheit zum Quatschen zu geben.

Ich war gerade mit der Skizze an der Tafel fertig, da kamen Jonas, Linus und Merve in den Raum.

»Neuer Sitzplan!«, bemerkte Linus erstaunt.

»Ja. Bitte setzt euch gleich an euren neuen Platz!« Ich nahm den ersten Tisch und drehte ihn frontal zum Pult. »Und helft mir, die Tische umzustellen!«

»Nee, das mach ich nicht!«, hörte ich Protest von Yusuf, von Olaf und weiteren, die ich nicht mehr im Einzelnen identifizieren konnte.

»Tische umstellen!«, wiederholte ich.

Einige Schüler packten mit an und stellten sie in Reihen.

»Setzt euch auf die neuen Plätze!« Ich blieb vorne stehen und beobachtete mit Argusaugen das Chaos, das jetzt ausbrach.

Ecrin stand auf einmal mit Tränen in den Augen vor mir. »Ich kann nicht neben Julius! Der ärgert mich immer!«

Ich seufzte innerlich. Vermutlich sagte sie die Wahrheit und sie tat mir auch leid, aber wenn ich bei ihr nachgab, hätte ich Diskussionen mit allen neunundzwanzig Schülern.

»Das darf der nicht«, sagte ich. »Setz dich erst einmal da hin.«

Sichtlich geknickt schlich Ecrin zu ihrem neuen Platz und rückte so weit wie möglich an die Seite. Ihre Jacke ließ sie gleich an und sie packte ihre Deutschsachen diesmal gar nicht aus.

Auch Lisa klagte: »Frau Wollnau, ich will nicht neben Kaan!«

Ich schüttelte den Kopf. »Das muss jetzt sein. Es muss hier ruhiger werden.«

Aber ich verstand Lisa.

Und dann rief Can: »Frau Wollnau, ich will nicht in die erste Reihe!«

»Doch«, sagte ich ungerührt. Aber das Getöse und der Protest schrillten in meinen Ohren.

Auf einmal öffnete sich die Tür. Es war Gerd. Er unterrichtete nebenan und hörte alles mit. »Hier ist es so laut.« Er sah sich verblüfft um. »Ihr stellt die Möbel um?«

»Ja«, antwortete ich. »Neue Sitzordnung. Wird gleich leiser.«

»Aha«, sagte Gerd und schloss die Tür wieder.

Ich rollte mit den Augen. Postwendend hatte man jemanden auf der Matte. Ätzend. Nur nicht so oft die Sitzordnung ändern, nahm ich mir vor.

KAPITEL 6 – WIE AUS DEM LEHRBUCH

Monika hatte sich für den Mittwoch nach den Weihnachtsferien angekündigt. Sie trug an dem Tag eine besonders schicke weiße Bluse zu ihren grünen Ohrringen. Ich hatte lediglich mein blaues Jeanshemd, schwarze Jeans und weiße Turnschuhe angezogen.

»Du kennst ja meine Klasse«, sagte ich zu Monika, während wir durch den Korridor gingen.

Vielleicht hat sie ja wirklich gute Tipps für mich, dachte ich.

Der Lärm war schon im Flur zu hören und ebbte auch nicht ab, als wir – zwei Erwachsene – den Raum betraten. Monika zog sich sofort nach hinten zurück. Richtig, sie wollte ja beobachten, wie ich mit der Situation umging.

Eine Schülertraube hing an Olaf, der sich irgendeinen Gegenstand geschnappt hatte, den ihm Can und Yusuf wieder abjagen wollten. In solchen Momenten beneidete ich männliche Lehrer mit einer gewaltigen Stimme, die mal kurz einen Brüller loslassen konnten. Aber mein »Hey!« ging im Lärm unter und mir blieb nur, es mit der Tischglocke zu versuchen. Beim dritten Mal schlug ich wütend darauf.

Ich schaute in die Klasse, doch was ich sah, machte mich noch ärgerlicher. Ecrin saß nicht neben Julius, sondern neben Anna. Stattdessen saßen Julius und Olaf wieder zusammen. Ich beschloss, für den Moment so zu tun, als hätte ich das nicht bemerkt. Aber sobald ich mal wieder eine Stunde mit der Klasse allein hätte, würde ich auf der neuen Sitzordnung bestehen. Das war ohnehin schon kein guter Einstieg, den Monika hier zu sehen bekam.

Aus dem Augenwinkel sah ich, wie die Tür geöffnet wurde und Silas, Kaan und Tarek durch die Klasse polterten und sich auf ihre Plätze fallen ließen. Kaan nahm auch seinen alten Platz ein. Ich unterdrückte meinen Ärger und blieb weiter ruhig dort vorne stehen.

Linus, Fynn und Niklas blickten nun auf und wurden leise. Auch die Mädchen stießen sich gegenseitig an und zischten sich ein »Leise!« zu. Doch gleich darauf schwoll der Lärm wieder an. »Hey!«, brüllte ich jetzt doch. Ich war wütend. Aber ich wollte vor der Kollegin auch nicht explodieren. Trotzdem wurde ich laut. »Olaf! Yusuf! Can! Auf eure Plätze!«

Ich merkte direkt ein Ziehen im Hals. Toll. Wenn das so weiterging, würde ich wieder bis zum nächsten Tag heiser sein.

»Warum ist Frau Hart-Maler hier?«, fragte Yusuf.

»Sie wollte mal sehen, wie ihr im Deutschunterricht so seid«, antwortete ich leichthin.

Einige andere sahen sich jetzt nach Monika um, die wie eine Fachleiterin vor der hinteren Wand auf einem Stuhl Platz genommen und schon ihren Notizblock hervorgeholt hatte.

»Hallo, Frau Hart-Maler.«

Monika nickte kurz und deutete mit ihrem Stift nach vorne zu mir.

Mein Blick fiel auf die Wanduhr neben der Tafel. Schon zehn Uhr. Die Stunde hatte vor zehn Minuten angefangen. Monika dachte sich sicher jetzt schon ihren Teil.

Ich erinnerte mich mit Schrecken an die Worte einer Referendarin, die den Rat, vorne ruhig zu warten, wirklich befolgt hatte. Sie hatte mir erzählt, dass sie dort geschlagene fünfunddreißig Minuten gestanden hatte. Es wunderte mich direkt, dass es dann nicht die vollen fünfundvierzig Minuten gewesen waren. Ich würde das nicht aushalten.

Aber meine Situation reichte mir auch gerade. Am liebsten hätte ich mich auf dem Absatz umgedreht und wäre ins Lehrerzimmer verschwunden. Nach einem weiteren *Pling* mit der Glocke und einigen quälend langen Augenblicken, die ich vorne wartete, wurde es endlich leise im Raum.

»Guten Morgen. Wie ihr seht, haben wir heute Besuch. Also zeigt mal, was ihr in Deutsch so könnt.«

Immerhin kam nun von den meisten Schülern ein »Guten Morgen«.

Ich legte meine Sachen aufs Pult. Meine Hand fuhr ins Leere. Olli war weg.

»Wo ist Olli?«, fragte ich Carolin, die direkt vor dem Pult saß.

Die hob ratlos die Schultern. Einige Mädchen fingen an zu tuscheln, die Jungen hinten lärmten.

»Wo ist unser Klassentier?«

Yusuf und Can riefen gleichzeitig in die Klasse. Ich verstand kein Wort.

»Wer immer Olli genommen hat, legt ihn wieder zurück!« Darauf würde ich bestehen. Es tat richtig weh, dass der pinkfarbene Oktopus weg war, aber auf seltsame Art und Weise passte es. Doch außer chaotischen Zwischenrufen kam keine Reaktion. Ich beschloss, die Sache zu vertagen, um Monika noch ein wenig Unterricht vorführen zu können.

Gut, dass ich in der letzten Stunde die Deutscharbeit zum Thema Sachtexte zurückgegeben hatte. Daher konnte ich jetzt am Ende des ersten Halbjahres mit den Schülern einfach Grammatik und Rechtschreibung üben.

Was immer passte, war die Wiederholung der Zeitformen, zumal einige Schüler noch Probleme mit den unregelmäßigen Verben im Präteritum hatten.

»Also dann holt mal euer Deutschbuch raus. Wir lesen den Text auf Seite 27.« Sicherheitshalber schrieb ich die Seite an die Tafel. Dann schlug ich selbst das Buch auf. Auf ein Arbeitsblatt verzichtete ich diesmal, weil meine Kopien schon wieder aufgebraucht waren.

Ich hatte einen lustigen Text ausgewählt, in dem es um einen Jungen ging, dem auf dem Schulweg allerlei Missgeschicke passierten. Nachdem er sie überwunden hatte, kam er gerade noch rechtzeitig in den Unterricht, wo eine Mathearbeit geschrieben wurde. Danach erzählte er seinen Mitschülern, was an dem Morgen alles schiefgelaufen war. Die Schüler sollten den Bericht des Jungen schreiben und dabei alle vorzeitigen Ereignisse im Plusquamperfekt formulieren und die restliche Erzählung im Präteritum.

Doch auf den meisten Tischen entdeckte ich weder Bücher noch Hefte. Von den Mädchen hatten nur Carolin, Lisa und Ecrin ihre Deutschsachen auf dem Tisch und von den Jungen Jonas und Mathias. Diese Regel kannten sie doch seit der ersten Klasse. Zu Beginn der Stunde: Materialien auf den Tisch.

Ich hatte das Gefühl, jeden Tag wieder bei Null anfangen zu müssen.

»Olaf! Yusuf! Can! Linus! – Wo sind eure Deutschbücher?«

Yusuf hörte mich nicht. Er hatte wieder die Kapuze auf und mit Sicherheit die In-Ear-Kopfhörer drunter.

Linus sah mit großen Augen auf. »Was? Sollen wir die rausholen?«

»Ja, immer zu Beginn jeder Deutschstunde.«

Ich wandte mich an die Mädchen.

»Lena! Merve! Anna! Jetzt aber!«

Lena und Anna blickten mich so erstaunt an, als hätte ich sie gerade für den nächsten Flug zum Mars ausgewählt. Merve dagegen schien nichts gehört zu haben.

»Welche Seite?«, fragte Linus.

»Steht an der Tafel. Seite 27«, wiederholte ich in stoischer Geduld. Ich hatte mir angewöhnt, Seitenzahlen IMMER an die Tafel zu schreiben.

Ich stellte mich dicht vor Yusuf, sodass er mich anblicken musste, und deutete auf meine Ohren. Widerstrebend nahm er die Kapuze herunter, aber nicht die In-Ear-Kopfhörer. Ich war kurz davor, ihm die Dinger rauszureißen. Aber stattdessen ging ich zum Pult und holte mein Notenbuch. »Ich schreibe mir das auf.« Eine Sechs für die Stunde, das würde ihm klar sein. Jetzt erst nahm er langsam die Kopfhörer aus den Ohren.

Lisa meldete sich. »Darf ich vorlesen?«

»Sehr gern, dann fang du an.«

Lisa begann, die Überschrift zu lesen, doch verstummte abrupt, als Yusuf, Silas und Tarek plötzlich anfingen, laut zu lachen.

»Warte mal kurz«, sagte ich zu Lisa und dann zu den Jungs: »Yusuf! Silas! Tarek! Wie lautet unsere Regel, wenn einer vorliest?«

Yusuf reagierte gar nicht, sondern redete weiter, jetzt mit Silas, nur Tarek stotterte: »Äh, ruhig sein!«

»Genau«, sagte ich zu Tarek, »und Yusuf, wenn du die Regel nicht einhältst, fliegst du raus!«

Ich spürte Monikas irritierten Blick auf mir.

Ich hatte die Androhung in so scharfem Ton gesprochen, dass die Schüler tatsächlich leise wurden. Aber nicht alle.

Yusuf kippelte mit dem Stuhl ganz nach hinten und streckte auffordernd die Hände in Cans Richtung aus. »Gib her!«

Can warf einen Kugelschreiber durch die Klasse zu Yusuf. Der Kugelschreiber fiel mit einem metallischen Geräusch auf den Boden. Yusuf sprang auf, hechtete nach vorn und stieß dabei an den Tisch, an dem Mathias saß. Mit einem Klatscher schlug sein Mäppchen unten auf und der Inhalt verteilte sich auf dem Boden.

»He!«, brüllte Mathias.

»Also Yusuf, jetzt reicht's«, fuhr ich dazwischen. »Da du ja schon stehst, gehst du jetzt mal vor die Tür.«

Solche Strafen fand ich selber blöd, aber wenn ich hier nicht die restliche Zeit so weitermachen wollte, musste etwas geschehen, und zwar sofort.

Ehe Yusuf zu einem »Nein« ansetzen konnte, stand ich dicht neben ihm und deutete zur Tür. Ich würde hier nicht weggehen, ehe er die Anweisung befolgte.

»Immer ich, das ist echt unfair«, brummte er, während er betont langsam aufstand und zur Tür schlenderte. Im Vorbeigehen machte er ein Handzeichen in Cans Richtung.

Ich hätte so gern die Klassenzimmertür zugemacht, aber wegen der Aufsichtspflicht musste ich sie sogar einen Spalt offen lassen.

Ich atmete durch und spürte eine Welle von Kopfschmerzen, als ich einen Blick auf Monika warf, die vornübergebeugt dasaß und sich eifrig Notizen machte. Was schrieb sie da nur?

»So, jetzt lesen wir aber!«, rief ich. »Lisa?«

Tatsächlich war es jetzt ganz ruhig und Lisa fing an zu lesen.

»Lauter!«, kam es von Can.

Lisa las wirklich sehr leise. Aber ich wusste, dass sie das nicht anders konnte.

»Ich kann vorlesen«, bot Lena an. Allerdings hatte sie gerade in die Klasse gerufen.

Ich schüttelte den Kopf. Lisa hatte doch gerade erst angefangen. »Nein. Lisa liest weiter und ihr lest den Text mit.«

Die hatten doch alle ihr Deutschbuch dabei. Na ja, die meisten. Einige schauten zu zweit ins Buch, dennoch konnten sie doch still mitlesen.

Lisa las weiter und war fast durch, da kam erneut Unruhe aus der Jungenecke.

Can lachte plötzlich laut und auch Fynn und Linus begannen zu tuscheln. Ich folgte dem Blick der Schüler und sah Yusuf hinter mir. Er stand an der geöffneten Tür und schnitt Grimassen.

»He, Yusuf!« Meine Stimme war gefährlich scharf. Ich hätte viel sagen können, wollte dem Ganzen aber möglichst wenig Zeit und Aufmerksamkeit widmen. Jedenfalls unterdrückte ich mit aller Macht den Wunsch, die Tür zu schließen … Wenn Monika nicht da gewesen wäre, hätte ich es wohl getan.

Jetzt blieb mir nichts anderes übrig, als mich zwischen Yusuf und die Jungen zu stellen, sodass Yusuf nicht mehr zu sehen war.

Ich wandte mich an Lisa. »Du kannst den Rest lesen.«

Plötzlich schellte es. Ich schrak richtig zusammen. Und gerade war es mal leise gewesen. Aber die Schüler wussten, dass wir die Fünf-Minuten-Pause durchunterrichteten. Wenn sie sich gut benahmen, würden wir ein paar Minuten von der Pause im Laufe der zweiten Stunde nachholen.

Doch Can und Olaf standen schon vor mir. Mittlerweile waren die größer als ich.

»Nichts da, wir machen weiter!«, sagte ich streng.

Ich blickte zu Monika. »Benehmt euch!«

Tatsächlich setzten sie sich wieder hin, wenn auch mit mürrischen Bemerkungen wie: »Bei Frau Meyer müssen wir das nicht.« – »Echt, immer wir!«

Ich nickte Lisa zu und sie las weiter. Aus dem Augenwinkel sah ich, wie Monika sich weitere Notizen machte.

»Kann ich wieder reinkommen?« Das war Yusuf. Den hatte ich völlig vergessen, der stand immer noch vor der Tür.

»Okay.«

Er ging an mir vorbei und setzte sich auf seinen Platz. »Wo sind wir?«, fragte er laut in die Klasse und Lisa hörte wieder auf zu lesen.

»Carolin, zeig es ihm«, sagte ich genervt. Sie würde es wissen und sie saß in der Reihe vor ihm.

Lisa las die letzten Zeilen, dann war sie durch.

Wir hatten noch dreißig Minuten, um über die Zeitformen zu sprechen.

»Wann wird denn das Plusquamperfekt verwendet?«, fragte ich die Schüler.

Zu meinem Erstaunen meldete sich Yusuf und erklärte: »Immer, wenn etwas vor einer anderen Handlung in der Vergangenheit passiert ist.«

»Ja, genau!«

»Wie jetzt?«, fragte Lisa.

Ich gab den Schülern also noch eine Erklärung und ließ sie ein paar Beispielsätze formulieren, die ich an die Tafel schrieb. Dann fischte ich schnell, bevor es wieder laut wurde, meine Unterlagen für ein Spiel aus meiner Tasche. »Passt auf, wir machen zum Abschluss noch Zeitformen-Fußball!«

Die Schüler kannten das Spiel, auch aus dem Matheunterricht. Die Klasse wurde in zwei Gruppen aufgeteilt, jede musste Fragen beantworten. Dafür erhielten alle durchnummerierte Zettel und immer die zwei mit der gleichen Zahl waren dran. Wer die Frage zuerst richtig beantwortete, verschaffte seiner Gruppe einen Punkt. Damit rückte der mit Kreide gemalte Ball an der Tafel ein Stück näher an das ebenfalls mit Kreide gemalte gegnerische Tor.

Ecrin meldete sich. »Dürfen wir nach vorn?«

Ich nickte. Ecrin und Fatma gingen zur Tafel, malten ein Fußballfeld auf und Fatma las die Verben vor. »Singen! Nummer Vier!«

Die beiden Schüler mit der Nummer Vier waren Niklas und Carolin.

»Er sang!«, antwortete Carolin schneller als Niklas. Der Punkt ging an Carolins Gruppe.

Fatma zog den nächsten Zettel. »Zwölf!«

Diesmal traten Tarek und Jonas gegeneinander an.

Ich atmete innerlich auf. Das lief jetzt.

Lena meldete sich: »Kann ich mal aufs Klo?«

Ich warf einen Blick auf die Wanduhr. »Es sind noch fünf Minuten.« Lena konnte in der Pause gehen.

Sie verzog empört das Gesicht. »Ich muss aber!«

Ich schüttelte den Kopf. »Das stört jetzt. Du kannst gleich gehen.«

»Ich will aber jetzt!« Lena starrte mich trotzig an.

Ich schüttelte wieder den Kopf und verschränkte die Arme.

Endlich gab sie es auf. Es ging weiter mit dem Zeitformen-Fußball. Leider unterbrach uns der Schulgong jetzt mittendrin. Ich packte meine Sachen zusammen.

»Machen wir nächste Stunde weiter mit dem Spiel?«, fragte Linus, als er am Pult vorbeiging.

»Mal schauen«, sagte ich, während ich den Laptop nahm und »Wiederholung der Zeitformen ...« ins digitale Klassenbuch eintippte.

Es hatte den Schülern offensichtlich gefallen. Wenn doch nur diese einzelnen Störer nicht wären. Aber auch mit denen hatte ich die Doppelstunde gemeistert und noch zu einem guten Abschluss gebracht.

Monika stand neben mir. Sie hatte ihre Sachen schon in ihrer braunen Ledertasche verstaut.

Doch ganz so schnell war ich nicht. »Ich will noch eben zur Toilette.«

»Dann warte ich im Lehrerzimmer.« Sie verschwand auf den Flur.

Ich wartete auf die letzte Schülerin, diesmal war es Lisa, und schloss die Tür hinter ihr ab. Schnell noch auf die Toilette. Die war vorm

Lehrerzimmer, lag also auf dem Weg. Ich sprintete los. Doch dort standen schon zwei Kolleginnen Schlange. Ich linste ins Lehrerzimmer und sah Monika bei Beate und Denise sitzen. Die drei unterhielten sich angeregt. Ob Monika etwas über meine Stunde erzählte? Hoffentlich nichts allzu Schlimmes!

Ich stand immer noch in der Schlange. Es dauerte zu lange. Also lief ich ins Treppenhaus und rannte mit der schweren Tasche zwei Treppen hinauf in die obere Etage. Die zweite Lehrertoilette dort oben war meine Rettung.

Ich warf einen Blick auf die Uhr. Fast zwanzig vor zwölf. Wie sollten wir in nur zehn Minuten vernünftig etwas besprechen? Ich hetzte ins Lehrerzimmer. Mein Mund war wie ausgedörrt. Ich ließ mich auf meinen Platz fallen und tastete nach der Wasserflasche in meiner Tasche.

Monika hatte ihren Notizblock auf ihrem Schoß liegen und wartete geduldig. Auf einmal trat Annika zu mir.

»Wiebke, du musst die Vertretungsstunde in der 8 a gleich nicht machen. Ich organisiere das anders. Dann habt ihr hier etwas Zeit.«

Völlig perplex sah ich zu ihr hoch.

»D… danke«, stammelte ich.

Sie nickte und verließ das Lehrerzimmer. Annika rettete mich, denn jetzt noch eine Stunde in der 8 a im Anschluss hätte ich kaum geschafft. Monika blickte auf die Uhr und stand auf. »Aber ich muss jetzt in den Unterricht. Vielleicht kommst du einfach mit?«

Die Alternative wäre wohl, das Gespräch am Nachmittag zu führen, und das wollten wir beide nicht.

Also nickte ich und stand auf. Schnell schnappte ich mir meine Tasche und folgte Monika. Sie hatte eine Doppelstunde Kunst in Klasse 10. Das war unser Glück, denn die Zehntklässler waren so selbstständig, dass Monika ihnen bloß eine Aufgabe stellen musste, während ich draußen im Flur wartete. Kalte Luft zog an mir vorbei. Ich fröstelte. Meine Jacke hatte ich dummerweise im Lehrerzimmer gelassen. Weiter hinten im Gang war ein Fenster auf Kipp. Ich wollte es schließen, aber es klemmte und klappte immer wieder auf. Suchend sah ich mich nach einem Stuhl um, aber im Flur war natürlich keiner.

Monika kam zu mir nach draußen. Sie hatte sich eine graue Jeansjacke übergezogen. Die trug sie öfter im Kunstunterricht, vermutlich, damit ihre Kleidung keine Flecken bekam.

Sie lehnte die Klassenzimmertür an und öffnete ihren Notizblock. Mein Blick fiel auf eine vollgeschriebene Seite. Wahrscheinlich eine Liste meiner Fehler, aber ich blieb stehen und sah sie freundlich an, denn ich wollte sie nicht vor den Kopf stoßen.

»Wiebke, ich habe deine Klasse ja in Kunst und Biologie, wie du weißt«, fing sie an.

»Ja«, erwiderte ich und versuchte, möglichst neutral zu klingen, »jetzt weißt du, wie die Klasse in Deutsch ist.«

»Du bist nicht zufrieden mit deinen Schülern?«

Sie traf zielsicher den wunden Punkt.

»Na ja, du weißt ja, einige Schüler machen immer wieder Probleme«, gab ich zurück. »Olaf ist ja sogar von seiner vorherigen Schule geflogen.«

»Ja, wobei es in jeder Klasse einige schwierige Schüler gibt, mit denen man bestimmte Regeln erarbeiten muss.« Sie blickte mich mitfühlend an. »In meinen ersten Berufsjahren hat das bei mir auch nicht funktioniert. Ich habe dann einige Fortbildungen gemacht.«

»Das habe ich auch.« Gerade weil ich in der Lehrerausbildung nichts über das Thema Classroom-Management gelernt hatte, war es mir so wichtig, das nachzuholen.

Ein Zehntklässler erschien an der Tür. »Äh, Frau Hart-Maler, können Sie mal kommen?«

Monika folgte ihm und gab ihm einige Anweisungen für seine Zeichnung. Von der Tür aus beobachtete ich, wie sie einen Bleistift nahm und ihm eine Skizze auf einen Zettel zeichnete. Die anderen Schüler unterhielten sich leise. Dass das im Fach Kunst erlaubt war, hatte mir auch immer gefallen, als ich noch selbst Schülerin gewesen war. Und trotz des Gemurmels herrschte eine gute Arbeitsatmosphäre in der Klasse. Ich hatte selbst keine Zehntklässler. An meiner alten Schule hatte ich zwei neunte Klassen unterrichtet und das als sehr angenehm empfunden. Die schlimmste Phase der Pubertät war überstanden und die Abschlussprüfungen rückten näher. Noten wurden wichtiger und damit auch die Leistungsbereitschaft. So war es einfach. Es würde aber noch zwei Jahre dauern, bis meine Siebener so weit wären.

»Welche Tipps hast du denn aus den Fortbildungen für dich mitnehmen können?« Monika war gerade wieder zu mir auf den Flur gekommen. Mit wichtiger Miene ergänzte sie: »Gerade zu Beginn der Stunde ist es wichtig, für Ruhe zu sorgen.«

Ich tue ja bereits alles, was möglich ist, dachte ich, aber ich sagte: »Es gibt verschiedene Möglichkeiten.«

Ich wollte diplomatisch bleiben, aber fragte mich insgeheim, was das denn bringen sollte, wenn ich ihr aufzählte, was ich wusste.

Monika blickte mich tatsächlich erwartungsvoll an.

»Das kommt immer drauf an. Manchmal hilft es, wenn ein Schüler sich im Flur wieder beruhigt – naja, Yusuf nutzt dann die Gelegenheit, um neue Unruhe zu stiften – aber er ist gut in Deutsch, deshalb versuche ich auch immer, ihn einzubeziehen. Zumal er ja ohnehin Aufmerksamkeit will.«

Monika nickte. »Störungen entstehen ja oft genau deshalb. Hast du vielleicht noch andere Vorschläge?«

Ich hatte so gar keine Lust, mir jetzt diese Gedanken zu machen. Ich wollte nach Hause, Essen vorbereiten und mich ein wenig ausruhen, bevor ich Sophie und Yvonne abholen musste.

Aber ich gab mir einen Ruck. Monika wollte helfen und daher war ich ihr ein Mindestmaß an Kooperation schuldig. Ich versuchte, mich an die Fortbildungen zu erinnern. »Mehr auf das positive Verhalten achten. Anstatt mit denen zu schimpfen, die die Regeln nicht einhalten, besser die Schüler loben, die bereits auf den Plätzen sitzen, das Deutschbuch ausgepackt haben und startbereit sind.«

»Es ist immer gut, positives Verhalten zu verstärken«, sagte Monika wie aus dem Lehrbuch.

»Das würde die Schüler sicher motivieren.« Hoffentlich war sie nun zufrieden, damit dieses Frage-Antwort-Spiel ein Ende fand. Ich dachte an meine Brotdose, die ich im Lehrerzimmer auf dem Tisch liegengelassen hatte.

»Wie könntest du denn die störenden Schüler mehr einbeziehen?«

Ich glaubte, mich verhört zu haben. Einbeziehen? Mehr? Behandelte ich sie etwa ungerecht und damit waren ihre ständigen Regelverstöße gerechtfertigt, unter denen die gesamte Klasse leiden musste?

Aber auch ich konnte wie aus dem Lehrbuch antworten: »Die Schüler da abholen, wo sie stehen. Also mit Themen, die sie interessieren.«

Monikas Gesicht hellte sich auf. »Das ist ein guter Ansatz.«

»Gut, dann werde ich darauf noch mehr achten.«

Waren wir nun fertig?

Sie beugte sich nun ein wenig vor und sagte leise: »Wiebke, du bist zu nett. Du musst dich mehr durchsetzen.«

Zu nett – damit lag der Fehler eindeutig bei mir. Ich bemühte mich um ein Pokerface und sagte gar nichts. Was sollte ich auch dazu sagen?

Doch Monika fuhr schon fort: »Was könnte dir dabei helfen, dass du dich besser durchsetzen kannst?«

In den Fortbildungen hatte ich zu diesem Thema etwas gehört. »Die Technik der kaputten Schallplatte.«

Monika nickte abgehackt. »Ja. Und dann darauf bestehen. Und du darfst dich auf keinen Fall auf Diskussionen einlassen.«

Dann lächelte sie. »Du weißt das doch alles, wie ich sehe.«

Was hatte sie denn gedacht? Dass ich mir nie Informationen dazu gesucht hatte?

»Jetzt geht es noch um die praktische Umsetzung«, fuhr sie fort.

Das mache ich doch schon seit sieben Jahren, sechs Jahre vor der Elternzeit und ein Jahr in Wolkenheim, dachte ich. Aber ich sagte nur: »Ja.«

»Frau Hart-Maler!«, rief wieder ein Schüler von drinnen.

Monika warf ihm einen kurzen Blick zu. »Ich komme gleich!« Dann sah sie hastig auf die Uhr. »Wir sind fertig oder hast du noch Fragen?«

»Nein«, versicherte ich. »Vielen Dank für die Tipps.«

Sie nickte und schloss die Tür hinter sich.

Wie in Trance taumelte ich zum Lehrerzimmer. Es war so ruhig in der Schule. Nur ab und an hörte ich hinter den Türen die Stimme eines Lehrers oder von ein paar Schülern, aber es war nicht dieser Lärmpegel wie in meiner Klasse.

Lag es vielleicht wirklich an mir? Aber auch wenn das stimmte, warum hatte ich dann das Gefühl, dass Monikas Tipps zwar gut gemeint waren, aber mir in meiner Lage nicht wirklich weiterhelfen würden?

Als ich nach Hause kam, brummte mir der Schädel. Ich müsste mich einfach mal krankmelden, und zwar ohne zuhause dann gleich wieder etwas für die Schule vorzubereiten, dachte ich, während ich mich auf meinen Schreibtischstuhl sinken ließ.

»Mama?«

Ich hatte gar nicht bemerkt, dass Yvonne ins Zimmer getreten war, gefolgt von ihrer kleinen Schwester.

»Dürfen wir Kekse essen?«, fragte nun Sophie.

»Aber klar.« Ich stand auf. Yvonne hatte ihre Hausaufgaben schon erledigt, Sophie musste im Kindergarten noch keine machen. Die Mädchen hatten frei. Und ich konnte nochmal in Ruhe nachdenken, wenn die beiden beschäftigt waren.

Meine Kinder folgten mir in die Küche. Ich holte eine Kekspackung aus dem Schrank. Yvonne und Sophie saßen schon am Tisch. Schnell noch zwei Teller, die Kekse dazu und etwas zu trinken.

»Ihr Lieben, ich muss gleich noch telefonieren. Ihr dürft eine Serie gucken.«

»Oh ja!«, rief Yvonne.

Ich ging ins Wohnzimmer und schaltete den Streaming-Dienst ein, sodass Yvonne nur noch auf den Knopf auf der Fernbedienung drücken musste. Die beiden nahmen ihre Teller und kamen nach. Endlich waren sie auf dem Sofa platziert und der Film lief.

Eine Folge dauerte dreißig Minuten. Ich flitzte ins Arbeitszimmer, griff nach meinem Handy und rief Finja an.

Ich erzählte ihr von Monikas Besuch in meinem Unterricht.

»Du solltest zusehen, dass du wirklich mehr ältere Schüler bekommst.« Sie schwieg einen Moment. »Für mich wäre das ja nichts, aber du hattest ja sogar mal überlegt, Gymnasiallehrerin zu werden.«

»Ja, das wollte ich eigentlich.« Ich hatte mich dann doch anders entschieden, weil das Studium wesentlich länger gedauert hätte. Für das Fach Deutsch und auch für Philosophie hätte ich das Latinum nachholen müssen. Außerdem hatte ich in den Praktika während des Studiums schon an Realschulen unterrichtet und es hatte mir Spaß gemacht. Das war aber schon einige Jahre her und mittlerweile stimmte ich in die Klagen der anderen Lehrkräfte mit ein – der Schulalltag wurde immer herausfordernder.

»Vielleicht klappt es ja mit der Fachleiterstelle«, tröstete mich Finja. »Aber erstmal würde ich auf Verbesserungen bestehen. Auf die zwei Entlastungsstunden, Klassenleitung im Team, frühe Stunden und einen freien Tag auch mal am Ende der Woche.«

»Das würde mir alles helfen«, bestätigte ich.

Ich hatte das Gespräch gerade beendet, da sah ich auf meinem Laptop eine neue E-Mail. Von Maria.

»Nicht schon wieder …«, murmelte ich. Ich wollte einfach nur, dass die Sache jetzt vom Tisch war.

Ich las: »Liebe Wiebke, kannst du morgen am Ende der zweiten Stunde einmal zu mir kommen? Ich würde gern wissen, wie es gelaufen ist. Maria.«

Ich seufzte. Von dem freundlichen Ton ließ ich mich nicht täuschen. Es war noch nicht vorbei. Ich selbst hatte erst zur dritten Stunde Unterricht, also wusste Maria, dass ich Zeit hatte. Ich nahm mein Handy, öffnete Untis und rief Ralfs Stundenplan auf. Mist. Er hatte in der zweiten Stunde Religion in meiner Klasse. Dann würde ich wohl diesmal allein in das Gespräch gehen müssen.

Am nächsten Morgen wachte ich schon um fünf Uhr auf. Die Grübelspirale hatte mich im Griff, sodass ich entnervt um halb sechs aufstand.

Während der Kaffee durchlief, nahm ich meinen Laptop und schaute schon einmal die Eltern-E-Mails durch.

Dann fuhr ich eine Stunde früher zur Schule und ging direkt zu Marias Büro. Die Tür war nur angelehnt.

Ich klopfte trotzdem.

Die Schulleiterin saß an ihrem Schreibtisch und blickte auf. »Ah.« Sie stand auf. »Ich hole noch eben Annika.«

Mit diesen Worten ging sie an mir vorbei in Annikas Büro.

Dann setzten wir uns in Marias Raum an den großen Tisch – die Schulleiterinnen auf eine Seite, ich auf die andere.

Mir war mulmig zumute. Ich hätte Ralf so gern hier gehabt.

»Monika war ja gestern bei dir im Unterricht«, eröffnete Maria das Gespräch. »Was hat die Hospitation denn ergeben?«

»Monika hat beobachtet, welche Schüler am meisten auffallen, und wir haben einige Möglichkeiten besprochen, wie man auf Unterrichtsstörungen reagieren kann«, fasste ich zusammen.

»Das ist gut«, warf Annika ein.

Ich musterte die beiden. Sie wirkten zufrieden. Also fügte ich vorsichtig hinzu: »Ich habe auf jeden Fall genug Anregungen, die ich ausprobieren kann.«

Die Schulleiterinnen wechselten einen Blick.

Ich fuhr fort: »Wie ihr wisst, besuche ich immer wieder Fortbildungen und lese Bücher über Classroom-Management. Außerdem arbeite ich eng mit Saskia zusammen.«

Maria lächelte ermutigend. »Dann wird es ja jetzt bestimmt gut laufen.«

Ich atmete auf. Von einem weiteren Unterrichtsbesuch von Monika war keine Rede. Vielleicht waren meine Befürchtungen übertrieben.

Ich machte einen Vorschlag: »Wenn sich wieder Schülereltern beschweren, schickt die doch bitte direkt zu mir.«

»Ja, in Ordnung«, antwortete Maria.

Gerd erschien an der Tür.

Ich stand auf. »Danke für das Gespräch.«

Im Lehrerzimmer traf ich Dennis.

»Keep smiling« stand auf seinem T-Shirt, so als hätte er es extra für mich ausgewählt.

Es schellte gerade. Beate kam ins Lehrerzimmer, hängte den Toilettenschlüssel an den Haken und kam direkt auf mich zu. »Du sag mal, was ist denn mit Yusuf und Mathias los? Ich hatte gerade Pausenaufsicht, und die beiden haben sich schon wieder geprügelt. Ich glaube, du musst da etwas unternehmen.«

Nicht das jetzt, dachte ich. Aber ich sagte: »Ja, danke für die Information. Die beiden streiten sich auch im Unterricht. Ich werde Saskia Bescheid geben.«

Das war ein Fall für die Sozialarbeiterin. Wegen der ständigen Streitereien im Unterricht hatte ich mit den beiden Schülern ja schon öfter gesprochen, aber es war hoffnungslos. Die waren gewissermaßen ein gut funktionierendes Team – Yusuf provozierte Mathias und der sprang hochemotional darauf an, rächte sich dann ebenso fies und so schaukelten die beiden sich hoch. Vermutlich war das ihre Art, Frust abzubauen, weshalb es auch so aussichtslos war, die beiden stoppen zu wollen.

Dennoch suchte ich in der zweiten Pause Saskia in ihrem Büro auf und informierte sie.

»Schick mir die beiden mal in der nächsten Deutschstunde rüber«, sagte sie.

Das tat ich nur zu gern. Ohne die zwei hatte ich ein bisschen Ruhe. Und vielleicht erreichte die Sozialarbeiterin mehr als ich. Sie war schließlich dafür ausgebildet.

Ich war gerade auf dem Rückweg ins Lehrerzimmer, als mich Maria plötzlich im Flur abfing.

»Wiebke, hast du von Tim eigentlich schon die Anmeldebescheinigung von seiner neuen Schule?«

Anmeldebescheinigung? Ich musste überlegen. Natürlich hatte Tim von uns eine Abmeldebescheinigung erhalten und würde entsprechend von der neuen Schule eine Anmeldebescheinigung bekommen. Es ging schließlich um die Schulpflicht.

»Nein, da muss ich mal im Sekretariat nachfragen«, antwortete ich irritiert.

Ich warf einen Blick auf die Uhr. Es war elf Minuten vor zwölf. Die große Pause war fast vorbei, aber ich würde mich gleich nach meinem Unterricht darum kümmern.

Als ich in meine Klasse kam, saß Olli auf dem Pult. Als ob er nie weg gewesen wäre. Erfreut nahm ich das Klassentier hoch und fragte die Schüler: »Wo war er denn?«

Carolin hob die Schultern. »Er lag heute Morgen hinten in der Ecke auf dem Boden. Keine Ahnung, wer ihn da hingeschmissen hat.«

Olli sah ein wenig zerknautscht aus. Das pinkfarbene Fell hatte graue Flecken davongetragen. Es sah nach einem Schuhabdruck aus. Die waren auf das Stofftier getreten. Das war gruselig!

Ich warf einen Blick in Richtung der Jungen. Olaf, Can und Silas grinsten. Ich hätte schwören können, dass die das waren, einfach, um mit der Suche Unterrichtszeit zu schinden. Aber das Klassentier war wieder da, also beließ ich es dabei und verstaute Olli in den tiefsten Tiefen meiner Tasche. Im Klassenraum würde ich ihn nicht mehr lassen.

Dann kümmerte ich mich um die Sitzordnung. »Ich schreibe jedem einen Elternbrief, der sich jetzt nicht auf seinen neuen Platz setzt!«

»Machen Sie doch«, kam es frech von Can. »Meine Mutter sagt, ich kann auf meinem alten Platz bleiben.«

Ich war sprachlos. Wie selbstverständlich hier die Eltern die Regie im Klassenzimmer übernehmen wollten.

Mein Blick fiel auf Ecrin. Jetzt saß sie ganz woanders. Neben Lena. Auch keine gute Kombi.

»Ecrin, das ist aber auch nicht dein Platz«, ermahnte ich sie.

»Aber Frau Meyer hat gesagt, ich kann hier sitzen«, erwiderte Ecrin mit großen Augen.

Jetzt auch noch die Kollegen. Am liebsten hätte ich den Schülern gesagt, dass sie sich alle setzen sollten, wie sie wollten. Aber – dachte ich – dann will ich auch keine Klagen über Chaos und Lärm mehr hören. Denn dann ist das eben so, wie Denise immer sagt.

Warum tat ich mir diesen Stress eigentlich an? Ich drückte drei Augen zu, einfach weil ich keinen Nerv mehr hatte, und änderte meinen Sitzplan entsprechend.

Als die fünfte Stunde zu Ende war, hätte ich eigentlich gehen können, aber mir fiel siedend heiß ein, dass ich mich noch um Tims Anmeldebescheinigung kümmern musste. Also ging ich ins Sekretariat.

Auf meine Frage sah Tanja mich verblüfft an. »Nein, ich habe keine Bescheinigung von Tim. Da müsstest du wohl selbst einmal anrufen.«

Das war ja merkwürdig. Mir zog sich alles zusammen. Ich musste jetzt die Eltern anrufen, die mir zum Abschluss eine so unfreundliche E-Mail geschickt hatten. Außerdem kam mir das Telefonat mit dem Vater von Julius in den Sinn und ich stellte mich innerlich auf gehässige Worte oder Gebrüll am Telefon ein. Dennoch ging ich zum Schrank hinüber und nahm den Aktenordner für meine Klasse heraus.

Zum Telefonieren wollte ich automatisch ins Lehrerzimmer gehen, aber dort unterhielten sich gerade Monika und Denise. Daher fragte ich Tanja: »Darf ich mal dein Telefon benutzen?«

Als sie nickte, setzte ich mich ihr gegenüber an den Tisch. Ich hatte den Ordner auf meinem Schoß liegen und balancierte die schwere Akte, die drohte herunterzurutschen. Dann nahm ich den Hörer, der an einer Strippe hing, weshalb ich nicht weiter vom Tisch der Sekretärin wegrücken konnte. Ich platzierte meine Adressliste auf dem Ordner, schielte nach der Nummer und tippte sie ein. Wenigstens blieb Tims Vater ruhig und versprach, die Anmeldebescheinigung an unsere Schule zu schicken.

Ich eilte ins Lehrerzimmer, um meine Tasche zu holen. Denise saß dort jetzt alleine und sah mich ein wenig mitleidig an.

Ich erzählte ihr von Tims Bescheinigung. »Ist das nicht Sache des Sekretariats beider Schulen?«

Sie hob die Schultern. »Da musst du mal in der BASS nachlesen.«

»Das mache ich.«

Ich nahm meine Tasche und verließ das Schulgebäude. Wieder war ich spät dran. Die häuslichen To-dos warteten. Zuhause schlug ich als Erstes in den Schulvorschriften nach. Doch da stand nur, dass die »abgebende Schule« die Einhaltung der Schulpflicht »überprüft«. Und mit »Schule« konnte sowohl das Sekretariat als auch die Klassenleitung gemeint sein.

Es spielte jetzt aber auch keine Rolle mehr, da die Sache ja geklärt war. Ich musste noch Unterricht vorbereiten. Als ich in meine Tasche griff, um mein Deutschbuch herauszuholen, fiel mir Olli in die Hände. Ich säuberte ihn mit einem feuchten Tuch und platzierte ihn in meinem Bücherregal. Hier war er definitiv besser aufgehoben.

KAPITEL 7 – IM DSCHUNGELCAMP

Die Wochen zwischen den Weihnachtsferien und den Osterferien zogen sich.

Wenigstens bekam ich jetzt endlich die versprochene Entlastungsstunde nachträglich. Zusammen mit der aktuellen Stunde waren es sogar zwei, was bedeutete, ein Philosophiekurs weniger.

Dafür hatte ich mit der Klassenleitung genug zu tun. Olaf hatte wieder jemanden geschlagen, diesmal Jan aus Gerds Klasse. Ein sehr netter Schüler, den ich auch in Philosophie unterrichtet hatte und mit dem man gut über Gott und die Welt diskutieren konnte.

Ich schickte Jan und Olaf sofort zur Sozialarbeiterin, und sie bestätigte, was ich mir schon gedacht hatte: »Der Olaf hat den Jan als deutsche Kartoffel beleidigt, und als Jan ihm gesagt hat, dass er die Klappe halten soll, hat Olaf ihn geschlagen, mehrmals sogar. Jans Mutter musste ihren Sohn abholen.«

Eine Teilkonferenz war jetzt nötig, um ein Zeichen zu setzen, auch für die anderen Schüler der Klasse.

Ich hatte in weiser Voraussicht seit Beginn des Schuljahres jeden Tag nach der Schule alle Vorfälle am Computer notiert. Daher konnte ich Maria die Liste schon am nächsten Tag aushändigen. Die Teilkonferenz sollte so schnell wie möglich stattfinden, und daher sagte ich nichts, als sie ausgerechnet auf meinen freien Dienstag fiel. Und dummerweise auch erst um fünfzehn Uhr, da davor noch eine andere Teilkonferenz für eine Schülerin aus der Klasse von Sandra Stiller angesetzt war.

Ich bat zwei Mütter von den Freundinnen meiner Töchter, Yvonne und Sophie um sechzehn Uhr vom Kindergarten und der Schule abzuholen.

Als ich um kurz vor fünfzehn Uhr in den Klassenraum trat, schoben die Kollegen bereits die Tische zu einem Quadrat zurecht, damit wir uns alle anschauen konnten. Ich saß neben der Sozialarbeiterin Saskia. Uns gegenüber nahmen Olaf und sein Vater Platz. Da Olafs Mutter kaum Deutsch konnte, war wohl ihr Ex-Mann eingesprungen, der Deutscher war. Er machte einen recht strengen und zugleich in sich gekehrten Eindruck.

Die Plätze links von mir waren für Maria und Gerd, der der Kollege für Teilkonferenzen war. Er erschien wieder mit weißem Hemd und einer roten Krawatte, strich sich hastig sein graues Haar aus der Stirn und schaute auf meine Notizen, die ich für ihn kopiert hatte.

Ich hatte wie immer alles ordentlich vorbereitet und las die Liste mit den Vorfällen vor, angefangen vom Streit mit Tim und dem darauffolgenden Schulleitertadel, von dem der Vater gar nichts wusste, bis hin zum geklauten Portmonee. Plötzlich unterbrach Gerd mich, beugte sich vor und sagte energisch: »Ja, und dann hat Ihr Sohn am 3. Februar im Flur den Jan Schmidt aus meiner Klasse geschlagen.« Gerd berichtete jetzt die Details und ich war nicht sicher, ob sein vorwurfsvoller Ton nur Olaf galt. Selbst Marias Blick war auf einmal eisig. Meinten die etwa mich? Was hatte ich denn jetzt getan? Wieder zu wenig?

»Ich habe die beiden sofort zur Sozialarbeiterin geschickt!«

Ich sah Saskia hilflos an, die deutlich nickte, doch die Geste ging im allgemeinen Wortgefecht unter.

Schließlich durfte Olaf sich äußern, brachte aber auf einmal kaum ein Wort heraus. Der Vater stieß ihn von der Seite an. »He, jetzt sag mal, wieso hältst du dich nicht an die Schulregeln?«

Olaf machte einen hilflosen Versuch, sich zu rechtfertigen, und sagte etwas wie: »Der Jan ärgert mich.«

Maria brach das Ganze ab. »Wir schicken Sie jetzt für zehn Minuten nach draußen. In der Zeit besprechen wir hier eine Maßnahme. Danach holen wir Sie beide wieder herein und teilen Ihnen mit, was wir beschlossen haben.«

Olaf und sein Vater standen auf und verschwanden nach draußen.

»Olaf muss mal vom Unterricht ausgeschlossen werden«, sagte Gerd.

»Auf jeden Fall«, stimmte ich zu. »Drei Tage?«

Ich sah Maria an. Drei Tage waren das Übliche.

Maria nickte. »Ja. Ich möchte allerdings auch eine pädagogische Maßnahme durchführen, damit er an seinem Sozialverhalten arbeiten kann. Er soll an einem Tag in der Woche bis zu den Osterferien nachmittags den Fünftklässlern bei der Hausaufgabenbetreuung helfen.«

Ich biss mir auf die Lippe. Olaf mit Kleineren, das war gar keine gute Idee, fand ich. Was, wenn er die auch schlagen würde?

Aber Gerd nickte und Maria warf mir einen Blick von der Seite zu. »Du organisierst das und hältst Rücksprache mit der Betreuerin, ob Olaf dort auch erscheint!«

Als Olaf und sein Vater wieder hereingerufen wurden, verkündete Maria ihnen unseren Beschluss, den die beiden schweigend zur Kenntnis nahmen.

»Sie erhalten das noch schriftlich«, sagte Maria, als die beiden schon fast aus der Tür waren.

Im Lehrerzimmer sprach ich Gerd an. Es ärgerte mich, dass er mich mitten im Vortrag unterbrochen hatte. Ich war die Klassenlehrerin, daher war es meine Aufgabe, die Vorfälle vorzulesen.

Er sah mich irritiert an. »So, wie du das abgelesen hast, wurde doch gar nicht klar, wie ernst die Sache ist!«

Es stimmte, ich war schon den ganzen Tag müde und hatte etwas langsam gelesen. »Das war trotzdem nicht okay von dir.«

Jetzt beugte er sich ein wenig zu mir herunter und sagte leise: »Ich wollte dich nicht angreifen, nur helfen.«

Darauf fiel mir keine Erwiderung ein. Ich war an meinem freien Tag gekommen, hatte alles akribisch vorbereitet und jetzt kam wieder Kritik, und dass sie angeblich gut gemeint war, half mir gerade wenig. Aber ich ließ es gut sein, murmelte ein »Ich muss los«, und fuhr nach Hause.

Olaf durfte in der darauffolgenden Woche für drei Tage nicht am Unterricht teilnehmen, musste aber morgens in der Schule die Aufgaben für den Tag abholen und mittags die fertigen Sachen in der Schule abgeben. Ich musste Beate bitten, sich an meinem freien Tag darum zu kümmern. Noch am selben Nachmittag bereitete ich eine entsprechende Information vor und schrieb einen Zettel:

»Liebe Kolleginnen und Kollegen der Klasse 7 c, laut Beschluss der Teilkonferenz wird Olaf nächste Woche von Montag bis Mittwoch vom Unterricht ausgeschlossen. Bitte legt mir Aufgaben für ihn ins Fach. Am Dienstag kümmert sich Frau Meyer darum. W. Wollnau.«

Ich hatte ein schlechtes Gewissen gegenüber meinen eigenen Kindern, die ich an diesem Nachmittag ins Kinderzimmer schickte und selbst dann ignorierte, als sie sich lauthals stritten. Aber ich war einfach im Arbeits- und Durchhaltemodus. Am Abend formulierte ich das Ergebnisschreiben, in dem die beschlossene Maßnahme der Konferenz den Eltern noch einmal in schriftlicher Form mitgeteilt und begründet wurde. Ich wollte diese unerfreuliche Aufgabe vom Tisch haben.

Am nächsten Morgen wachte ich um fünf Uhr auf. Ich war immer noch im Arbeitsmodus. Da ich sowieso nicht mehr schlafen konnte, kontrollierte ich das Schreiben noch einmal. Nach dem Unterricht lag es trotzdem wieder in meinem Fach. Maria hatte einige Anmerkungen in Rot eingefügt. Also musste ich es zuhause noch einmal überarbeiten und neu ausdrucken.

Am nächsten Morgen sagte ich frustriert zu Denise: »Teilkonferenzen sind so viel Arbeit und bringen nichts!«

Und Denise antwortete: »Manche Kollegen machen deshalb einfach keine Teilkonferenzen.«

*

Ich schleppte mich durch die ganze Woche, weil mir mein freier Tag fehlte. Am Freitag musste ich jedoch voll einsatzfähig sein, denn ich brauchte die Doppelstunde, um die Schüler auf die Deutscharbeit vorzubereiten.

Als ich am Freitagmorgen losfuhr, erschien mir alles grau. Der Jahreszeit entsprechend war wirklich alles grau, die kahlen Äste der Bäume, die Wolken, die Fassaden der Häuser, die Straße und sogar die Autos.

Während der Fahrt kamen die Erinnerungen an die letzte Woche hoch. Meine Schüler hatten sich schlimm gestritten.

In der Fünf-Minuten-Pause war Yusuf wieder auf Mathias losgegangen und hatte ihn sogar gegen das Schienbein getreten und sein Mäppchen runtergeworfen, woraufhin der Deckel von Mathias' neuem Füller zerbrochen war. Gleich am Nachmittag hatte ich von zuhause die Eltern von Yusuf informiert und sie gebeten, den Schaden zu bezahlen. Per Brief dauerte mir das Ganze zu lange. Ich erinnerte mich an das Gespräch mit Yusufs Mutter.

»Warum sollen wir jetzt den Füller zahlen?«, hatte sie gefragt. »Uns wird ja auch nichts gezahlt. Dieser Philipp hat die Reinigung bis heute nicht bezahlt.«

Da war mir eingefallen, dass ich vergessen hatte, wegen der Sache mit dem Hoodie bei Philipps Eltern anzurufen. Der erste Brief war wegen der Adressänderung nicht angekommen. Daraufhin hatte ich einen zweiten Brief geschickt, aber nicht mehr nachgehakt. Immerhin hatte ich die Eltern in dem Brief aufgefordert, sich »einvernehmlich« zu einigen.

»Das ist nicht in Ordnung, aber hat ja jetzt mit diesem neuen Vorfall nichts zu tun«, versuchte ich klarzustellen. »Bitte nehmen Sie mit Familie Bornkamp Kontakt auf und klären Sie das Ganze untereinander.«

Damit die Schüler keine Gelegenheit hatten, sich erneut zu streiten, würde ich heute die Fünf-Minuten-Pause durchunterrichten. Ich wollte nicht schon wieder so viel Ärger ins Wochenende mitnehmen.

Im Lehrerzimmer erzählte ich Beate von meiner Idee. Doch sie meinte grinsend: »Ach was, nee, das mach ich nicht. Bei mir dürfen die in der Fünf-Minuten-Pause über den Schulhof laufen, die brauchen doch mal Bewegung.«

Ich war neidisch, als ich das so von ihr hörte. Aus irgendeinem Grund funktionierte das bei ihr ohne irgendwelche schlimmen Folgen.

Aber so frustriert konnte ich nicht in den Unterricht. Ich dachte an die netten Schüler der Klasse. An Lisa, Carolin, Linus, Fynn, Fatma und Emilia. Und auch wenn es ein schwacher Trost war – Olaf verhielt sich seit der Teilkonferenz ruhig, aber die war auch erst ein paar Tage her.

Ich musste durchhalten, nur noch diese Doppelstunde, dann wäre die Woche gelaufen. Durch den neuen Stundenplan waren es nicht die letzten Stunden, sondern wenigstens die dritte und vierte Stunde.

Außerdem hatte ich abwechslungsreichen Unterricht geplant. Das bot sich bei der Ballade »John Maynard« geradezu an. Ich nutzte den Schul-Laptop und den Beamer, um den Schülern den John-Maynard-

Rap vorzuspielen, den ich auf YouTube entdeckt hatte. Sie waren sogar einigermaßen interessiert und konnten einige typische Merkmale eines Raps und einer Ballade daraus ableiten. Also sollten sie in der Lage sein, einen eigenen Songtext zu formulieren. Eine Strophe zu John Maynards Heldentat.

»Müssen die Verse sich reimen?«, fragte Lisa.

»Ja, versucht das bitte. Am besten Paarreime, wie in der Ballade.«

Die Schüler saßen in Gruppen zusammen und diskutierten über die eigenen Verse. Während ich im Raum hin- und herging und Tipps gab, schnappte ich Wortfetzen über die neuesten gestreamten Spiele auf und wer sich mit wem zum Zocken traf oder welche neuen Videos es auf TikTok gab. Natürlich, das war die Welt der Schüler. Solange sie auf ihren Plätzen saßen und sich trotzdem mit der Ballade beschäftigten, tolerierte ich das.

Mitten in der Stunde ging die Tür auf und Florian aus der 9 a schaute ins Klassenzimmer.

»Hey Florian!«, rief Jonas seinem Bruder zu.

Ich blickte Florian fragend an.

»Der Herr Gerting schickt mich. Ihr seid zu laut. Wir schreiben gerade eine Mathearbeit.«

»Alles klar.«

Florian ging wieder.

Ich stellte mich ans Pult. »Ihr habt es gehört. Im Nachbarraum wird gerade eine Klassenarbeit geschrieben!«

»Kann ich mal aufs Klo?«, fragte Emilia.

Ich schaute entnervt auf die Uhr. Es waren noch zwanzig Minuten bis zum Schellen. So lange zu warten konnte ich ihr nicht zumuten.

Ich wollte gerade antworten, da gingen die Finger von Lena, Carolin, Merve und Fatma hoch. »Ich auch!« – »Ich auch!«

Und auch Linus rief: »Und ich!«

Ich machte eine abwehrende Geste. »Immer einer nach dem anderen! Zuerst Emilia, dann Carolin. Und dann fragt ihr nochmal!«

»Sollen wir in die Hose machen?«, kam es von Lena.

Der Rest der Stunde war »Steineklopfen«, wie Denise das mal bezeichnet hatte, denn ich war damit beschäftigt, die Toilettengänge zu koordinieren.

Ich fasste einen Entschluss. »Das machen wir nicht nochmal so! Zukünftig dürfen pro Stunde nur zwei Schüler auf die Toilette!«

Dass mehr Schüler wirklich mussten, war kaum denkbar, sofern sie die Pausen dafür nutzten. Außerdem wussten sie seit der Grundschule, dass Toilettengänge während des Unterrichts störten. Aber die neue Regel stieß auf Empörung. »Sie dürfen uns das nicht verbieten!«, zischte Lena und einige andere stimmten ihr zu.

Ecrin zeichnete seelenruhig ihre Mangas.

»So, jetzt machen wir weiter!« Damit war die Diskussion für mich beendet. Aber ich musste jetzt die Schüler im Minutentakt ermahnen. Monika war ja auch schon einmal zu mir gekommen, weil meine Klasse zu laut gewesen war, und jetzt Gerd. Meine Stimme verabschiedete sich, die Wirkung einer Ermahnung hielt ungefähr fünf Sekunden an. Das war's.

Die sind nicht beschulbar, stellte ich ernüchtert fest. Im Dschungelcamp wären sie besser aufgehoben.

Ich nahm das Deutschbuch und knallte es mit aller Macht auf das Pult. Der Knall ging im allgemeinen Lärm unter. Lediglich die Schüler in der ersten Reihe zuckten zusammen und schauten irritiert auf.

Ich brüllte so laut ich konnte: »Hey!«

Das würde ich bereuen. Ein fieser Halsschmerz meldete sich postwendend. Aber das war mir jetzt egal. Ich brüllte noch einmal: »HALTET EUCH DOCH EINFACH MAL AN DIE REGELN!«

Von Yusuf, Kaan und Silas kam Gelächter, von Can ein Aufschrei, Lena kreischte, Mathias kippelte so sehr mit seinem Stuhl, dass er fast nach hinten umfiel. Ich wandte mich von den Jungen ab und blickte die Mädchen an. »Warum haltet ihr die Schulregeln nicht ein?«, wiederholte ich. »Ich will es wirklich wissen.«

Carolin wand sich auf ihrem Platz sichtlich hin und her.

»Carolin, was denkst du?«

»Sie sind zu nett.«

Schon wieder dieser Spruch. Ich war nett. Ja. Aber warum freuten sich die Schüler nicht einfach darüber und waren trotzdem leise? In ihrem eigenen Interesse …

Schließlich war die Doppelstunde überstanden. Als ich im Lehrerzimmer meine Sachen zusammenpackte, kam Gerd mit einem Stapel Klassenarbeitsheften unter dem Arm schnurstracks auf mich zu.

»Was war denn bei dir eben los? Ich hatte schon gedacht, dass du vielleicht nicht da bist, denn bei dem Lärmpegel kann doch kein Lehrer in der Klasse sein!«

Ich setzte zu einer Rechtfertigung an. »Wir haben eigene Verse zur Ballade John Maynard gedichtet, da wird es etwas lauter.«

Sein Gesicht blieb regungslos. Er rauschte wortlos an mir vorbei nach draußen.

Beate sprach mich im Vorbeilaufen an. »Schon wieder Chaos bei dir?« Sie lachte, weil sie das wohl witzig fand.

Ich lachte nicht mit.

Aus dem Augenwinkel sah ich Denise näherkommen und stieß hervor: »Diese ständige Meckerei von allen Seiten ist zermürbend!«

»Du hast den Ruf jetzt weg«, kommentierte Denise meinen Ausbruch.

Zum Glück hatte ich keinen weiteren Unterricht mehr. Ich wollte nur noch nach Hause.

Der strömende Regen, der mir auf der Rückfahrt gegen die Frontscheibe prasselte, spiegelte meine Stimmung wider.

Und wieder nahm ich das miese Gefühl ins Wochenende mit. Ich war so stolz darauf gewesen, dass die Woche gut gelaufen war, und ich hatte so viele Dinge in der Schule erledigt – sogar die Deutscharbeit war nun gut vorbereitet –, doch die Freude darüber konnte ich nun nicht mehr genießen.

Am Montagmorgen erzählte ich Ralf von der chaotischen Balladenstunde.

»Schreib Elternbriefe«, schlug er vor.

»Du weißt doch, dass das nichts nützt.« Und solche Vorfälle kamen ja ständig vor. Das war Alltag. Ich käme mit der Verwaltung nicht mehr nach. Inzwischen waren auch meine Energiereserven nahezu aufgebraucht. Ich musste abends mal mit Sebastian auf dem Sofa sitzen, wenn die Kinder endlich im Bett waren. Aber das sagte ich nicht.

»Tu es für die Akten«, riet mir Ralf.

Mir war klar, was er meinte. Es ging um meine Absicherung. Damit keiner sagen konnte, ich hätte nichts unternommen.

***

»Du kannst die Deutscharbeit am Mittwoch nicht schreiben«, eröffnete mir Beate in der ersten großen Pause. Es war der Montag in der Woche darauf. Wir hatten doch einen Kalender für Klassenarbeitstermine im Lehrerzimmer. Ich sah die Kollegin fragend an, die daraufhin erklärte: »Ich mache am Mittwoch mit deiner Klasse einen Ausflug ins Museum wegen der London-Ausstellung. Sorry, aber die hatten keinen anderen Termin mehr für uns.«

Ich hatte von der Ausstellung gehört. Einige Klassen hatten vor, sie zu besichtigen. Beate könnte doch mit einer anderen Klasse tauschen, dachte ich. Aber wahrscheinlich war es das Einfachste, die Deutscharbeit zu verschieben. Es war mir eigentlich ganz recht. Dann hätte ich noch eine Doppelstunde Zeit zum Üben mit der Klasse. Ich sah auf dem Klassenarbeitsplan nach und trug die Arbeit für Freitag ein. In der dritten Stunde war auch noch Zeit zum Wiederholen und in der vierten Stunde konnten die Schüler die Arbeit schreiben. Dann hätte ich das Wochenende, um die Arbeiten zu korrigieren.

Doch am Freitagmorgen wachte ich mit einer heftigen Erkältung auf. Ich war schon am Donnerstagabend mit starken Halsschmerzen ins Bett gegangen, aber jetzt war es richtig schlimm. Ich bekam kaum einen Ton heraus. Außerdem hatte ich Kopfschmerzen und fühlte mich krank. Gleichzeitig begann meine Nase zu laufen.

Aber ich konnte mich jetzt nicht krankmelden. Das würde meine ganze Planung durcheinanderbringen. Und ich hatte doch die Deutscharbeit schon einmal verschoben. In der nächsten Woche waren die Mathe- und die Englischarbeit eingetragen. Und da nicht mehr als zwei Arbeiten pro Woche geschrieben werden durften, müsste ich die Deutscharbeit in die Woche danach legen. Und dann würde es knapp werden mit der zweiten Arbeit, die ich noch vor den Osterferien schreiben wollte. Ich schluckte eine Ibuprofen, packte einen Berg Taschentücher ein und schleppte mich zur Schule.

Gleich zu Beginn der Stunde wartete ich geduldig fünf Minuten, bis die Schüler so leise wurden, dass ich etwas sagen konnte. »Ich bin total erkältet«, krächzte ich. »Deshalb kann ich heute nicht viel reden. Ich schreibe euch die Aufgaben an die Tafel und bitte euch, leise zu sein.«

Die Schüler sahen mir sicher an, welches Bild des Jammers ich abgab. Da müssen sie doch Mitleid haben und sich heute ein wenig zusammenreißen, dachte ich.

Aber Yusuf und Tarek wurden trotzdem laut. Nach einem kurzen Wortwechsel sprangen die beiden auf und stürmten von ihren Plätzen durch den Klassenraum aufeinander zu. Ich stand gerade neben Mathias und beugte mich über sein Heft, um ihm bei der Aufgabe zu helfen.

Ich fuhr hoch. »He, stopp!«

Yusuf und Tarek blieben stehen und warfen sich böse Blicke zu. Aber sie setzten sich wieder auf ihre Plätze.

Jetzt erst bemerkte ich, dass die Klassenzimmertür offen stand und zwei Jungen aus der Nachbarklasse hereinschauten. Sicherlich hatten sie geklopft, aber das hatte ich nicht wahrgenommen.

»Habt ihr vielleicht einen Besen?«, fragte der eine. »Unserer ist kaputt.«

Ich nickte und deutete auf den Besen, der vor dem Waschbecken an der Wand lehnte. »Aber zurückbringen!«

In diesem Moment sah Merve ihre Gelegenheit, unbeobachtet in ihr Brot beißen zu können.

Als die Tür hinter den beiden Schülern zufiel, war dieser Moment vorbei. Ich drehte mich zu Merve, die hastig kauend zu mir nach oben sah. »Merve, du weißt doch, im Unterricht wird nicht gegessen.«

Sie nickte und packte ihre Brotdose wieder in ihre Tasche. Weil ich es verstehen konnte, dass Schüler oft hungrig waren, fügte ich tröstend hinzu: »Ihr habt doch gleich eure Fünf-Minuten-Pause.«

Heute würde ich nicht durchunterrichten. Dazu war ich gar nicht in der Lage.

Als die Schüler in der vierten Stunde endlich die Deutscharbeit schrieben, saß ich erleichtert am Pult und genoss die seltene Ruhe in der Klasse.

Wieder wurde die Tür geöffnet.

Es war Maria. »Komm einmal zu mir ins Büro.«

Ich deutete auf die Schüler, die alle durch Trennwände getrennt brav da saßen und die Deutscharbeit schrieben.

»Das geht jetzt nicht.« Meine Stimme war so heiser, dass ich es zwei Mal sagen musste, bis Maria mich hören konnte.

Maria blickte sichtlich irritiert in die Klasse.

Hastig fügte ich hinzu: »Nachher in der Pause.«

Maria schloss die Tür. In meinem Kopf rasten die Gedanken. Was war jetzt wieder los? So laut waren wir diesmal doch gar nicht gewesen, das konnte es nicht sein. Hatte es wieder neue Elternbeschwerden gegeben?

Nervös rutschte ich auf meinem Stuhl hin und her. Als es zur großen Pause schellte, sprang ich auf und wollte los, doch es saßen noch fünf Schüler im Klassenraum.

»Nur noch ein Satz! Bitte, Frau Wollnau!«, kam es gleichzeitig von ihnen.

Ich wollte den Schülern die paar Minuten in der großen Pause noch gönnen. Die Arbeit war recht umfangreich und eine Schulstunde ohnehin knapp bemessen. Dennoch warf ich einen besorgten Blick auf die Wanduhr. Zwei Minuten. Dann sagte ich: »Ihr müsst jetzt abgeben.«

Die Schüler bemühten sich, den letzten Satz zu Ende zu schreiben. Ein Heft nach dem anderen nahm ich den Schülern vom Tisch weg.

Von der großen Pause waren bereits die ersten fünf Minuten vergangen. Ich packte schnell zusammen, wartete, bis auch die Schüler ihre Brotdosen herausgeholt und ihre Jacken angezogen hatten und ich endlich die Klassenzimmertür abschließen konnte.

Dann lief ich mit meiner Tasche in der linken und der Stofftasche mit den Heften in der rechten Hand durch den Gang. Neun Minuten nach Beginn der Pause stand ich vor Marias Büro. Die Tür war offen. Maria saß an ihrem Schreibtisch und winkte mich herein.

Noch außer Atem machte ich ein paar Schritte in den Raum, stellte die Taschen auf den Boden ab und schniefte erst einmal in mein Taschentuch.

Maria trat schweigend an mir vorbei und schloss die Tür hinter mir. Ich unterdrückte den hochkommenden Fluchtimpuls und zwang mich, mitten im Raum stehen zu bleiben.

Maria verschränkte die Arme vor der Brust: »Frau Bornkamp hat vorhin angerufen. Ihr Sohn wird immer noch geärgert. Neulich wurde sogar sein neuer Füller kaputtgemacht.«

Ich unterdrückte die Wut, die in mir aufstieg. Ich hatte doch Maßnahmen ergriffen. Und schon wieder ging diese Schülermutter hinter meinem Rücken zur Schulleitung.

Maria sprach weiter: »Und gerade hatte ich noch einen Anruf von Frau Wagner. Lena kommt jeden Tag mit Kopfschmerzen nach Hause.«

Dabei war Lena selbst eine der lautesten Schülerinnen. Wütend gab ich zurück: »Warum kommen die Schülereltern damit nicht zu mir?«

»Es wird ja nicht besser in deiner Klasse«, entgegnete Maria kalt. »Eher im Gegenteil.«

Ich starrte sie mit offenem Mund an.

Warum kam sie mir jetzt so? Ich hatte mich trotz Krankheit zur Schule gequält und war einfach nur froh, die Übungsstunde und die Klassenarbeit gut hinter mich gebracht zu haben. Und jetzt wollte ich mitsamt den Deutscharbeiten nach Hause fahren und mit den Korrekturen anfangen, um am Sonntag noch etwas Zeit mit Sebastian und den Kindern verbringen zu können.

Doch Maria fuhr fort: »Deine Schüler essen sogar im Unterricht!«

Ich war sprachlos. Merve! Wie konnte das nun wieder bei Maria gelandet sein? Da fielen mir die Jungen ein, die sich den Besen ausgeliehen hatten. Hatten die das gleich Gerd gemeldet und der wiederum der Schulleitung? Ihm würde ich das zutrauen.

»Der Lärm stört auch die Kollegen! Da werden Klassenarbeiten geschrieben, das geht so nicht bei dir. Du musst da Ruhe reinbringen!«

Also hatte Gerd der Schulleitung berichtet, dass meine Klasse laut gewesen war, als seine Klasse gerade die Mathearbeit geschrieben hatte.

Ich hob hilflos die Hände. »Das war eigentlich mit Herrn Gerting geklärt.«

Es klopfte an der Tür und Frau Ziems streckte den Kopf in den Raum. »Entschuldigung, aber ich bräuchte dich mal dringend, Maria.«

Sie stand auf. »Kümmere dich um deine Klasse!«

Ich öffnete den Mund, um zu sagen, dass ich das ja tat, aber sie winkte mich hinaus. Ich blinzelte die Tränen weg und taumelte aus ihrem Büro.

Im Lehrerzimmer ließ ich meine Taschen zu Boden plumpsen, griff mir den nächsten Stuhl, sank darauf nieder und schnupfte in meine Taschentücher. »Hey«, hörte ich Monikas Stimme. »Was ist denn mit dir los?«

»Die Eltern rennen immer gleich zur Schulleitung«, schniefte ich. »Und Maria war heute richtig schlecht gelaunt.«

Monika beugte sich ein wenig zu mir herunter, sodass ihre grünen Ohrringe hin- und herbaumelten. »Maria ist unter Druck wegen der Anmeldungen für das nächste Schuljahr. Bis jetzt haben sich gerade mal vierundzwanzig Schüler angemeldet. Wenn das so bleibt, kann es sein, dass unsere Schule geschlossen wird.«

Denise mischte sich ein. »Das habe ich auch gehört. Der Ruf unserer Schule wird immer schlechter. Was hier so läuft, spricht sich im Stadtteil rum.«

Ich verstand. »Daher reagiert Maria so panisch auf Elternbeschwerden. Ich habe das Gefühl, in meiner Klasse will sie eine krampfhafte Aufräumaktion durchführen.«

Monika flüsterte mir zu: »Nicht nur in deiner Klasse. Sie hat mich letzte Woche auch in die 10 b zu Erik geschickt und ich soll auch zu Simone, wenn sie wieder da ist.«

Noch mehr kollegiale Hospitation? Mir entfuhr ein »Puh«.

Dann blickte ich Monika neugierig an. »Warum schickt Maria eigentlich immer dich?«

»Ich war vor zwei Jahren die Ausbildungsbeauftragte der Schule.«

»Und du hast aufgehört?«

»Im letzten Jahr hatten wir keine Lehramtsanwärter.«

Jetzt schellte es und die Kollegen brachen zum nächsten Unterricht auf, nur ich blieb wie erschlagen sitzen. Zum Glück hatte ich keinen Unterricht mehr.

»Hallo, Wiebke«, hörte ich eine bekannte Stimme und sah auf. Vor mir stand Birgit. Sichtlich erholt, aber immer noch mit streng zusammengebundenem Haar und der Strickjacke.

»Oh, hallo, Birgit. Wie geht es dir?«

Sie blieb vor mir stehen. »Na ja, es muss. Ich bin nur dienstags und freitags da.«

Deshalb hatte ich das noch gar nicht mitbekommen, dass sie wieder da war.

»Wie viele Stunden machst du jetzt?«, fragte ich sie.

»Vier. Ich bin in einer Wiedereingliederung. Übrigens habe ich deine Klasse jetzt in Geschichte.«

»Oh, dann sag Bescheid, wenn irgendetwas ist.«

Ich bückte mich nach meinen Taschen. Birgit wollte sich offensichtlich gerne weiter unterhalten, aber mir war nicht danach. In meinem Zustand war es wohl das Beste, wenn ich schnell nach Hause fuhr.

Als ich am Nachmittag meine Kinder abgeholt hatte und wir alle zuhause waren, schniefte ich immer noch in meine Taschentücher. Es war nicht nur die Erkältung. Aber das sollten Yvonne und Sophie nicht merken. Ich versorgte sie wieder mit einer Serie. Dann ging ich ins Nebenzimmer und nahm mein Handy.

Finjas Stimme bebte vor Empörung. »Was geht denn bei euch ab? Boah! Was ist denn mit deinem Exit-Plan?«

»Mit der Fachleitung?«

Ich hatte meinen Suchauftrag im STELLA-Portal und schaute alle paar Tage nach.

»Meine Fächer waren bisher noch nicht ausgeschrieben.«

Ich hatte schon darüber nachgedacht, einmal direkt Kontakt mit den Zentren für schulpraktische Lehrerausbildung aufzunehmen.

»Vielleicht kann ich ja mal im ZfsL bei einer Seminarsitzung hospitieren. Ich werde dort einmal anrufen und nachfragen.«

»Das ist eine gute Idee. So wie sich das bei dir anhört, muss auf jeden Fall eine Veränderung her.«

*

Ich schrieb die drei nächstgelegenen Zentren an, um zu erfahren, ob Stellen in meinen Fächern ausgeschrieben würden, und fügte hinzu: »Wenn es möglich ist, würde ich sehr gern einmal bei Ihnen hospitieren.«

»Leider schreiben wir in naher Zukunft keine Stellen in Ihren Fächern aus«, kam von allen drei Studienseminarleitungen zurück. Und: »Hospitationen im Fachseminar sind bei uns nur im Rahmen von Stellenbesetzungsverfahren üblich. Aber besuchen Sie doch erst einmal die Fortbildung von der Bezirksregierung für angehende Fachleiter.«

Ich recherchierte sogleich im Internet nach dieser Fachleitungs-Fortbildung und stieß auf den Hinweis, dass die Anmeldung nur in Absprache mit der Schulleitung erfolgen konnte. Ich seufzte. Noch hatte ich Maria nichts von meinen Plänen erzählen wollen. Da ich als Fachleiterin weniger Stunden an der Schule unterrichten würde, wäre die Schulleitung sicher nicht begeistert. Dennoch nahm ich meinen Mut zusammen und sprach sie am nächsten Tag im Lehrerzimmer an.

»Das passt ja, du bist ja schon Ausbildungsbeauftragte.« Maria wirkte erstaunlich gelassen.

Also bewarb ich mich direkt für die Fortbildung. Das war besser gelaufen als erwartet.

Vom dritten Zentrum für Lehrerausbildung erhielt ich eine E-Mail. Ich las: »Ich habe erfahren, dass Sie einmal hospitieren möchten, und lade Sie hiermit zu meinem Fachseminar Deutsch ein. Viele Grüße, Hanna Gawinski.«

Ich machte fast einen Luftsprung. Das war ja nett von der Fachleiterin! Allerdings fand das Seminar von fünfzehn Uhr dreißig bis achtzehn Uhr statt. Ich musste mich also um Kinderbetreuung kümmern und schrieb eine Nachricht an Sebastian: »Hast du kurz Zeit zum Telefonieren?«

Wenige Minuten später klingelte mein Handy. Ich erzählte ihm von meiner Planung. »Kannst du dir den halben Tag Urlaub nehmen?«

»Das wird schwierig, wir haben um sechzehn Uhr ein Meeting mit einem wichtigen Kunden. Da muss ich dabei sein. Und die Woche danach bin ich auf Dienstreise, wie du weißt.«

Das durfte doch nicht wahr sein. Er wusste, wie wichtig das für mich war. Ich versuchte es noch einmal. »Du arbeitest doch manchmal im Homeoffice, geht das am Montag nicht? Du kannst die Kinder einen Film schauen lassen.«

Es wäre nicht das erste Meeting per Video für ihn. Und auch wenn es pädagogisch nicht die beste Lösung war – mit einem Film versorgt, bemerkte man unsere Mädels gar nicht mehr. Trotzdem beneidete ich in solchen Momenten andere junge Eltern, die die Großeltern um Hilfe bitten konnten. Aber unsere wohnten zu weit weg.

»Ich frage meinen Chef, ob ich Homeoffice machen kann.«

Nach einer Weile bestätigte Sebastian mir, dass sein Chef einverstanden war.

Im ZfsL stellte ich mich den etwa zwanzig jungen Männern und Frauen vor und setzte mich vorne neben das Whiteboard. Ein Beamer war an der Decke befestigt. Auf dem Boden war Teppich verlegt. Die Ausstattung war besser als an den Schulen. Ich fühlte mich in diesem Gebäude sofort viel wohler.

Frau Gawinski stellte den jungen Leuten Fragen, die diese freundlich beantworteten, ohne dass die Fachleiterin disziplinarisch eingreifen musste. Als sie den Lehramtsanwärtern eine Gruppenaufgabe gab und die sich in Kleingruppen damit beschäftigten, konnten wir sogar den Raum verlassen. Frau Gawinski schloss den Nebenraum auf und deutete auf den freien Stuhl vor dem Pult. Sie setzte sich neben mich und sah mich neugierig an. »Warum interessieren Sie sich denn für Fachleitung?«

»An der Realschule kommt das Fachliche viel zu kurz, weil man ständig erzieherische Probleme lösen muss. Daher würde ich lieber mit Erwachsenen arbeiten. Das macht hier schon einen ganz anderen Eindruck.«

»Ja, für die Berufszufriedenheit bringt das viel«, stimmte Frau Gawinksi mir zu. »Und man sieht auch den eigenen Unterricht noch einmal aus einer ganz neuen Perspektive.«

Sie gab mir dann noch einige Tipps für die Revisionsprüfung. Neben einer Lehrprobe im eigenen Unterricht musste man sich als angehende Fachleiterin beweisen, indem man eine Nachbesprechung für eine Lehrprobe eines Lehramtsanwärters durchführte, dann eine Fachseminarsitzung abhielt und eine mündliche Prüfung über fachdidaktische Themen ablegte. Und das alles an einem Tag. Das flößte mir gehörigen Respekt ein. Die entsprechenden Unterlagen musste man natürlich vorab schriftlich einreichen.

Eine penetrante Stimme in meinem Kopf flüsterte mir zu: *Das schaffst du zeitlich gar nicht neben deinem Schuljob und der Arbeit zuhause*. Ich beschloss, diese Stimme zu ignorieren.

KAPITEL 8 - DER MRS-UMBRIDGE-PULLI

Olaf war wieder zu alter Form aufgelaufen und ich musste mehrmals seine Mutter anrufen, weil er nicht zur Hausaufgabenbetreuung der Fünfer erschien. Doch seine Mutter verstand nicht so recht, was ich wollte, und der Vater war nicht erreichbar. Ich schrieb ihm einen Brief und legte die Liste mit den Tagen bei, an denen Olaf gefehlt hatte, doch auch da kam keine Reaktion. Schließlich nahm ich Olaf im Flur beiseite und drohte ihm an: »Wenn du jetzt nicht in die Betreuung kommst, gehe ich zur Schulleitung und wir verlängern die Maßnahme bis zu den Sommerferien.«

Das wirkte. Jetzt endlich kam er, aber ich musste mich weiterhin jeden Mittwoch bei der Erzieherin erkundigen, ob er am Dienstag dagewesen war. Erstaunlicherweise war sie sogar recht zufrieden mit ihm. Vielleicht war es doch eine gute Idee von Maria gewesen, ihm soziale Verantwortung zu übertragen.

In den Wochen bis zu den Osterferien nahm ich mir fest vor, meinen Fokus mehr auf positive Dinge zu richten, obwohl es jede Doppelstunde Deutsch irgendeine Katastrophe gab. Und immer fühlte ich mich beobachtet. Jede Bemerkung über Lautstärke in meinem Unterricht versetzte mir einen Stich.

Anders als in meiner eigenen Klasse waren die Deutschstunden in der 10 a ein echter Lichtblick. Die Schüler standen enorm unter Druck wegen der bevorstehenden Zentralen Prüfungen. Ich bereitete sie auf die ZP-Deutsch vor, indem wir die Aufgaben vom Vorjahr zusammen durchgingen. Zeit für Unterrichtsstörungen blieb den Schülern einfach nicht mehr. Wer es versucht hätte, wäre vor der ganzen Klasse in

Ungnade gefallen. Ich genoss es sehr, mich einmal ganz auf das Fachliche konzentrieren zu können.

Aber ich hatte mir etwas überlegt, um mit der Gesamtsituation besser klarzukommen. Jeden Tag nach der Schule schaute ich mir Olli an, der zwischen meinen Büchern saß, und schrieb mir etwas Positives auf, was sich an diesem Tag ereignet hatte. Bald hatte ich eine Sammlung von kleinen verschiedenfarbigen Zetteln, die ich an meiner Pinnwand über dem Schreibtisch befestigte. Wenn ein Tag mal wieder schrecklich gewesen war, halfen mir diese Erinnerungen. Da stand zum Beispiel:

- Ahmed aus der 10 a bedankt sich, weil ich ihm die Aufgabe noch einmal erklärt habe und er sie jetzt verstanden hat
- Klasse 5 c in der Vertretungsstunde mit *Rudi Rüssel* begeistert
- Entschuldigungsbrief von Fynn bekommen, weil er selber fand, dass er »respektlos« war
- im Klassenraum richtig gute Plakate von meinem Philosophiekurs aufgehängt
- Klasse für den Hofdienst eingeteilt und die Schüler haben den Schulhof gründlich gesäubert
- nettes Gespräch mit Lisa, Fatma und Emilia in der großen Pause während der Hofaufsicht
- Ecrin und Merve freuen sich über Plätze in der Kreativ-AG
- neue Philosophiebücher bekommen
- nette Kollegenrunde in der großen Pause

***

Ich stand vor meinem Kleiderschrank und überlegte, was ich zur ersten Lehrerkonferenz nach den Osterferien anziehen sollte. Der Mrs-Umbridge-Pulli fiel mir geradezu in die Hände. Dieses Pink war der krasse Gegensatz zu der eher gedeckten Garderobe der meisten anderen Lehrkräfte. Und nicht nur das. Ich würde der Atmosphäre in der Schule ein wenig Farbe entgegensetzen. In meiner Welt gäbe es Unterricht in Pink. Ich würde den Schülern empathisch und fröhlich begegnen und sie würden es nicht ausnutzen, sondern dankbar annehmen. Wir würden als Kollegium geschlossen auftreten und die Schulleitung würde uns den Rücken freihalten und schwierige Schülereltern in ihre Grenzen weisen.

Um Punkt vierzehn Uhr versammelten sich alle im Aufenthaltsraum, wo die Lehrerkonferenz stattfinden sollte. Ich suchte mir einen Platz in der Mitte des Raumes und grinste innerlich, denn ich fühlte mich in dem Pink wie der knallige Farbfleck auf einer weißen Leinwand. Selbst Monika trug heute nur ihre graue Jeansjacke. Außer mir hatte sich nur Jennifer für auffällige Farben entschieden: ein rotes Shirt mit einem schwarzen Aufdruck, der jedoch so verschnörkelt war, dass ich die Schrift nicht lesen konnte.

Maria ging die Tagesordnungspunkte durch. »Dank der Nachmeldungen der Schüler von der Gesamtschule sind die Zahlen jetzt so, dass uns erst einmal keine Schulschließung droht. Aber …« – sie warf einen strengen Blick in die Runde – »… das zeigt uns, dass wir an unserer Außenwirkung arbeiten müssen.«

Leises Gemurmel ging durch den Raum, die Kollegen tauschten verstohlene Blicke. Denise verdrehte die Augen und flüsterte mir zu: »Bei der Schülerklientel!«

Jennifer warf ein: »Die Kinder brauchen uns, jetzt mehr denn je.« Sie machte sich immer für die Schüler stark. Insgeheim bewunderte ich Jennifer dafür, dass sie das so uneingeschränkt konnte. Die Schüler spürten das sicherlich auch.

Monika meinte: »Wir brauchen eine klare Struktur, das heißt konsequentes Lehrerverhalten.«

Maria ließ ihren Blick durch den Raum schweifen. »Ich nehme gern entsprechende Vorschläge für eine schulinterne Lehrerfortbildung entgegen.«

Nachdem sie sich einige notiert hatte, ging sie weitere Tagesordnungspunkte durch.

Die Konferenz zog sich. Ich dachte an meine häuslichen To-dos, die sich wieder einmal in den Abend verschieben würden.

Wie von ferne hörte ich eine Bemerkung von Maria: »Es ist wichtig, dass die Lehrer der Räume im Erdgeschoss pünktlich in den Unterricht gehen.«

Ich unterdrückte ein Gähnen. Damit konnte ich ja nicht gemeint sein. Ich unterrichtete zwar im Erdgeschoss, aber ich war immer pünktlich. Gerade weil ich »den Ruf weghatte«, traute ich mich gar nicht, zu spät zu kommen. Selbst als es im Januar einmal Schneechaos gegeben hatte, war ich um kurz vor acht auf den Schulparkplatz gefahren. Und am Ende der großen Pause verließ ich das Lehrerzimmer stets als eine der Ersten. Das sollte doch im Laufe der Zeit aufgefallen sein.

Also musste die Kritik Denise oder Beate betreffen. Die beiden unterrichteten nämlich auch in den Räumen im Erdgeschoss.

»Die Schüler schubsen sich auf der Treppe und rangeln sich vor der Klassenzimmertür«, ergänzte Annika.

Das war tatsächlich so. Es gab Tage, da kam wirklich eine Kollegin verspätet. Jedenfalls war der Gang dann immer voller ungeduldiger Schüler, die mich jedes Mal fragten: »Frau Wollnau, können Sie uns schon einmal den Raum aufschließen?«

Und jedes Mal sagte ich den Schülern: »Eure Lehrerin kommt gleich.«

Denise und Beate und ich wechselten irritierte Blicke, woraufhin Beate mit den Schultern zuckte. Sie fühlte sich offenbar nicht angesprochen.

Merkwürdig. Gleich nach der Konferenz wollte ich diesen Vorwurf aus der Welt schaffen, doch Maria war im Flur in ein Gespräch mit Monika und Gerd vertieft und Annika war verschwunden. Es war schon halb vier. Ich musste los, Sophie vom Kindergarten abholen.

Als ich das Gebäude verließ, erwischte ich Denise noch auf dem Lehrerparkplatz. »Das mit dem Zuspätkommen war ja eben merkwürdig in der Konferenz. Wer war denn damit gemeint?«

»Ich befürchte, ich.« Sie deutete auf ihr Knie. »Dabei wissen doch alle, dass ich Knieprobleme habe.«

Das stimmte. Denise war einfach nicht so schnell. Oft wurde sie fast von Schülern auf der Treppe umgerannt.

»Beate kommt auch manchmal zu spät«, wandte ich ein.

Als ich nach Hause fuhr, stieg ein dumpfes Gefühl der Ernüchterung in mir auf. Ich wollte mein vermeintliches Defizit bezüglich der Disziplin in der Klasse durch verstärkten Einsatz in allen anderen schulischen Bereichen ausgleichen. Und ich fand, das gelang mir auch sehr gut. Umso mehr ärgerte es mich, wenn das nicht gesehen wurde. Ich würde diese Sache auf jeden Fall so bald wie möglich mit den beiden Schulleiterinnen klären.

Am nächsten Tag war Maria nicht da. Ich starrte wie gebannt auf den Vertretungsplan oben am Monitor, aber ihr Name stand unter den fehlenden Kollegen.

Ich ging zu Ralf hinüber, der an seinem Platz im Lehrerzimmer saß.

»Was ist mit Maria?«, fragte ich in die Runde.

Ralf, Dennis und Denise saßen am Tisch und blickten auf. »Sie ist krankgeschrieben. Monika hat durchblicken lassen, dass Maria zuhause Probleme hat.«

Ich runzelte die Stirn. »Ihrem Mann geht es doch wieder besser?«

Ralf schüttelte den Kopf. »Es geht immer noch um ihre Tochter. Aber Genaues wissen wir auch nicht. Hinzu kommt der ganze Druck hier in der Schule.«

»Wegen der Anmeldezahlen?«, fragte ich.

»Nicht nur das«, erwiderte Denise. Sie verdrehte die Augen. »Maria will vor den Schülereltern immer als die Gute dastehen.«

Dennis verschränkte die Arme. »Das funktioniert sowieso nicht, für keinen von uns. Es wäre viel besser, wenn wir alle zusammenhalten.«

Ich nickte. Das war wohl wahr.

*

Mein Handy klingelte. Yvonne und Sophie spielten nebenan und ich saß am Schreibtisch, als ich den Anruf von Finja annahm. Ich erzählte ihr sofort von der Lehrerkonferenz.

»Wolltest du dich nicht auf Positives konzentrieren?«

Sie fügte hinzu: »Wir könnten uns mal wieder im Café treffen, wenn du magst.«

Oh, dachte ich, wann hatten wir uns zuletzt mal getroffen? Zuletzt in meiner Elternzeit.

Trotzdem antwortete ich ausweichend: »Lass uns da mal in den Sommerferien schauen.«

Die großen Ferien waren die einzigen, in denen ich keine Deutscharbeiten korrigieren musste. Dann würde ich endlich einmal etwas für mich tun. Freunde, Sport, Bücher lesen, alles, was jetzt völlig zu kurz kam. Doch wie konnte ich mir die Durststrecke bis dahin erleichtern?

Ich hatte ja meine Zettel, auf denen ich Positives notierte. Außerdem würde ich mir eine Zeitleiste erstellen! Ich nahm einen Streifen Papier und hängte ihn über meinen Schreibtisch. Jetzt waren es zum Beispiel noch siebenundfünfzig Arbeitstage bis zu den Sommerferien. Dabei zählte ich immer die fünf Wochentage, nicht die Tage am Wochenende. Jeden Mittag, wenn ich aus der Schule kam, schnitt ich ein Stück ab. So wurde der Papierstreifen sichtlich immer kürzer.

KAPITEL 9 – DIE URKUNDE

Der neue Lehramtsanwärter war mir sofort sympathisch. Braune gelockte Haare, Brille, Hoodie und Jeans. Von der Sorte »zu nett«, so wie ich. Und seine Stimme war auch eher leise, als er sich vorstellte: »Ich heiße Patrick Bauer.«

»Wiebke Wollnau.«

Wir setzten uns. Es war acht Uhr früh, zwei Stunden vor meinem eigentlichen Unterricht. Patrick legte sein Schreibzeug und das Ausbildungsheft vom Studienseminar vor sich auf den Tisch.

Ich lächelte ihn an. »Ich wünsche dir erst einmal viel Glück und einen guten Start.«

»Danke, Frau Wollnau.«

»Sag Wiebke. Wir duzen uns hier alle.«

Er nickte.

»Ich habe schon zwei Kollegen gefunden, bei denen du hospitieren kannst«, fuhr ich fort. »Jennifer unterrichtet auch Englisch und Monika ist bereit, dich in Kunst mitzunehmen.«

»Danke.«

»Okay, heute sind die Ausbildungs-Stunden dran, wie du ja sicher weißt.«

Ich hatte mir das Begleitheft für den Vorbereitungsdienst selbst geholt und durchgelesen. Auch für mich bot es eine gute Orientierung, denn ich konnte dort nachlesen, welche Themen die ABB-Stunden haben sollten. Heute standen Kennenlernen der Schule und Hospitation auf dem Plan.

Ich zeigte dem Lehramtsanwärter erst einmal das Gebäude und erzählte ein wenig von mir und meiner Klasse. »Zurzeit machen meine

Schüler eine pubertäre Phase durch.« Ich konnte es mir nicht verkneifen, das zu sagen, aber ich ging nicht weiter ins Detail.

Ich wäre gern noch länger mit ihm durch die Schule gegangen, aber ab der dritten Stunde würde er hospitieren. Leider nicht bei mir, da ich nicht die passenden Fächer unterrichtete.

Vielleicht hat der nächste Lehramtsanwärter die richtigen Fächer, dachte ich.

Wir trafen uns am nächsten Tag wieder vor meinem Unterricht und arbeiteten das erste Thema im Begleitheft durch. Ich dokumentierte alles, was Patrick an der Schule erledigte, mit einigen Unterschriften, die er dem Zentrum für schulpraktische Lehrerausbildung vorlegen musste.

Pro Woche sollten je zwei ABB-Stunden stattfinden, unter anderem zu Themen wie »Was ist guter Unterricht?«.

Ich würde zuhause noch einige Informationen dazu zusammentragen. Das Standardwerk von Hilbert Meyer stand bei mir im Regal – etwas angestaubt zugegebenermaßen – und ansonsten gab es ja noch das Internet.

Ich merkte, dass mir die Tätigkeit als Ausbildungsbeauftragte Spaß machte. Ohnehin, je älter Schüler waren, desto mehr war ich auch fachlich in meinem Element. Wenn das mit der Fachleiterstelle doch nur klappen würde!

*

Annika drückte mir im Lehrerzimmer einen Zettel mit dem Schul-Passwort in die Hand. »Du musst noch die Plätze für die Praxissemester und die Eignungs- und Orientierungspraktika in das Online-Portal eintragen.«

Mit solchen Extraaufgaben wie dem Schreiben des Ausbildungsprogramms und der Verwaltung des Online-Portals hatte ich nicht gerechnet, als ich die Aufgabe angenommen hatte. Aber jetzt konnte ich ja schlecht »Nein« sagen. Maria fehlte weiter, es hieß, sie sei in Kur, und Annika erledigte so lange die Schulleitungsaufgaben.

Ich nahm den Zettel entgegen. »Ja, mache ich.«

Gleich am Nachmittag setzte ich mich an meinen Rechner, doch es funktionierte nicht.

Am Dienstag musste ich zur Schule, um die Zehner während der Abschlussarbeiten in Deutsch zu beaufsichtigen. Als ich gegen Mittag nach Hause kam, versuchte ich es noch einmal mit dem Portal, aber ich konnte immer noch keine Eingaben machen. Schließlich rief ich beim Landesprüfungsamt an, das die Seite erstellt hatte.

»Sie müssen sich zuerst ein Administratorkonto anlegen«, erklärte die zuständige Ansprechpartnerin. »Geben Sie mir Ihre E-Mail-Adresse, dann schicke ich Ihnen eine Anleitung.«

Wenige Minuten später war die E-Mail da. Ich fand eine zehnseitige Anleitung vor. Stöhnend fuhr ich mir mit beiden Händen über die Stirn. Ich wusste nicht mehr, wie ich das alles schaffen sollte. Der freie Vormittag fehlte mir. Sonst sprang ich immer zwischen Unterrichtsvorbereitungen, Waschmaschine, Küche und Supermarkt hin und her. Doch ich hatte noch nichts erledigen können und musste jetzt Sophie abholen. Also gab ich es erst einmal auf. Am Abend saß ich dann an den Korrekturen der Abschlussarbeiten.

Am nächsten Morgen wachte ich um fünf Uhr auf und war in Gedanken schon wieder bei diesem Portal. Da ich sowieso nicht mehr schlafen konnte, nahm ich den Laptop in die Küche mit, machte mir einen Kaffee, las die Anleitung durch und versuchte es noch einmal. Plötzlich funktionierte es. Umso besser, dann musste ich Sebastian nicht mehr bitten zu helfen.

***

»Kann ich bei dir beim Elternsprechtag hospitieren?«

Ich war erfreut, dass Patrick das fragte. »Ja klar.«

Ich zeigte ihm meine Vorbereitungen für den Tag.

»Dies ist die Terminliste.« Links stand immer die Uhrzeit, rechts der Name des Schülers: Jonas, Linus, Niklas, Can, Lisa, Carolin, Anna, Fatma, Merve.

»Das sind meistens die Schüler, die ohnehin gut mitmachen«, erklärte ich. »Diejenigen, die es nötig hätten, kommen erst gar nicht.«

»Unternimmst du dann etwas?«

»Ich rufe die Eltern an. Manche lassen sich dann einen Termin geben, aber erscheinen einfach nicht. Es ist – wie so vieles – nur ein Angebot von uns. Wenn sie es ablehnen, ist das so.« Ich sprach schon wie Denise.

Ich hatte die Eltern von Olaf, Silas, Kaan und Tarek noch einmal persönlich über den Elternsprechtag informiert, aber sie verzichteten auf einen Termin. Nur die Eltern von Julius ließ ich außen vor. Nach dem letzten Ausbruch am Telefon, woraufhin nie eine Entschuldigung erfolgt war, ersparte ich mir lieber eine Fortsetzung.

Ich hatte noch eine weitere Liste vorbereitet. »Hier schreibe ich die mündlichen und schriftlichen Leistungen auf, damit ich die direkt parat habe. Außerdem mache ich mir hier eine Notiz, was ich den Eltern sonst noch mitteilen will, zum Beispiel Zuspätkommen, Streit mit Mitschülern oder ständig vergessene Hausaufgaben.«

Mir fiel auf, dass ich gerade nur Probleme aufgezählt hatte. Ich wollte Patrick nicht entmutigen und ergänzte schnell: »Natürlich suchen wir gemeinsam nach Lösungen. Manchmal hilft eine Notiz im Schülerkalender am Ende jeder Woche und die Eltern zeichnen das ab. Oder wir vereinbaren ein weiteres Gespräch. Manchmal empfehle ich auch Nachhilfe. Außerdem sage ich auch immer, was ein Kind besonders gut kann. Aber pro Schüler sind gerade einmal sieben Minuten Gesprächszeit eingeplant.«

Ich schaute ein wenig hilflos auf meine Liste. Sie war in Viertelstunden unterteilt und für jede waren zwei Termine vorgesehen, das hieß, man hatte siebeneinhalb Minuten pro Schüler.

Ich fand das selbst zu wenig, aber wenn man länger sprechen wollte, musste man einen Termin außerhalb des Elternsprechtags vereinbaren.

Durch die enge Taktung hatte man aber die Möglichkeit, mit vielen Schülereltern und Schülern zu sprechen. Ich hoffte, so ein Stimmungsbild von meiner Klasse zu erhalten, weil ich die sogenannten »Elternbeschwerden« einmal direkt hören wollte.

Die Schüler waren am Elternsprechtag die Bravheit in Person, sogar Can. Geht doch, dachte ich, warum dann nicht im Unterricht?

Ich gab Eltern und Schülern Rückmeldungen zu den Leistungen und Tipps für die nächste Deutscharbeit.

Von einigen Eltern erhielt ich Feedback.

Linus' Mutter: »Linus schätzt Sie sehr. Eigentlich wollten wir umziehen, aber er will die Schule nicht verlassen, auch deshalb, weil Sie seine Klassenlehrerin sind!«

Frau Wernicke, Lisas Mutter: »Sie sind eine gute Lehrerin. In Ihrem Unterricht hat Lisa endlich einmal alles verstanden.«

Merves Mutter lächelte einfach die ganze Zeit – sie konnte nicht gut Deutsch.

Annas Vater: »Eigentlich wollten wir Anna im Religionsunterricht anmelden. Aber sie wollte unbedingt zu Ihnen in den Philosophiekurs!«

Dann kam die Mutter von Jonas, Frau Blume-Hartmann, zusammen mit Jonas und seinem älteren Bruder Florian. Der war in Herrn Gertings 9 a.

Ich begrüßte sie und informierte Jonas über seine Note. »Momentan stehst du auf einer Drei. Nur manchmal lässt du dich von den anderen ablenken.«

»Die streiten sich ja ständig bei uns!«, entfuhr es Jonas.

»Bei uns auch!«, warf Florian ein.

Frau Blume-Hartmann verzog sorgenvoll das Gesicht und forderte Florian auf: »Du wurdest sogar getreten. Zeig das mal Frau Wollnau.«

Der Neuntklässler zerrte an seinem Hosenbein und zog es hoch bis zum Knie. Zum Vorschein kam ein etwa faustgroßer Bluterguss mit Schwellung am Schienbein.

»Oh je«, entfuhr es mir, »wie ist denn das passiert?«

»Das war letzten Freitag in der Doppelstunde Englisch«, erzählte Frau Blume-Hartmann.

Ah, ich erinnerte mich, Beate unterrichtete Gerds Klasse in Englisch. Jonas' Mutter berichtete weiter: »Dieser Omar hat meinen Sohn am Ende der Stunde gegen das Schienbein getreten. Mehrmals sogar.«

Ich erinnerte mich auch an Omar. Einer der Hauptstörer in meinem Philosophiekurs in meinem ersten Jahr. Eine Kleinigkeit reichte und er rastete aus. Trotzdem fragte ich nach: »Und warum?«

Florian antwortete: »Er wollte einen Kugelschreiber von mir, aber ich wollte ihm keinen geben, weil er immer nervt.« So einfach war es sicher nicht gewesen. Bevor es eskalierte, gab es immer eine Phase der gegenseitigen Beleidigungen mit den üblichen Schimpfwörtern. Aber das wollte ich gar nicht so genau wissen.

»Das tut mir leid.« Ich unterließ es, nachzufragen, was Beate unternommen hatte. Oder Gerd als Klassenlehrer. Vermutlich nichts. Dass das einfach so akzeptiert wurde, machte mich wütend.

Aber wenigstens war Patrick Zeuge des Ganzen.

Als die Mutter mit ihren beiden Söhnen gegangen war, hatte ich eine Pause von einigen Minuten und machte erst einmal das Fenster auf. Ich brauchte frische Luft. Der Himmel war blau, die Sonne schien und die Blätter der Bäume bewegten sich leicht im Wind. Ich sah die nächsten Wohnhäuser auf der gegenüberliegenden Straßenseite, die Blumen in den Balkonkästen, spielende Kinder im Hof, einen Mann mit Hund.

Patrick trat neben mich ans Fenster.

»Passiert so was auch bei dir im Unterricht?«

»Ja, sicher. Das passiert in jeder Klasse. Zumindest an Realschulen.«

»Und was für Maßnahmen ergreifst du dann?«

»Unterschiedlich.« Ich erzählte ihm ein wenig von den Teilkonferenzen, die ich durchgeführt hatte, und von all der Vor- und Nacharbeit, die schulische Maßnahmen mit sich brachten, und sah, wie seine Miene von Erstaunen zu Skepsis wechselte.

»Mach du nicht zu viel«, riet ich ihm und stellte dabei fest, dass ich immer mehr so sprach wie die älteren Kollegen.

Zuhause schrieb ich mir alle lobenden Worte der Eltern auf. Als ich den Zettel in meinen Sammelordner legte, fiel mir der liebe Brief in die Hände, den Lisa mir im ersten Jahr geschrieben hatte. Noch einmal las ich: »Liebe Frau Wollnau, sie sind meine Lieblingslehrerin. In ihrem Unterricht fühle ich mich am wohlsten. Ihr Job ist super. Machen sie auf jeden Fall weiter. Mit freundlichen Grüßen Lisa.«

Meine Augen wurden feucht. Ich schloss den Ordner und stellte ihn zurück ins Regal.

***

Die Pfingstferien waren dieses Jahr ausnahmsweise eine ganze Woche lang. Das war meine Rettung, denn die Tage brauchte ich, um die Zentralen Abschlussprüfungen in Deutsch zu korrigieren. Vor den Ferien hatte ich die Arbeiten der 10 a korrigiert und jetzt war ich als Zweitkorrektorin für die Klasse von Sandra Stiller dran. Zwar gab es einen vorgefertigten Korrekturbogen, aber man musste ganz genau hinschauen und entscheiden, wie viele Punkte der Schüler bekam. Schließlich ging es um die Abschlussnoten.

In der zweiten Schulwoche war ich auf dem Weg ins Lehrerzimmer, als ich jemanden hinter mir rufen hörte: »Wiebke!« Es war Patrick.

Ich ging zur Seite, um die Kollegen vorbeizulassen, die mit ihren prallen Taschen an uns vorbeidrängten. Patrick kam zu mir an den Rand des Flurs. Er wirkte abgehetzt.

»Was ist los, Patrick?«

»Dieser Yusuf aus deiner Klasse hatte heute in der zweiten Stunde in Kunst Streit mit Mathias. Monika sagt, das geht schon länger so. Aber jetzt ist Yusuf auf Mathias' Jacke getreten. Und er hatte Farbe unter den Schuhsohlen.«

»Oh, nein! Nicht schon wieder!«, entfuhr es mir.

Ich wusste, dass Mathias seine Sachen immer um seinen Platz herum verteilte und seine Jacke auch schon einmal auf dem Boden liegen ließ.

Ich hakte nach: »Und Yusuf ist auf der Jacke rumgetrampelt?«

»Ja, erst aus Versehen, aber Mathias hat ihn angeschrien und ihn als Missgeburt bezeichnet und dann ist Yusuf ausgerastet …«

»Verstehe.« Innerlich seufzte ich. Wieder war es so klar für mich. Das war nicht der Beruf, für den ich mich mal als junge Studentin entschieden hatte. Es war wie ein Albtraum, aus dem es kein Erwachen gab. Aber jetzt musste ich mich dem stellen. Schon Patrick zuliebe, der mir einfach nur leidtat.

»Und wie sind die anderen Schüler zu dir?«

»Ich muss immer noch auf dem Sitzplan nach den Namen schauen, und das nutzen die aus …«

»Und was hat Monika unternommen?«

»Sie war zu Beginn der Stunde da, aber musste dann etwas kopieren.«

Sie hatte den Lehramtsanwärter allein gelassen. Grundsätzlich war das kein Problem, aber bei meiner Klasse führte momentan jede Lücke im System zu neuem Ärger.

»Okay. Ich werde mir etwas überlegen«, versprach ich und sah ihm nach, als er ins Lehrerzimmer schlurfte.

Müde setzte ich mich auf meinen Platz und war froh, dass Ralf da war. Sein Rat lautete: »Mach doch mal eine Klassenkonferenz und stell gemeinsame Regeln auf. Mit allen Kollegen der Klasse. Das System krankt daran, dass wir Einzelkämpfer sind.«

Hoffnung stieg in mir auf. »Das ist eine gute Idee!«

Ich schaute gleich in meinen Kalender und legte einen Termin fest.

Die andere Sache mit dem Vorfall in Patricks Stunde war mir so wichtig, dass ich nach meinem Unterricht wartete, bis Jennifer den einzigen Computer im Lehrerzimmer freigab, der an einen Drucker angeschlossen war. Morgen war wieder mein freier Tag und wenn ich erst am Mittwoch den Brief über die Schule schicken konnte, würde das über die Stadt viel zu lange dauern. Aber ich musste mich beeilen, denn ich musste Sophie abholen.

Ich schrieb Frau Hussein, dass sie erzieherisch auf Yusuf einwirken und sich mit Familie Bornkamp in Verbindung setzen sollte, um die Kosten für die Reinigung zu bezahlen. Dann druckte ich das Schreiben aus, kopierte es, heftete die Kopie in der Schülerakte ab und legte das Original dem Hausmeister auf den Poststapel.

Als ich nachmittags zuhause war, öffnete ich sogleich mein Dienst-E-Mail-Fach und fand eine Nachricht von Frau Bornkamp vor.

»Wie kann es sein, dass unser Sohn seit Monaten in der Klasse gemobbt wird und die Schule nichts unternimmt?«

Die Mail war in Copy auch an Maria gegangen. Sie war nach den Pfingstferien aus der Kur zurückgekommen. Mir zog sich alles zusammen. Was sollte das denn jetzt? Ich tat doch bereits alles. Ich hatte noch nicht einmal zu Mittag gegessen. Mir stiegen die Tränen in die Augen. Ich hatte keine Lust mehr. Ich müsste mal raus, einfach mal weg von diesem Irrsinn.

Aber wie ferngesteuert tippte ich die Nachricht an Frau Bornkamp: »Sehr geehrte Frau Bornkamp, die Schule ergreift sehr wohl Maßnahmen. Ich habe Frau Hussein aufgefordert, Schadensersatz zu leisten.« Was sie hoffentlich auch tun wird, ohne weitere Diskussionen, dachte ich.

Dann schrieb ich eine E-Mail mit dem Termin für die Klassenkonferenz an die Kollegen und setzte Maria und Annika in CC.

Ich konnte mich kaum auf die Unterrichtsvorbereitungen konzentrieren und saß immer noch am Schreibtisch, als Sebastian von der Arbeit kam. Er pfiff durch die Zähne. »Wenn ich es nicht mit eigenen Augen sehen würde, würde ich es nicht glauben, dass du mit deiner halben Stelle so viel arbeitest!«

*

Gerade nahm ich meine Tasche und wollte in den Klassenraum der 7 c gehen, da sah ich, wie Beate durch das Lehrerzimmer an mir vorbei Richtung Ausgang eilte. »Beate, bleibst du nicht zur Klassenkonferenz?«

»Ich muss gleich mit meiner Tochter zum Kinderarzt. Aber du informierst mich, okay?« Und schon war sie zur Glastür raus, die hinter ihr zufiel.

Offensichtlich war es zu knapp gewesen, den Termin erst drei Tage vorher anzukündigen.

Denise war krankgemeldet. Sie unterrichtete meine Schüler in Geschichte und Politik. Wer von den acht Lehrern der Klasse würde überhaupt da sein?

Wenigstens Monika nickte mir zu und ging mit mir auf den Flur. Mit ihr hatte ich noch gar nicht gesprochen. Sie bestätigte Patricks Bericht und meinte: »Der ist aber auch so zurückhaltend.«

Das klang, als wäre das Verhalten der Schüler damit in Ordnung und der Fehler läge allein bei dem Lehramtsanwärter. So etwas machte mich wütend. Aber ich schluckte meinen Ärger hinunter und meinte diplomatisch: »Er ist ja noch in der Ausbildung.«

Im Klassenraum stellten wir die Stühle von den Tischen herunter. Dann half ich Monika, drei Tische zusammenzurücken, um die wir uns setzen konnten.

Wenigstens kam Erik kurz darauf hinzu, der die Klasse in Mathe hatte. Dennis und Ralf waren ebenfalls da. Dennis unterrichtete die Klasse in Physik, Chemie und einige Schüler im Wahlpflichtkurs Informatik und sein Bruder Ralf hatte die Klasse in Musik sowie einige Schüler in evangelischer Religion und einige im Wahlpflichtkurs Sozialwissenschaften.

Fehlte noch Annika. Einige aus der Klasse waren bei ihr im Wahlpflichtkurs Französisch und in katholischer Religion und in der Spanisch-AG.

Ich sah die vier anwesenden Kollegen an.

»Hat jemand Annika gesehen?«

Die anderen zuckten mit den Schultern, da trat sie gerade in den Raum und setzte sich neben mich.

Wer ist jetzt zu spät gekommen? Aber das sagte ich nicht.

»Ja, dann fangen wir am besten an. Danke, dass ihr gekommen seid.«

Ich nahm mir einen Zettel und einen Stift und fuhr fort: »Ich würde gern wissen, wie die Schüler in eurem Unterricht sind, damit wir uns auf gemeinsame Regeln für die Klasse einigen können.«

Monika fasste sich an ihren Ohrring und drehte ihn zwischen den Fingern hin und her. »Also bei mir sind die ruhig!«

Ruhig im Fach Kunst? Das sagt sie doch nur so, weil die stellvertretende Schulleitung anwesend ist, dachte ich. Außerdem war da gerade der Streit zwischen Yusuf und Mathias gewesen.

»Aber da gab es doch einen Vorfall in deinem Kunstunterricht!« Das konnte ich mir jetzt nicht verkneifen.

»Ja, das war bei unserem Lehramtsanwärter. Dieser ewige Streit zwischen den Jungen in deiner Klasse. Aber bei mir sind sie sonst ruhig!«, beteuerte Monika und schilderte dann, wie die Schüler nach Gruppentischen geordnet am Ende der Stunde immer ihre Malsachen aufräumten und wie gut alles bei ihr organisiert war. In der Tat war der Raum immer ordentlich nach dem Kunstunterricht, deshalb sagte ich anerkennend: »Freut mich zu hören, dass meine Schüler sehr wohl Regeln einhalten können.«

Ich schaute in die Runde. Die Kollegen blickten auf ihre Unterlagen auf den Tischen. Offensichtlich wollte keiner mehr etwas sagen. Die anderen sahen ja an mir, was passierte, wenn man »den Ruf weghatte«.

»Na ja«, brach nun Erik das Schweigen, »in Mathe ist es sehr unterschiedlich. Je nach Tagesform sind die Schüler konzentriert, aber besonders donnerstags in der dritten Stunde, wenn die Klasse davor zwei Stunden Sport hatte, sind die kaum zu gebrauchen. Mathias und Yusuf streiten sich wirklich ständig. Und Silas, Kaan und Tarek kommen immer zu spät.«

»Bei dir auch?« Wenigstens einer, der hier mal die Tatsachen aussprach.

Nun mischte sich Annika ein. »Wiebke, hast du Mathias und Yusuf denn mal zu Saskia geschickt?«

»Ja natürlich, schon mehrmals.«

Die Sozialarbeiterin hatte im Februar dann ein längeres Gespräch mit beiden geführt und mit ihnen einen schriftlichen Vertrag aufgesetzt. Die Wirkung hatte nur zwei, drei Wochen angehalten. Das sagte ich aber nicht.

Dennis schaute in die Runde. »Bei mir ist Yusuf auch so, er will ständig im Mittelpunkt stehen.«

»Wiebke, es ist auch wichtig, dass du pünktlich kommst«, hörte ich Annika sagen. Sie setzte eine energische Miene auf.

Hatte ich mich da verhört? »Das tue ich!«, platzte die Rechtfertigung aus mir heraus. Ich wollte scharf auf Beate verweisen, da sah mich Ralf beschwörend an und sagte: »Also, es geht ja jetzt um gemeinsame Regeln für die Schüler. Auch in meinen Fächern, vor allem in Religion, werden die Schüler oft sehr unruhig. Wir sollten uns Maßnahmen überlegen.«

»Ich mache das mit einem Ampel-System«, warf Monika ein.

»Also grün, gelb, rot. Beim dritten Strich müssen die einen Text aus dem Buch abschreiben.«

So etwas hatte ich auch schon probiert, war aber mit den ständigen Diskussionen und dem »Verwalten« der vielen Abschreibtexte nicht mehr nachgekommen.

Dennis schüttelte nachdenklich den Kopf. »Im Prinzip müsste man die nach dem Unterricht nacharbeiten lassen, und zwar den Stoff, den sie vormittags versäumt haben.«

»Ist aber immer eine Frage der Aufsicht«, wandte sein Bruder Ralf ein.

Annika sah mich von der Seite an. »Das ist Klassenlehreraufgabe.«

»Nachmittags warten meine Kinder auf mich«, rutschte es mir heraus. Natürlich hatte ich über diese Möglichkeit auch schon nachgedacht, aber sie wieder verworfen. Es wäre zudem unbezahlte Arbeit. Wenn ich damit erst einmal anfangen würde, wäre das ein Fass ohne Boden.

Ich warf Monika einen hilfesuchenden Blick zu. Konnte sie als Gleichstellungsbeauftragte nicht etwas dazu sagen?

Doch sie saß mit verschränkten Armen da. »Du musst dich eben gut organisieren.«

Das war alles? Ich hätte am liebsten mit der Faust auf den Tisch geschlagen.

»Von Nacharbeit rate ich ab«, wandte Ralf ein. »Wir müssten dann mit Elternbeschwerden« – Elternbeschwerden – das war das entscheidende Stichwort! – »rechnen, wenn die Schüler erst um sechzehn oder siebzehn Uhr zuhause wären.«

»Also drei Striche und dann Elternbriefe schreiben«, schlug Erik vor.

»Ja, das ist eine Möglichkeit«, erwiderte ich. Meine Liste mit Elternbriefen war immer lang, auf der ich notierte, ob die unterschriebenen Rückzettel abgegeben wurden. »Ich telefoniere oft mit den Eltern, wenn ich den Eindruck habe, dass die Post nicht angekommen ist.«

Ich erwähnte das extra noch einmal, obwohl es doch aufgefallen sein musste, wie oft ich nach dem Unterricht als Einzige im Lehrerzimmer saß und mit Eltern telefonierte.

»Ja, und strenge Noten«, sagte Monika. »Ich schreibe dann immer gleich einen Test in Bio und das wissen die.«

Dieser Tipp half mir auch nicht wirklich weiter. In Deutsch schrieb ich ja sowieso Klassenarbeiten. In Philosophie hatte ich, nachdem die Schüler laut waren, schon einige Male einen zusätzlichen Test geschrieben. Ich sammelte auch öfter Hefte ein. Doch all dies wollte am Nachmittag begutachtet und bewertet werden. Und das zog sich dann bis in den Abend.

Jedenfalls hatte ich mittlerweile das Gefühl, dass die Klassenkonferenz keine neuen Erkenntnisse brachte. Also fasste ich zusammen: »Dann einigen wir uns auf Ermahnen, entsprechende Noten, Elternbriefe und Zusatzaufgaben.«

Ich sah Annika an und sie stand auf. »Dann sind wir hier fertig.« Sie ging mit Monika und Dennis nach draußen.

Erik und Ralf waren als die Letzten noch im Raum.

Erik trat auf mich zu. »Hör zu.«

»Klassenleitung?«, fragte ich hoffnungsvoll. Wie ich wusste, verließen seine Zehner jetzt die Schule.

»Genau! Ich würde gern zum nächsten Schuljahr noch einmal einen Antrag auf gemeinsame Klassenleitung stellen. Diesmal mache ich das schriftlich. Was meinst du?«

»Klar! Stell den Antrag! Es ist sicher gut, wenn wir das schriftlich begründen.« Ich zögerte, denn mir kam gerade eine Idee und ich sah Ralf an. »Unser Antrag hätte noch mehr Gewicht, wenn sich der Lehrerrat daran beteiligt.«

»Ja, klar, ich helfe euch«, sagte er sofort. »Wir können uns morgen nach der sechsten Stunde zusammensetzen.«

Morgen ist Freitag, dachte ich. Und mir zuliebe würden Ralf und Erik länger bleiben. Ich war ihnen dankbar, aber ich würde mich hinterher umso mehr beeilen müssen.

Zuhause nahm ich mir die Allgemeine Dienstordnung für Lehrer vor und las zum Thema Teilzeit nach. Leider war § 17 (2) sehr unverbindlich formuliert. Da stand, dass generell auch Teilzeitkräfte verpflichtet waren, eine Klassenleitung zu übernehmen. Im Teilzeitmerkblatt der Bezirksregierung fand ich nur eine Empfehlung, dass Teilzeitkräfte eine Klassenleitung nicht alleine, sondern im Team übernehmen sollten.

Demnach befand sich die Schulleitung ganz auf dem Boden des Gesetzes. Ich konnte keinen zweiten Klassenlehrer fordern, nur darum bitten.

Das versuchten wir am nächsten Tag, als wir uns nach dem Unterricht im Elternsprechzimmer trafen. Wir schrieben:

Wolkenheim, 08.06.2018

Liebe Maria, liebe Annika,

wir stellen noch einmal einen Antrag auf gemeinsame Klassenleitung in der 7 c.

Es sind in diesem Schuljahr fünf neue Schüler in die Klasse gekommen, nur eine Schülerin hat die Klasse verlassen (Nele).

Die Klasse ist sehr heterogen, sowohl was schulische Leistungen und Kenntnisse der deutschen Sprache angeht, als auch was das Arbeits- und Sozialverhalten betrifft.

Es gibt Seiteneinsteiger wie Fatma und Merve, die noch Probleme mit der deutschen Sprache haben.

Dann gibt es immer wieder eskalierende Streitigkeiten zwischen Mathias und Yusuf. Olaf neigt zu gewalttätigem Verhalten und sorgt oft für Unruhe.

Silas, Kaan und Tarek kommen häufig zu spät und stören oft den Unterricht, die Eltern reagieren nicht auf Briefe und sind telefonisch nicht erreichbar.

Olaf, Lena, Fynn und Can machen derzeit eine schwierige pubertäre Phase durch. Sowohl Lenas, Olafs, Fynns als auch Cans Eltern sind ge-

trennt. Olaf, Can und Lena leben bei der Mutter, Fynn wohnt bei seiner Oma.

Da die Probleme pubertätsbedingt in Klasse 8 noch zunehmen, haben wir uns an Ralf Vormann aus dem Lehrerrat gewandt. Auch er befürwortet einen Co-Klassenlehrer, idealerweise in Vollzeit.

Unser Vorschlag wäre daher, dass Herr Erik Berg, wenn seiner Zehner die Schule verlassen, die Co-Klassenleitung übernimmt und damit die Teilzeit-Kollegin nach zwei Schuljahren ein wenig entlastet. Er unterrichtet die 7 c ohnehin in Mathe und war mit der Klasse bereits auf Klassenfahrt.

Viele Grüße

Wiebke Wollnau, Erik Berg, Ralf Vormann

Gleich am Montagmorgen hoffte ich, entweder die Schulleitung oder Erik sprechen zu können. Doch Maria war nicht in ihrem Büro und als ich Erik endlich im Lehrerzimmer traf, meinte er: »Ich habe noch nichts gehört.«

Nach dem Unterricht war Marias Tür geschlossen und ich hörte sie mit jemandem sprechen. Ich dachte an Yvonne und Sophie. Warten wollte ich nicht.

Ich war gerade zuhause angekommen und stellte die schweren Taschen ab, da klingelte mein Handy.

Es war Erik.

»Unser Antrag ist abgelehnt.«

»Was, warum denn?«

Das hatte ich so nicht erwartet. Wir hatten den Antrag sogar schriftlich gestellt und triftige Gründe angeführt.

»Annika sagte nur etwas von einer bereits feststehenden Planung für das nächste Schuljahr und Personalmangel«, erwiderte Erik.

»Es sind doch noch fünf Wochen bis zu den Ferien!«

Lag es wirklich am Lehrermangel? Ich würde gleich nach meinem freien Tag zur Schulleitung gehen.

Am Mittwoch sah ich auf dem Vertretungsplan, dass Ralf fehlte. Dennis informierte mich, dass sein Bruder die ganze Woche krankgeschrieben war. Und Erik war nirgends zu sehen, er war wohl schon im Unterricht.

Ich schrieb ihm eine Whatsapp: »Ich will nachher noch einmal fragen, warum es nicht geht. Vielleicht wäre es gut, diesmal auch mit Maria zu sprechen. Kannst du mitkommen?«

Kurz darauf kam die Antwort: »Ja, klar. Ich verstehe es ja auch nicht. Ich habe heute aber bis zur siebten Stunde Unterricht.«

Ich war hin- und hergerissen, denn mein Unterricht endete nach der sechsten Stunde. Sollte ich auf Erik warten oder das Ganze noch einen Tag verschieben? Aber auch am Donnerstag hatten Erik und ich nicht zur selben Zeit Schluss. Es würde nicht besser werden. Also schrieb ich zurück: »Dann treffen wir uns nach der siebten Stunde vorm Schulleitungsbüro.«

Maria telefonierte. Erik und ich warteten geduldig im Flur, bis sie auflegte.

Dann klopfte ich. »Hast du kurz Zeit für uns?«

»Ja, einen Moment noch. Holt ihr bitte Annika? Sie hat die Liste.«

Erik ging nach nebenan.

Maria machte eine Geste zum Tisch hinüber. Diesmal durften wir uns an den Besprechungstisch setzen, was mir Hoffnung gab. Vielleicht konnten wir heute doch etwas erreichen.

Ich nahm schon einmal Platz. Ein schwacher Geruch nach Rauch lag in der Luft, wie immer, wenn Maria vor dem Gebäude geraucht hatte.

Erik und Annika traten in den Raum. Erik kam zu mir, Maria und Annika setzten sich uns gegenüber.

Annika legte ein Blatt Papier auf den Tisch. Ich sah die Liste nur über Kopf, erkannte aber, dass dort die Klassen und ihre Klassenlehrer tabellarisch aufgeführt waren.

Ich entdeckte meinen Namen und entzifferte: *Frau Wollnau, Frau Meyer*. Beate war bei mir auf dem Papier als Co-Lehrerin eingetragen. Sie unterrichtete ja auch ein Hauptfach in meiner Klasse, aber sie hatte mit ihrer eigenen Klasse, der 7 b, genug zu tun. Deshalb vermied ich es, sie stärker einzubinden, und sie vertrat mich nur, wenn ich mal nicht da war. Aber da ich ja nie fehlte, trat dieser Fall so gut wie nie ein. Es war klar, ich – oder vielmehr meine Klasse – brauchte einen einsatzfähigen zweiten Klassenlehrer.

Ich beschloss, ganz höflich nachzufragen.

»Wir würden gerne wissen, warum Erik nicht mit mir die Klassenleitung übernehmen kann.«

Maria und Annika wechselten einen Blick.

»Ich würde das gern machen«, bekräftigte Erik. »Ich war ja auch mit der Klasse auf Klassenfahrt und habe die in Mathe, ich kenne die Schüler also sehr gut.«

»Tut uns leid«, erwiderte Annika. »Wir haben nicht genug Lehrer. Erik, und dich haben wir schon anders eingeplant.«

»Aber das ist nicht gut für meine Klasse!«, brach es aus mir heraus. Die Schulleitung wusste doch von den Konflikten und Problemen in der 7 c, und wir hatten das in unserem Brief ausführlich begründet.

Erik hakte nach: »Wie habt ihr mich denn eingeplant?«

Annika blickte auf die Liste und deutete auf die 7 b. »Beates Co geht zum Ende des Schuljahres in Pension. Daher bist du im nächsten Schuljahr für die zukünftige 8 b als Co-Lehrer eingeplant. Du warst ja auch mit der Klasse auf Klassenfahrt. Beate hat erwähnt, dass du mit ihren Schülern super klargekommen bist.«

Ich runzelte die Stirn. War Beate wieder schneller gewesen als ich? Oder hatten ihre Wünsche einfach mehr Gewicht für Annika? Beate hatte auch eine Tochter, Emma, die, soweit ich wusste, erst drei Jahre alt war. Es machte mich stutzig, dass Beate es trotzdem schaffte, zweiundzwanzig Stunden zu unterrichten. Doch ich wusste, warum. Sie hatte mir erzählt, dass sie und ihr Mann ein Haus gekauft hatten, das sie abbezahlen mussten. Wenn ihr Kind krank war, sprangen die Großeltern ein, die in der Nähe wohnten. Und manchmal fehlte Beate einfach, auch schon mal länger. Das war natürlich alles nachvollziehbar, aber ich war trotzdem neidisch. Zumal schwierigere Umstände, wie ich sie hatte, an keiner Stelle berücksichtigt wurden. Dennoch schwieg ich. Ich wollte Beate ihren Co nicht wegnehmen. Und etwas sagte mir, dass es ohnehin keinen Zweck gehabt hätte. Das hier war beschlossene Sache.

Für heute reichte es mir. Ich blinzelte die Tränen weg, als ich zum Parkplatz lief. Bis die Kinder im Bett waren, musste ich noch durchhalten.

Am Abend setzte ich mich aufs Sofa. Obwohl es der Jahreszeit entsprechend warm war, hüllte ich mich in eine Decke. So fand mich Sebastian vor, als er von der Arbeit kam. Er ließ sich neben mir aufs Sofa fallen und ich berichtete ihm alles.

»Das verstehe ich jetzt auch nicht. Gerade du mit deiner schwierigen Klasse brauchst Unterstützung.« Er setzte seine Brille ab und rieb sich über die Augen.

»Ich habe mir diesen Beruf irgendwie anders vorgestellt«, murmelte ich. »Ich unterrichte eigentlich gerne. Aber ich bin keine Sozialarbeiterin, keine Deeskalationstrainerin, keine Detektivin und auch keine Polizistin. Das wollte ich nie.«

Die Schüler hatten recht. Ich war wirklich zu nett. Zumindest nicht »all*zu* streng«, wie Finja mir geraten hatte. Oft blieb mir aber auch gar nichts anderes übrig. Wenn ich alles sanktionieren würde, wäre ich nur noch mit der Verwaltung von Strafmaßnahmen beschäftigt. Und auch Ausflüge, Teilkonferenzen und die vielen E-Mails mit Eltern mussten im Rahmen bleiben. Andernfalls wäre das organisatorisch – und damit war ich schon wieder beim Thema Teilzeit – für mich nicht zu stemmen. Aber besonders bei mir waren die Schüler laut. In Fächern wie Deutsch und in Philosophie sowieso.

Und selbst wenn ich mal in der ersten Stunde Unterricht hatte, war es nicht mucksmäuschenstill, so wie bei Gerd – bei dem standen die Schüler stramm, schon wenn er sich nur im Flur der Klassenzimmertür näherte. Es war sicherlich seine Körpergröße, aber nicht allein. Obwohl er spät Lehrer geworden war und erst seit fünf Jahren unterrichtete, hatte er die Schüler im Griff. Es ging zwar das Gerücht, dass er auch einmal laut werden musste, aber paradoxerweise konnte er die meiste Zeit zu den Schülern freundlich sein. Er war offensichtlich ein Naturtalent.

Mir fiel auf, dass auch Jennifer jeden Tag sichtlich fröhlich und motiviert in die Schule kam. Wenn sie über Probleme sprach, dann mit Humor und voller Empathie für die Schüler und man merkte ihr an, dass sie sich gern einsetzte, um zu helfen. Bestimmt hatten die Schüler sie deswegen zur Vertrauenslehrerin gewählt.

Am nächsten Tag erzählte ich Dennis von meinem Vergleich der Kollegen. Er brachte es auf den Punkt: »Du bist ein ganz anderer Lehrertyp!«

Ja. Bei mir fühlten sich die Schüler so wohl, dass sie sich trauten, allen angestauten Frust in meinem Unterricht rauszulassen. Das war quasi ihr »Safe Place«. Aber das wurde mir nicht gedankt.

***

Ein Lichtblick war das Eingangs- und Perspektivgespräch für Patrick Ende Juni. Unser Lehramtsanwärter unterrichtete auch in der 7 a von Simone. Es war eine gute Entscheidung von ihm, für die Lehrprobe nicht meine Klasse zu wählen. Ich hätte Yusuf, Olaf, Can und Lena durchaus zugetraut, sogar dann zu stören. Die 7 a von Simone war hingegen völlig ruhig, und das, obwohl Simone schon wieder fehlte. Jennifer war als Klassenlehrerin eingesprungen, zusätzlich zu ihrer eigenen Klasse.

Auf meine erstaunte Nachfrage antwortete Jennifer lachend: »Bei mir sind die immer so!« Und ihr glaubte ich das.

Simones Schüler rissen sich in der Lehrprobe für Patrick sichtlich zusammen. Seine Kunststunde war nicht so gut, fand ich, aber ich bemerkte, dass auch die Fachleiterin sich mit wertenden Aussagen zurückhielt. Patrick hatte sehr leise gesprochen, als er den Schülern die Aufgabe erklärte, und sich auch mehrfach wiederholt. Andererseits war es sein erster Unterrichtsversuch vor Zuschauern und somit durchaus im Rahmen. Viel mehr Sorgen machte mir, dass die Lehrproben nur Vorführstunden waren und mit der Unterrichtsrealität nicht viel zu tun hatten.

Das war bei mir genauso gewesen und dieses Defizit spürte ich jetzt jeden Tag. Obwohl ich zu dem Schluss gekommen war, dass das Anhäufen von Wissen über Strategien wie zum Beispiel die Konfrontative Pädagogik das Problem auch nicht löste. Denn mittlerweile hatte ich ja zig Fortbildungen zu dem Thema besucht und Bücher über »schwierige Schüler« gelesen. Man musste einfach der Typ für diese Schüler sein. Und man musste sich bewusst für sie entscheiden. Auf mich traf beides nicht zu. Und auf Patrick auch nicht. Das hatte ich im Gefühl. Aber er war noch sehr jung und hatte viele andere Möglichkeiten …

*

Am Schwarzen Brett fand ich die Nachricht vor: »Kontrolle der Notensticks am Montag, 25. Juni, nach der 6. Stunde.« Mist. Ich hatte nach der vierten Stunde frei. Auf meine Nachfrage erklärte Annika: »Es geht um den Datenschutz. Ihr dürft den Stick nicht mehr nach Hause mitnehmen.«

Bisher hatte ich die Noten immer in Ruhe zuhause an meinem Computer eingetragen. Diesmal musste ich die zwei Stunden in der Schule warten, bis dann die anderen Kollegen aus dem Unterricht kamen. Wir saßen im Computerraum und kontrollierten die Schülerzahl auf der Liste und meldeten es Annika, wenn einer fehlte. Dies erleichterte hinterher die Arbeit bei den Zeugniskonferenzen.

Am Mittwoch kam ich wieder eine Stunde vor meinem Unterricht, um die Noten einzutragen. Es gab nur zwei Computer im Lehrerzimmer und nach dem Unterricht würden die sicher von einigen Kollegen umlagert, und warten konnte ich nachmittags nicht, weil ich meine Kinder abholen musste. Aber ich hatte Glück – das Lehrerzimmer war leer und ein Computer frei. Ich setzte mich hin, steckte den Stick in den Schlitz und öffnete mein Notenbuch. Doch ich konnte es nicht einfach dorthin legen, weil wie eigentlich überall im Lehrerzimmer die verfügbare Tischfläche zu klein war. Das Buch drohte herunterzufallen, aber ich hielt es mit der linken Hand fest, während ich die Noten ablas. Fünf Minuten vor der großen Pause war ich fertig.

Schnell den Toilettenschlüssel geschnappt und auf den Pausenhof. Und nach der Pause wie immer pünktlich in meine Klasse. Heute musste ich mit dem Einsammeln der Bücher anfangen. Mathias, Fatma und Merve hatten sich gemeldet, um zu helfen. Ich musste mir genau notieren, welcher Schüler welches Buch in welchem Zustand zurückgegeben hatte. Falls ein Buch nicht mehr brauchbar war, musste ich den Eltern einen Brief mit einer prozentual festgelegten Zahlungsaufforderung schreiben.

Selbstverständlich hatte ich den Schülern eine Aufgabe an die Tafel geschrieben, damit sie sich ruhig beschäftigten. Weil wir ohnehin gerade eine Lektüre lasen, brauchten sie dazu nicht einmal die Deutschbücher. Aber die Schüler fanden andere Beschäftigungen interessanter und ich konnte nun entweder Polizei spielen und jeden einzelnen Schüler ermahnen oder mich um die Bücher kümmern. Ich entschied mich für Letzteres.

Ich rief die Schüler in alphabetischer Reihenfolge auf und sie kamen mit ihren Büchern nach vorne, aber es fiel mir schwer, mich bei dem Lärm zu konzentrieren. In meiner Tasche steckte ein Paar Ohrenstöpsel, die ich mir mittlerweile vom Hörakustiker besorgt hatte. Ein Gehörschutz mit Geräuschfilter extra für Lehrer. Aber ich traute mich nicht, ihn einzusetzen, weil ich die Kommentare fürchtete.

Mir war inzwischen klar geworden, dass ich an der Situation an sich nicht viel ändern konnte, also beschloss ich, meine Sichtweise zu ändern. Ich nahm einen Collegeblock und notierte mir folgende Vorsätze für das nächste Schuljahr:

Ich entscheide mich dafür:

1. *die Schule als Job zum Geldverdienen zu sehen*
2. *mir immer im Klaren darüber zu sein, was ich leiste und was meine Stärken sind, und zwar unabhängig davon, was andere sagen*

3. *die Streitigkeiten meiner Schüler ohne emotionale Beteiligung zu schlichten bzw. die Sozialarbeiterin einzuschalten*
4. *eins nach dem anderen zu erledigen und mir auch mal Zeit zu lassen*
5. *Grenzen zu setzen und auch mal etwas nicht zu tun, auch wenn das andere verärgert*
6. *Arbeit und Freizeit zu trennen, soweit möglich*
7. *mich daran zu erinnern, dass ich gerne und auch gut mit Kindern und Jugendlichen arbeite und dieser Job nie langweilig ist*
8. *mich dementsprechend immer auf Katastrophen einzustellen und mich dagegen zu wappnen*
9. *und wenn ich mich doch bis in die Freizeit hinein über Schule ärgere, dann fange ich wieder bei Punkt 1 an*

Und was mich auch aufmunterte: Laut meiner Zeitleiste waren es nur noch dreizehn Arbeitstage bis zu den Sommerferien.

Als die Zehner am Freitag ihren Abschluss feierten, kam auf einmal Zainab zu mir nach vorne und drückte mir eine Karte in die Hand.

Dort stand: »Danke, dass Sie uns unterrichtet haben!« Alle Schüler der Klasse hatten unterschrieben. Ich bedankte mich bei ihnen und bewahrte diese Karte in meinem Sammelordner auf.

Die letzte Stunde in meiner eigenen Klasse war das krasse Gegenteil. Meine Schüler lärmten wie sonst auch. Nur Carolin und Merve wünschten mir schöne Ferien, der Rest polterte beim Schellen brüllend aus dem Raum.

Nach dem üblichen hastigen Vorbeischauen im Lehrerzimmer machte ich mich auch auf den Heimweg. Als ich durch die Straße mit der Baumallee fuhr, hatte ich eine Idee und ich hielt kurz beim Supermarkt. Dort gab es nämlich ein Blumengeschäft. Ich kaufte mir eine pinkfarbene Blume mit etwas Grünzeug. Zuhause nahm ich ein Blatt Papier, ließ den Rand mit einem Feuerzeug schwarz werden (damit es echter aussah) und schrieb darauf:

Urkunde für Wiebke Wollnau, weil sie alle Stürme und Widrigkeiten des Schuljahres 2017/18 überstanden hat, ohne die Sympathie und Empathie für Kinder und die Freude am Unterrichten zu verlieren.

TEIL III

DAS DRITTE JAHR IN WOLKENHEIM

KAPITEL 10 – DER RAT EINER FREUNDIN

Ich hatte das Gefühl, dass ich noch nie so dringend Ferien gebraucht hatte wie nach diesem Schuljahr. Die erste Ferienwoche verbrachte ich trotz allem mit dem Vorbereiten der ersten zwei Themen und Klassenarbeiten für die achte Klasse in Deutsch. Ich wollte diese Arbeit vom Tisch haben, buchstäblich, um dann zu all dem etwas Abstand gewinnen zu können. Die meisten Kollegen erledigten die Unterrichtsvorbereitungen erst in der letzten Ferienwoche oder zu Beginn des Schuljahres, aber das würde ich wegen der ständigen Klassenlehreraufgaben kaum schaffen. Außerdem erhielt ich in den ersten Tagen der Sommerferien die Nachricht, dass Olaf, Kaan, Silas und auch Lena sich in der letzten Ferienwoche für eine Nachprüfung in Deutsch angemeldet hatten, um doch noch versetzt zu werden. Die Eltern fragten, was die Schüler lernen sollten, und ich schickte allen eine Übersicht per E-Mail. Ich musste diese schriftlichen und mündlichen Prüfungen im Laufe der Ferien vorbereiten.

Am Ende der zweiten Woche hatte ich endlich wirklich Ferien und traf mich tatsächlich einmal mit Finja im Eiscafé. Trotzdem hatte ich Mühe abzuschalten. Mitten in den Sommerferien hatte ich:

Schul-Albträume! Am Urlaubsort!

Von meiner Klasse, die völlig außer Rand und Band war …

Von Gerd, der sich mit Tablet und Stuhl vor meiner Klassenzimmertür in den Flur setzte …

Von Annika, die plötzlich völlig unberechenbar war …

Von den Kollegen, die auf einmal alle aus dem Schulgebäude stürzten und mich im Lehrerzimmer allein zurückließen …

Es war diffus und unangenehm …

In der letzten Ferienwoche schrieben Olaf und Kaan die Nachprüfungsarbeit in Deutsch. Zwei Arbeiten hatte ich schnell an einem Nachmittag korrigiert und zur mündlichen Prüfung erschien nur noch Lena. Silas war in Mathe durchgefallen und musste daher in Deutsch nicht mehr antreten.

Am ersten Tag nach den Sommerferien fand ich in meinem Fach einen Brief der Bezirksregierung vor. Es war die Antwort auf die Anmeldung zur Fachleiter-Fortbildung. Ich las: »Da mehr Meldungen eingegangen sind als Plätze zur Verfügung stehen, hat Ihre Bewerbung leider keine Berücksichtigung gefunden.«[3] Enttäuscht ließ ich das Blatt sinken.

»Was ist los?« Ralf war neben mich getreten.

»Ach, ich hatte mich doch zu dieser Fachleiter-Fortbildung angemeldet. Aber ich habe eine Absage bekommen.«

»Die bieten diese Fortbildung immer wieder an. Versuch es einfach noch einmal.« Wie so oft versuchte Ralf, mich zu trösten.

Ich beschloss, mich von der Absage nicht entmutigen zu lassen, und setzte die Sache mit den Zetteln fort, auf denen ich positive Erlebnisse notierte.

In den ersten Schulwochen schrieb ich Folgendes auf:

- *schöne ABB-Stunden mit Patrick*
- *Donnerstag als freier Tag*
- *keine zweite Deutschkorrektur mehr, da die Zehner weg sind*
- *die Philosophiekurse liegen nicht länger in den Randstunden*
- *ein guter Platz im Lehrerzimmer neben Denise und Martina (nette neue Kollegin)*

Ich bedankte mich bei Annika für den freien Donnerstag.

»Der Donnerstag?« Sie zuckte mit den Schultern. »Och, der hat sich zufällig so ergeben.«

Ich zog die Augenbrauen hoch. Sehr hoch. Aber ich sagte nichts und ging einfach in den Unterricht.

*

Die Fachkonferenz Deutsch war für die zweite Schulwoche angekündigt und so trafen wir uns am Dienstag nach der sechsten Stunde in Marias Büro. Ich schaute in die Runde und zählte insgesamt zwölf Kollegen, darunter Simone Becker – die wieder da war –, außerdem Martina Wolf-Richter und Maria, die ja auch Deutsch unterrichtete. Aber einige waren krank oder hatten ihren freien Tag und ließen sich im Tandem-Verfahren vertreten.

Sandra Stiller, die Fachvorsitzende, rückte sich die Lesebrille zurecht und schaute auf ihre Liste. »Wiebke, laut Alphabet sind wir bei W angekommen. Du bist also an der Reihe mit dem Protokoll.«

Mist, daran hatte ich gar nicht gedacht, sonst hätte ich mir meinen Laptop mitgenommen. So musste ich meine handschriftlichen Notizen nachmittags abtippen. Aber es war nicht zu ändern. Ich nahm meinen Collegeblock und schrieb fleißig mit, während Sandra die Tagesordnungspunkte mit uns durchging.

Schließlich sagte sie: »TOP 4) Wir haben ja in der Lehrerkonferenz beschlossen, dass in den Hauptfächern ab diesem Schuljahr Vergleichsarbeiten geschrieben werden. Erst einmal eine pro Halbjahr.«

Maria nickte. »Wichtig ist, dass ihr die Ergebnisse eurer Klassen vergleicht und euren Unterricht entsprechend optimiert.«

Martina, Simone und ich sahen uns an. Martina hatte die 8 b in Deutsch, Simone die 8 a.

Ich war ja in den Sommerferien fleißig gewesen. Also bot ich an: »Die erste Arbeit habe ich schon fertig. Die kann ich euch zur Verfügung stellen.«

»Ich habe auch noch eine zuhause, die ich an unser Buch anpassen kann«, sagte Martina. »Aber bring deine mal mit und dann schauen wir.«

Vielleicht wird uns das etwas Arbeit ersparen, überlegte ich. Aber die Absprachen werden schwierig ... Ich hatte das vor der Elternzeit an meiner alten Schule so erlebt, dass die Absprachen immer zwischen Tür und Angel getroffen wurden.

Sandra fuhr fort: »TOP 5) Ihr habt mir ja gesagt, dass unser Deutschbuch für unsere Schüler viel zu schwer ist. Ich bin dafür, dass wir ein neues Buch bestellen.«

Von den anderen kam zustimmendes Nicken. »Ich habe schon mit Jennifer gesprochen«, sagte Sandra. »Sie sagt, es ist noch Geld im Schul-Budget.«

»Das ist richtig«, bestätigte Maria.

Ich war hin- und hergerissen. Natürlich hatte Sandra recht, aber ich dachte wehmütig an meinen Ordner mit all den selbst erstellten Arbeitsblättern und den Klassenarbeiten, die ich auf das Buch zugeschnitten hatte. Hatte ich mir die Arbeit jetzt umsonst gemacht?

»Dann müssen wir allerdings komplett neue Klassenarbeiten erstellen«, wandte ich vorsichtig ein.

»Es gibt ja auch immer Vorlagen in den Lehrermaterialien«, entgegnete Maria.

Das stimmte, aber meist waren die ebenfalls zu schwer und zudem korrekturunfreundlich. Oft waren bis zu neunzig Punkte zu vergeben. Die reduzierte ich regelmäßig auf dreißig bis vierzig Punkte. Man musste ja über jeden einzelnen Punkt nachdenken und entscheiden, ob man ihn geben sollte oder nicht. Meine eigenen Arbeiten waren immer korrekturfreundlich. Ideal waren auch Aufgaben zum Ankreuzen oder Lückentexte. Aber ich sagte besser nichts.

Sandra erklärte weiter: »Ich bestelle uns Ansichtsexemplare dieser drei Bücher hier auf der Liste. Bei allen gibt es differenzierte Aufgaben.«

Das war immerhin gut, denn es würde mir hoffentlich das Erstellen eigener Arbeitsblätter ersparen.

Sandra fuhr fort: »Dann setzen wir uns noch einmal zusammen und stimmen ab, welches wir nehmen.«

»Und wann bekommen wir die neuen Bücher?«, fragte Martina.

»Erst im nächsten Schuljahr. Die schulinternen Lehrpläne müssen wir auch noch darauf anpassen. Wir teilen am besten wie beim letzten Mal die Jahrgangsstufen auf die Fachkollegen auf.«

Ich hatte vor meiner Elternzeit auch schon einmal an schulinternen Lehrplänen mitgearbeitet. Man musste die Unterrichtsreihen für die einzelnen Jahrgangsstufen anhand der Materialien strukturieren und den Kernkompetenzen zuordnen. Es war machbar, aber es bedeutete zusätzliche Arbeit am Nachmittag oder am Wochenende.

Martina warf ein: »Es sind ja heute nicht alle Deutschkollegen da. Wie wollen wir das denn dann aufteilen?«

»Ich hänge am Schwarzen Brett eine Liste aus. Da sollen sich alle bis zum Ende der Woche eintragen«, erwiderte Sandra.

»Gut«, sagte Maria. Sie schaute auf ihren Zettel. »Im nächsten Jahr wird an unserer Schule zudem eine Qualitätsanalyse stattfinden.«

Davon hatte ich schon gehört, aber selbst noch keine miterlebt.

»Was kommt da auf uns zu?«, fragte Martina.

»Dazu erhaltet ihr noch genaue Informationen in der nächsten Lehrerkonferenz«, antwortete Maria. »Aber ich kann euch jetzt schon sagen, dass ihr an euren Unterrichtsmethoden arbeiten müsst. Ihr müsst euch digital fortbilden. Ich will hier keinen Overheadprojektor mehr sehen.«

Da hatte Maria natürlich recht.

Aber der erste Einwand kam sofort.

»Ich habe alle Arbeitsblätter in Papierform und sehr viele Folien«, erwiderte Simone ein wenig ratlos.

Sandra sah sie mitleidig an. »Du hast ja noch ein Schuljahr Zeit, alle Materialien zu digitalisieren.«

Einige Kolleginnen wechselten schweigend Blicke.

Für das aktuelle Deutschbuch würde ich jedenfalls ab sofort keine Arbeitsblätter mehr erstellen.

Am nächsten Tag legte ich Sandra das fertige Protokoll ins Fach und den Kolleginnen Martina und Simone meinen Entwurf der ersten Deutscharbeit. Doch Martina sah ich den ganzen Tag nicht und Simone war wieder krankgemeldet. Am Donnerstag hatte ich frei. Am Freitag fand ich endlich auch Martinas Arbeit in meinem Fach vor. Die war gut, aber erforderte eine andere Vorbereitung, als ich sie für meinen Unterricht geplant hatte.

Doch Martina meinte sehr bestimmt: »Lass uns meine Arbeit nehmen.«

Es waren ja noch gute zwei Wochen bis zum Termin, also erklärte ich mich einverstanden.

Als Sebastian mich am Samstagnachmittag am Schreibtisch vorfand, fragte er verblüfft: »Was machst du denn da jetzt noch?«

»Umplanen. Die Vergleichsarbeit passt nicht so ganz zu meinem Unterricht.« Ich klang ein wenig frustriert.

»So was hast du in anderen Jobs auch. Mach es halt nicht so genau. Nur im Groben«, riet er mir. Dann machte er sich auf den Weg zum Supermarkt. Der Wochenendeinkauf war seine Aufgabe.

Ich arbeitete weiter, aber die lauten Stimmen von Sophie und Yvonne aus dem Nebenzimmer lenkten mich ab. Hoffentlich spielten sie nur und stritten sich nicht. Ich biss mir auf die Unterlippe und baute schnell die erforderlichen Änderungen in meine Unterrichtsreihe ein. Nur im Groben.

*

Zwei Schüler aus der vorherigen achten Klasse waren sitzengeblieben und wurden direkt zu mir geschickt. Marvin, der den Ruf hatte, gewalttätig zu sein, und sein Kumpel Hamza. Die zwei freundeten sich sofort mit Olaf und Yusuf an. Normalerweise setzten sich die Kollegen und die Schulleitung zusammen, um diese Schüler auf die verschiedenen Klassen aufzuteilen. Aber falls es dazu eine Konferenz gegeben hatte, war die diesmal an mir vorbeigegangen, sonst hätte ich natürlich protestiert.

Überhaupt füllte sich meine Klasse plötzlich rasend. Es kamen noch zwei Mädchen vom Gymnasium, Sude und Kim, und von unserer Schule Nina, Leila und Hendrik, die eigentlich in die neunte Klasse gekommen wären. Elias war von Griechenland nach Deutschland gezogen und damit auch neu. Er konnte kaum Deutsch. Es gab aber bei uns an der Schule nur eine kleine DaZ-Klasse für Schüler, die Deutsch als Zweitsprache lernten. Weil diese Klasse regelmäßig überfüllt war, wurden sie recht schnell mit in den regulären Unterricht genommen.

Silas, Julius und zwei weitere waren sitzengeblieben, aber mit den acht neuen Schülern zählte ich jetzt insgesamt dreißig Schüler in meiner Klasse.

Und das ohne Co-Lehrer – denn Erik war tatsächlich für Beate als Co der 8 b zugeteilt worden und er unterrichtete jetzt auch kein Mathe mehr in meiner Klasse, sondern der Kollege Gerd Gerting.

»Du siehst etwas besorgt aus. Alles in Ordnung bei dir?«, fragte Denise mich im Lehrerzimmer.

»Ich bekomme acht neue Schüler und ich habe immer noch die Klassenleitung alleine.« Ich raufte mir die Haare. Wortwörtlich. Dann zuckte ich demonstrativ mit den Schultern. »Ich mach das jetzt, so gut es eben geht.«

Ich kümmerte mich im September wieder um alles – alleine: als Erstes um den Elternabend zu Beginn eines jeden Schuljahres, aber es war frustrierend, dass nur die Eltern von zehn Schülern erschienen.

Marvin beschäftigte mich, indem er jede Stunde einen Streit anzettelte. Außerdem dokumentierte ich, wie oft Tarek und Kaan zu spät kamen, und schlichtete Streit zwischen Mathias und Yusuf. Dann hatte ich Lisas Lernfortschritte im Blick, denn sie war wirklich bemüht. Und ich versuchte herauszufinden, warum Can so respektlos gegenüber Lehrkräften war. Olaf stand immer unter Strom. Dann fiel mir mit Sorge auf, dass die Leistungen der neuen Schülerin Leila trotz Wiederholung des Schuljahres schlechter wurden. Nina meldete sich oft mitten am Tag krank. Und Linus deutete persönliche Probleme an, wollte mir aber nichts erzählen, weshalb ich ihn zur Sozialarbeiterin schickte.

Ich hatte all das ganz gut im Griff außer Marvin. Er mischte die Klasse so sehr auf, dass ich schon im September zu Maria ins Schulleitungsbüro stürzte.

Sie sah flüchtig von ihrer Schreibtischarbeit auf. Unter den Augen hatte sie dunkle Ringe und ihre sonst so gestylte Frisur war zerzaust. Gab es wieder Probleme bei ihr zuhause?

Aber mein Problem war auch groß. Es platzte aus mir heraus: »Maria, der Marvin stört jede Stunde, auch bei den Kollegen« – das betonte ich – »und seine Schülerakte ist voll. Wir sollten eine Teilkonferenz einberufen.«

Wir mussten etwas unternehmen, bevor das mit Marvin das ganze Schuljahr so weiterging, denn die Mitschüler litten jetzt schon jeden Tag unter seinem Verhalten.

Doch Maria schüttelte langsam den Kopf. »Er ist ja noch neu in deiner Klasse. Und du kannst nicht immer gleich mit Strafmaßnahmen kommen. Zu deinen Aufgaben als Lehrerin gehört auch das Erziehen. Du musst das Problem mit Marvin pädagogisch lösen.«

Pädagogisch?, dachte ich. Nein, wir sollten hier ein deutliches Signal setzen. Das wäre auch besser für den Schüler.

Automatisch machte ich den Mund auf, um zu protestieren. Aber Maria schaute nach unten, nahm die Brille ab und rieb sich die Augen. Sie tat mir leid. Irgendwie waren wir alle überfordert mit der Situation. Also sagte ich in versöhnlichem Ton: »Gut, ich probiere es mit pädagogischen Maßnahmen.«

Aber ich hatte da wenig Hoffnung.

Jeden Morgen, wenn ich müde ins Lehrerzimmer wankte, fragte ich mich, wie ich den Tag überstehen sollte.

Der Spruch von Lena am Ende einer Deutschstunde: »Sie sind keine richtige Klassenlehrerin!« traf mich daher hart. Völlig perplex entgegnete ich: »Erklär mir das bitte.«

»Sie haben keine Zeit für Gespräche, sind nur noch streng und hören uns nicht zu.«

Einerseits war ich »zu nett« und jetzt wieder »zu streng«. Es war mir nicht klar, wie sie darauf kam. Als ich mich im Lehrerzimmer ausklagen wollte, meinte Beate plötzlich: »Die sagen, ich wäre viel eher eine Klassenlehrerin für sie.« Sie schlug sich die Hand vor den Mund. Das hatte ich offensichtlich nicht hören sollen.

Gerd schaute von seinem Platz vom Nachbartisch zu mir herüber und fasste es so zusammen: »Die machen sich Sorgen, dass du ihnen nur noch schlechte Noten gibst. Die wollen einen anderen Sitzplan. Und du machst nie einen Ausflug.«

Was waren denn das für Argumente? Wahrscheinlich war meine Klasse einfach von der allgemein gängigen »Meckerkultur« angesteckt worden. Genau wie bei Birgit.

Meine Schüler klagten generell über die Kollegen. Über Gerd sagten sie: »Der ist so streng, der schreit uns immer an. Und er erklärt Mathe immer nur einmal, damit wir zuhören müssen.«

»Sagt das Herrn Gerting selbst!«, erwiderte ich dazu nur. Aber seine Vorgehensweise funktionierte wenigstens.

*

Ende September war es morgens um sechs Uhr noch dunkel. Während der Kaffee durchlief, las ich meine dienstlichen E-Mails. Da gab es Anfragen von Schülereltern und Aufgaben von der Schulleitung. Die Fragen beantwortete ich direkt, alles andere notierte ich in meinem Lehrerkalender, um nichts zu vergessen.

Dann bereitete ich das Frühstück für alle zu. Sebastian brachte Sophie in den Kindergarten, Yvonne ging alleine zur Schule und ich hatte noch etwas Zeit, da mein Unterricht erst zur dritten Stunde anfing. Ich putzte schnell die Bäder und holte beim Kinderarzt noch ein Rezept ab. Die Zeit reichte nicht mehr, um es zur Apotheke zu bringen, also fuhr ich direkt zur Schule.

In der ersten großen Pause war ich im Lehrerzimmer und ordnete meine Sachen. Ich wollte vor meinem Unterricht schnell die Arbeitsblätter kopieren und noch eben auf die Toilette. Doch plötzlich sah ich Mathias' Mutter, die an der Glastür im Flur stand und mir zuwinkte. Merkwürdig, sie hatte keinen Termin mit mir ausgemacht.

Doch der verzweifelte Ton in ihrer Stimme – »Frau Wollnau, unser Sohn wird gemobbt!« – veranlasste mich zu sagen: »Dann kommen Sie bitte eben mit ins Elternsprechzimmer.«

Wenigstens kam sie diesmal direkt zu mir, ein Grund mehr, sie nicht abzuweisen.

Im Flur tauchte plötzlich Nina auf, die schon auf mich gewartet hatte. Wie so oft war ihre Wimperntusche verwischt, als sie mich schluchzend fragte: »Frau Wollnau, darf ich nach Hause? Ich bin krank!«

Das hörte ich alle paar Tage von ihr. Ich hatte deshalb mit ihrer Mutter telefoniert, die mir erzählte, dass Nina an einem Tag einmal den Vormittag im Einkaufszentrum verbracht hatte. Daher hatte ich den Verdacht, dass die Schülerin mir eine Show ablieferte, um sich vor der Doppelstunde Deutsch zu drücken. Aber ob das heute so war, wusste ich nicht. Und ich klärte so etwas niemals im Flur.

»Komm gleich erst einmal mit in den Unterricht«, sagte ich zu ihr, woraufhin sie schniefend zurück auf den Schulhof ging.

Im Elternsprechzimmer setzte sich Frau Bornkamp mir gegenüber an den Tisch und sah mich mit verzweifelter Miene an. »Frau Wollnau, mein Sohn wird immer noch geärgert.«

»Von Yusuf?«

»Nein, da ist so ein Neuer in der Klasse – Marvin – und dieser Hamza.«

Oh nein, ich hab's geahnt, dachte ich.

Auf einmal sagte sie: »Da hat man Ihnen aber welche in die Klasse geschickt!«

Frau Bornkamp sprach aus, was ich seit Wochen dachte. Aber ich beschloss, beim Thema zu bleiben. »Was genau machen denn Marvin und Hamza?«

»Die stalken meinen Sohn«, fuhr Frau Bornkamp fort, »die beleidigen ihn, zerren ihn an seiner Jacke über den Schulhof und werfen mit Getränkedosen nach ihm. Das geht jede große Pause so!«

»Ich verstehe.« Das war schlimm, aber in der Pause war ich nicht dabei. Und mir lief gerade wieder die Zeit davon. Ich versuchte, unauffällig einen Blick auf die Uhr zu werfen. Viertel vor zehn. Von der Pause waren nur noch fünf Minuten übrig.

»Hören Sie«, sagte ich, um das Ganze abzukürzen. »In den Pausen soll Mathias immer den Lehrer informieren, der Aufsicht hat. Außerdem wäre es hilfreich, wenn er ab jetzt alle Vorfälle mit Datum aufschreibt.«

Diese Liste konnte er dann der Sozialarbeiterin vorlegen. Ich fügte hinzu: »Und mit Marvin und Hamza spreche ich heute noch.«

»Danke.« Frau Bornkamp stand auf.

»Frau Bornkamp«, sagte ich, während ich auch aufstand. Ich dachte an ihre Beschwerde Maria gegenüber am Tag der offenen Tür. Mit dieser Äußerung hatte sie eine regelrechte Lawine losgetreten. »Bitte kommen Sie doch zukünftig immer direkt zu mir, wenn irgendetwas ist.«

»In Ordnung, Frau Wollnau, ich melde mich bei Ihnen, aber es muss dann sofort etwas passieren.« Mit diesen Worten stand sie auf und ging.

Ich schaffte es nicht mehr zur Toilette, weil ich noch meine Arbeitsblätter kopieren musste, die ich gleich brauchen würde. Am Kopierer stand Dennis vor mir in der Schlange. Er drehte sich zu mir um. »Wer war denn das eben bei dir?«

»Frau Bornkamp. Sie tauchte einfach auf.«

Dennis schnaubte. »Mit Eltern, die ohne Termin kommen, spreche ich gar nicht.«

Er drückte die Copy-Taste und verschwand anschließend mit seinem Stapel Kopien in die Richtung seines Klassenraums.

Grundsätzlich hat er recht, dachte ich. Aber es ist gut, dass Frau Bornkamp diesmal direkt zu mir gekommen ist. Und morgen ist Donnerstag, da habe ich frei und bin wieder nicht in der Schule – dann hätte sie bis Freitag warten müssen – und es war ja wohl sehr dringend. Daher wäre Frau Bornkamp dann vermutlich wieder zu Maria gegangen …

Zu Beginn der Stunde stand Nina vorne am Pult, immer noch mit verwischter Wimperntusche. »Warte kurz«, wies ich sie an. Die Schüler waren gerade extrem laut und liefen herum. Es schrillte mir in den Ohren und setzte mich buchstäblich außer Gefecht. Ich konnte keinen klaren Gedanken fassen.

Ich stellte mich vorne hin, hob die Hand und wartete. Keine Reaktion. Mir fiel auf, dass Marvin und Hamza fehlten und auch Kaan und Tarek. Ein Blick auf das digitale Klassenbuch sagte mir, dass die aber eigentlich alle da waren. Die kamen also wieder zu spät.

Hier half nur noch der »Rächer vom Dienst«. Ich nahm die Kreide und zeichnete einen senkrechten Strich an die Tafel. »Eine Minute!«, rief ich. »Die hängen wir dran!«

Keine Reaktion. Mein Kopf dröhnte. Ich machte den nächsten Strich. »Zwei Minuten!«

Dritter Strich. Vierter. Innerlich verabschiedete ich mich schon einmal von der zweiten großen Pause, die ich selbst am nötigsten hatte.

Ich schrieb: »Lena – Olaf – Linus – Leila«, das waren die lautesten Schüler, woraufhin Niklas rief: »He, seid leise!« Nun sprach auch ich einzelne Schüler an – und erst jetzt ging der Lärmpegel so weit runter, dass ich überhaupt zu hören war.

»He, wieso stehe ich an der Tafel?«, protestierte Olaf. »Die waren doch alle laut!«

In dem Moment wurde die Tür aufgerissen. Kaan und Tarek stürmten herein und liefen zu ihren Plätzen. Ich notierte kurz im Klassenbuch die Verspätung der zwei und wandte mich dann Olaf zu. Um Kaan und Tarek würde ich mich später kümmern.

»Du hast auch gestört«, stellte ich klar.

Olaf verschränkte die Arme und kippelte mit seinem Stuhl nach hinten.

»Frau Wollnau«, sprach mich Linus mit großen Augen an. »Streichen Sie mich wieder weg, wenn ich jetzt gut mitarbeite?«

Ich nickte, weil ich wusste, er würde es versuchen.

»So, erst einmal guten Morgen!«

Einige zögerliche Begrüßungen kamen zurück.

Ich musste der Klasse dringend eine Aufgabe geben. Eigentlich hatte ich ein Gruppenpuzzle zum Thema Argumentation vorbereitet, aber ich schreckte davor zurück, jetzt die Gruppen einzuteilen und die Tische umzustellen. Monika oder Gerd würden sich sofort wieder über den dann unvermeidlichen Lärm beschweren.

Also schrieb ich an die Tafel *Buch Seite 86 Nr. 3 und Nr. 4* und sagte: »Wir üben heute die Unterscheidung zwischen dass und das. In der letzten Deutscharbeit haben das einige von euch noch falsch gemacht. Also holt schon mal eure Deutschbücher raus und fangt mit der Aufgabe an.«

»Welche Seite?« Linus stellte wieder seine übliche Frage.

»86. Steht immer an der Tafel.«

Dann wandte ich mich Nina zu, die noch immer am Pult stand und wartete. Sie schniefte und sah mich so flehend an, dass ich ihr trotz meiner Zweifel den Zettel ausfüllte, mit dem sie nach Hause gehen durfte.

»Geh damit ins Sekretariat!« Tanja würde dann zuhause anrufen und Bescheid sagen.

Ich trug schnell im Klassenbuch ein, dass Nina jetzt fehlte.

Der Blick in die Klasse war ernüchternd. Nur wenige hatten das Deutschbuch rausgeholt. Die meisten quatschten einfach. Ich beschloss, mich gleich darum zu kümmern, und sagte: »Fangt schon einmal mit den Aufgaben an. Ich muss kurz in die 8 a und bin gleich zurück.«

Da Simone wieder fehlte, war ich in dieser Stunde für Seitenaufsicht eingeteilt. Die andere Klasse war ein Stück den Gang hinunter. Normalerweise musste man nur Klassen im unmittelbaren Nachbarraum parallel beaufsichtigen. Aber Gerd war mit seinen Zehnern auf einem Ausflug, daher war im Raum neben mir gerade keiner.

Im Flur hörte ich laute Stimmen aus dem Klassenraum, aber es klang nicht nach Streit. Und wenigstens saßen alle auf ihren Plätzen, als ich ins Klassenzimmer trat. Ich begrüßte die Schüler und schrieb ihnen die Aufgaben an die Tafel, die Simone an die Schule geschickt hatte.

»Bitte macht die Aufgaben. Frau Becker wird sie sich anschauen, wenn sie wieder da ist. Ich bin drüben in meiner Klasse. Wenn irgendetwas ist, sagt Bescheid. Ansonsten komme ich im Laufe der Stunde noch einmal vorbei.«

Ich nickte den Schülern zu, ließ die Tür angelehnt und sprintete zurück zu meiner Klasse.

Dort war natürlich immer noch ein Durcheinander.

»Hey!«, brüllte ich, als sie auf mein Erscheinen nicht reagierten. »Jetzt aber!«

Ein Blick auf die Wanduhr zeigte mir, dass von der Stunde schon fünfzehn Minuten vergangen waren. Aber wenigstens wurde es jetzt doch leise. »Na, dann lasst uns mal anfangen«, meinte ich erleichtert.

»Wann machen wir eigentlich mal einen Ausflug?«

Das war Can. Er fragte das fast jede Stunde. Und wie immer hatte er einfach in die Klasse gerufen.

Ich schüttelte den Kopf und legte den Finger auf den Mund. »Die 8 b macht auch einen Ausflug in den Indoor-Spielplatz«, rief Can wieder in die Klasse.

Jetzt fuhr ich ihn an: »Warte doch, bis du dran bist!«

»Der Herr Gerting ist mit den Zehnern heute auch unterwegs!«, warf Leila ein.

»Genau! Wir wollen auch mal einen Ausflug machen!«, forderte Yusuf.

»Frau Meyer war mit uns in der London-Ausstellung – echt alle Lehrer machen Ausflüge, nur Sie nicht!«, rief Lena.

Ich wollte erwidern, dass die Klasse sich erst einmal angemessen benehmen müsste, aber ich kam nicht dazu, weil schon wieder die Tür geöffnet wurde. Diesmal waren es Hamza und Marvin. Sie schlenderten, als ob nichts wäre, durch die Klasse.

»Zu spät!«, merkte Niklas kritisch an.

»Ja, die sind zu spät«, bestätigte ich. »Marvin und Hamza, ihr kommt am Ende der Stunde zu mir.«

Dann konnte ich mit den beiden auch gleich noch wegen Mathias sprechen. Schnell den Eintrag der Verspätung ins digitale Klassenbuch und dann konnte ich endlich mit dem Unterricht anfangen.

Doch da fiel mir auf, dass Can sich neben Olaf gesetzt hatte. Schlimmer noch, Hamza und Marvin saßen in der letzten Reihe nebeneinander, womit die Katastrophe vorprogrammiert war. Sie unterhielten sich prompt lautstark miteinander, und da beide ein Jahr älter waren als die anderen, hatten sie den Stimmbruch schon hinter sich. Ich musste zu ihnen hingehen, um eine Chance zu haben, mit meiner Stimme überhaupt zu ihnen durchzudringen.

»Can, Hamza, Marvin! Ihr sitzt verkehrt. Setzt euch auf eure richtigen Plätze!«

»Wieso wir?«, entgegnete nun Can, »schauen Sie mal, da, der Mathias, der sitzt wieder am Handy! Da sagen Sie nie was!«

Ich hatte noch keine Zeit gehabt, mich mit Mathias zu beschäftigen. Der war wenigstens ruhig. Aber in der Tat hatte er das Handy unter dem Tisch. Er blickte schuldbewusst auf.

»Leg es weg«, wies ich ihn an.

Dann wandte ich mich wieder an die drei Jungen: »Jetzt geht es aber um euch! Ihr habt eine Anweisung erhalten!« Ich verschränkte die Arme. Die Jungen schauten mich trotzig an und rührten sich nicht.

Ich hatte nicht ewig Zeit. Die anderen Schüler hatten ein Recht auf Unterricht. »Ich komme gleich noch einmal vorbei und schaue, wie ihr euch entscheidet.«

Einen Machtkampf würde ich zweifellos verlieren, deshalb ließ ich mich besser gar nicht darauf ein. Und dass die Rückendeckung durch die Schulleitung nicht mehr so war wie im ersten Jahr an der Schule, brauchte ich nicht zu sagen. Die Schüler spürten es instinktiv. Und jede Maßnahme, die ich nachträglich ergreifen würde – so etwas wie »Heute Nachmittag rufe ich deine Eltern an« oder ein Elternbrief, der erst Tage später ankäme –, war den Schülern hier und jetzt völlig egal. Sie hatten jetzt ihren Triumph, hier vor der Klasse, das war alles, was zählte. Dennoch kannten sie mich gut genug, um zu wissen, dass ich »konsequent« war und irgendetwas folgen würde. Meistens überlegten sie es sich dann noch einmal, wenn ich einige Minuten Geduld aufbrachte.

Doch jetzt waren schon zwanzig Minuten von der Stunde vergangen. Ich ließ meinen Blick durch die Klasse schweifen. Es war immer noch ein unruhiger Haufen. Die wenigsten hatten das Deutschbuch auf dem Tisch. »Olaf, Tarek, Kaan, Merve, Leila, jetzt aber! Deutschsachen raus! Sonst muss ich euch das Ganze als Hausaufgabe aufgeben!«

Tarek verschränkte die Arme. »Ich habe mein Buch nicht dabei.«

»Dann schau bei deinem Nachbarn rein!«

Jetzt meldete sich Kaan. »Mein Buch ist weg. Schon seit zwei Wochen.«

Ich seufzte. »Dann musst du es suchen oder schlimmstenfalls bezahlen.« … und ein neues besorgen, fügte ich in Gedanken hinzu. Er konnte doch nicht ohne Buch für die Deutscharbeiten lernen.

Ich wandte mich an die Mädchen. Fatma und Ecrin hatten natürlich ihre Bücher dabei. »Fatma, kannst du bitte dein Buch für diese Stunde an Tarek weitergeben?«

Sie tat es, wenn auch widerstrebend, das sah ich ihr an.

Nachdem dann alle in ein Buch schauen konnten, wurde es tatsächlich ruhig in der Klasse. Die meisten schrieben.

Emilia meldete sich: »Kann ich mal aufs Klo?«

»Warum fragst du so oft? Gehst du nicht in den Pausen?«

»Da hab ich keine Zeit.«

»Emilia, dafür ist die Pause aber da. Nicht der Unterricht.«

Ein flehender Ausdruck erschien auf ihrem Gesicht.

»Na gut, dieses eine Mal noch.«

Lena stand auf. »Ich muss auch.«

»Nein, hinsetzen.«

Lena holte Luft, um loszulegen, aber ich schnitt ihr das Wort ab. »Wenn Emilia zurück ist. Ihr wisst doch, es dürfen nur noch zwei Schüler pro Stunde gehen!« Ich war genervt.

Emilia ging.

»Die Frau Meyer und der Herr Gerting sind nie so streng«, maulte Lena.

Ich dachte flüchtig an die Klassenkonferenz. Da hatten wir keine gemeinsame Regel für Toilettengänge festgelegt, weil die mir gar nicht mehr in den Sinn gekommen waren. Und die Kollegen hatten das Thema auch nicht angesprochen. Wobei ich mir ziemlich sicher war, dass meine Schüler sich zum Beispiel bei Herrn Gerting gar nicht auf die Toilette trauten.

Aber jetzt musste ich mich um Marvin und Hamza kümmern. Sie hatten sich nicht umgesetzt, auch Can nicht.

Ich blieb vor der letzten Reihe stehen und sah die drei Schüler fragend an.

»Ihr habt wohl Lust auf eine Extraaufgabe. Da ist noch eine auf Seite 87.«

Ich nahm demonstrativ meinen Collegeblock und machte Anstalten, die Namen der Jungen auf die Liste für Zusatzaufgaben zu setzen. Jetzt erst standen sie murrend auf und gingen zu den zugewiesenen Plätzen. Das glaubte ich zumindest. Marvin setzte sich zwar woanders hin, aber wieder auf einen verkehrten Platz.

»Okay, Marvin, Seite 87, Nr. 5 bitte komplett schriftlich bis Freitag«, sagte ich ruhig und setzte ihn auf die Liste.

»Das ist doch mein Platz!«, protestierte er.

Glaubte er das wirklich? Oder log er mich dreist an? Ich deutete auf einen freien Platz vorne rechts. »Nein, dort sitzt du.«

Nun sprang Marvin geradezu auf den richtigen Platz. Wieder kippelte er. Und kaute er nicht Kaugummi?

»Streichen Sie mich jetzt von der Liste?«

»Na gut. Erstmal.«

Emilia kam wieder herein und sogleich sprang Lena auf. Die Tür knallte erneut laut zu.

Ich bemerkte, dass Mathias immer noch sein Handy unterm Tisch hatte, Kaan, Tarek und Yusuf auch. Ecrin zeichnete. Und Merve raschelte mit einem eingepackten Brot. Ich konnte es den Schülern nicht einmal verübeln. Ihnen war einfach langweilig.

»Mathias, Kaan, Tarek, Yusuf, Handys weg!«

»Gleich«, sagte Can und starrte unbeirrt weiter auf das Display. Nur Mathias befolgte meine Anweisung.

Ich blieb vor Yusuf stehen und wartete. Hinter mir flog erst eine Papierkugel, dann eine zweite in die entgegengesetzte Richtung, aber ich konnte so schnell nicht genau erkennen, wer sie warf. Und wehe, ich sprach den Falschen an, so etwas nahmen sie sehr persönlich.

Aus dem Augenwinkel sah ich, dass Leila mit Sude vorne am Waschbecken stand. Ich fuhr herum. Das durfte doch nicht wahr sein! Leila schaute gechillt in den Spiegel, und Sude frisierte emsig Leilas Haare. Eine Kaugummiblase zerplatzte vor Sudes Lippen.

Lena kam gerade wieder herein und blieb erstaunt neben den beiden stehen.

Bei so vielen Baustellen hatte ich einfach keine Zeit für Diskussionen um die Handys und beschloss, der Sache ein Ende zu setzen: »Ihr gebt eure Handys jetzt bis zum Ende der Stunde ab.«

Yusuf blickte ruckartig auf. »Nein!«

»Dann rufe ich gleich deine Mutter an.« Ich hoffte, dass »gleich« schnell genug war, denn das bedeutete, nach dem Unterricht. Da erinnerte ich mich an einen Satz von Beate: »Ich habe die Eltern direkt in der Stunde angerufen!« Während ich noch über diese Option nachdachte, griff ich in meine Tasche, um die Telefonliste zu suchen. Doch die Androhung wirkte, denn jetzt schob er langsam das Handy zu mir herüber.

Ich nahm es und sah Tarek und Kaan auffordernd an. »Eure Handys auch.«

Sichtlich widerwillig folgten die beiden der Anweisung.

Ich kassierte die Geräte ein und legte sie auf dem Pult unter mein Notenbuch.

Andere Kollegen nahmen Handys auch schon einmal bis zum nächsten Tag mit, aber das vermied ich möglichst, weil es in der Schule keinen sicheren Ort gab, wo man solche Geräte lagern konnte. Und ich wollte nicht dafür verantwortlich sein, wenn so ein Handy dann in meiner Abwesenheit – womöglich noch an meinem freien Tag – gestohlen wurde.

Ich forderte die Klasse auf: »Kommt, jetzt aber wieder an die Aufgaben!«

Leila, Sude und jetzt noch Lena standen am Waschbecken. »Leila, Sude, Lena ihr auch.«

»Hä?«, fragte Leila und verzog das Gesicht. »Ist doch eh kein Unterricht!«

»Doch, deshalb sollt ihr euch jetzt hinsetzen.«

Ich starrte mit finsterer Miene zu ihnen hinüber, bis sie sich langsam zu ihren Plätzen bewegten.

»Was sollen wir bei Nr. 4 machen?«, fragte nun Lisa.

»Lest doch mal die Aufgabe«, sagte ich, bemüht, mir nicht anmerken zu lassen, wie genervt ich mittlerweile war. »Da steht, ihr sollt die Satzanfänge mit den Wörtern aus der Liste zu Ende schreiben und entscheiden, ob das DAS mit einem oder zwei s geschrieben wird. Das ist alles Wiederholung.«

Allmählich wurde es wieder ruhiger. Die Stunde war fast zu Ende. Siedend heiß fiel mir Simones Klasse ein und ich flitzte noch einmal hinüber. Ob die Schüler gearbeitet hatten, wusste ich zwar nicht, aber als ich hereinkam, saßen alle auf ihren Plätzen. Ich atmete auf und trug auch hier das Thema der Stunde ins digitale Klassenbuch ein.

In der Fünf-Minuten-Pause unterrichtete ich diesmal nicht durch. Es war wieder laut geworden in meiner Klasse. Außerdem brauchte ich selbst kurz einem Moment für mich, auch wenn ich ihn im Klassenraum verbringen würde, wo es gerade noch viel lauter wurde. Ich blendete den Lärm aus und vervollständigte den Eintrag im Klassenbuch.

Fatma, Emilia und Lisa kamen nach vorne, um sich mit mir zu unterhalten, aber im allgemeinen Lärm verstand ich kaum etwas. Ich nickte ihnen einfach freundlich zu.

Die zweite Stunde der Doppelstunde war gewissermaßen einfacher, weil die Schüler ja schon ihre Aufgaben hatten. Nach einer erneuten Aufforderung, leise zu arbeiten, kehrte tatsächlich so etwas wie eine ruhige Arbeitsatmosphäre ein.

Anna meldete sich: »Können Sie mir bei dem Satz hier helfen?«

»Moment«, sagte ich, denn vor mir tauchten gerade Emilia und Fatma auf. Sie kamen mit ihren Heften nach vorne zum Pult und zeigten stolz ihre Arbeitsergebnisse vor. »Wir sind fertig!«

»Gut gearbeitet«, lobte ich sie, auch wenn es mir lieber gewesen wäre, wenn sie sich gemeldet hätten und erst nach einer Aufforderung aufgestanden wären. Ich warf einen Blick in die Klasse. Lena, Marvin, Hamza, Can und Olaf und einige andere hatten kaum etwas geschrieben. Und Ecrin zeichnete Mangas.

»Können wir die Ergebnisse an die Tafel schreiben?«, fragte Emilia eifrig.

»Fangt mal ganz langsam an«, sagte ich zu den Mädchen. »Die anderen sind noch nicht fertig.«

Ich warf einen Blick auf die Wanduhr. Noch zwanzig Minuten.

Die beiden nahmen sich die Kreide und begannen in sehr schöner Schrift zu schreiben, Emilia an der linken Tafelseite, Fatma in der Mitte.

Ich selbst ging zu Anna, um ihr bei der Aufgabe zu helfen.

Sie verwechselte das Relativpronomen »das« mit der Konjunktion »dass« und hatte geschrieben: »Das Mädchen, dass im Bus neben mir sitzt, kenne ich nicht.«

Auf meinen Hinweis »Du musst auch hier die Einsetzprobe machen. Nur weil da ein Komma steht, ist das nicht automatisch ein ›das‹ mit Doppel-S« reagierte sie sichtlich verwirrt. Ich setzte mich neben sie und schrieb ihr einen ähnlichen Satz auf und erklärte ihr die Regel noch einmal. Schließlich hatte sie den Unterschied verstanden und korrigierte ihren Text.

»Sie sind eine gute Lehrerin«, sagte sie.

Ich lächelte kurz und stand auf. Als ich meinen Blick durch den Raum schweifen ließ, fiel mir Can auf. Er saß immer noch seelenruhig am Handy.

»Can, du kennst die Regeln.«

»Ich packe es gleich weg«, sagte Can auf einmal ganz freundlich. »Meine Mutter schreibt mir gerade wegen heute Mittag, das ist wichtig!« Er blickte zu mir hoch. »Bitte, Frau Wollnau!«

Es war zum Verzweifeln. Kannten die Eltern die Schulregeln nicht? Oder war es nur eine Ausrede von Can? Aber das spielte letztlich keine Rolle.

»Hey«, schrie Yusuf, »dem erlauben Sie das Handy! Das ist unfair!«

»Du schreist gerade in die Klasse!«, wies ich Yusuf zurecht. Aber er hatte gewissermaßen recht. Ich wandte mich also wieder an Can: »Entweder du packst das Handy jetzt weg oder ich sammle es ein!«

»Jetzt bleiben Sie mal ruhig, ich mach ja schon!«, kam es frech von Can. Er steckte es in seine Gesäßtasche, nahm demonstrativ Heft und Stift und schaute nach vorne zur Tafel, wo Emilia und Fatma die richtigen Sätze anschrieben. Die meisten Schüler passten nun tatsächlich auf und meldeten sich, wenn ihnen ein Fehler auffiel. Sie konnten ihre Grammatikkenntnisse über »dass« als Konjunktion nun noch für das eigentliche Unterrichtsthema – Argumentation – anwenden und schrieben Pro- und Kontra-Argumente auf, indem sie Formulierungen verwendeten wie: »Ich bin der Meinung, dass …« Am Ende lasen Carolin, Fatma und auch Yusuf wirklich gute Argumente vor, sodass wir zumindest den geplanten Lernstoff geschafft hatten.

Doch da fiel mir ein, dass ich zu Beginn der Stunde fünf Minuten an der Tafel notiert hatte, die ich nun in die große Pause hinein unterrichten musste. Deshalb ignorierte ich das Klingeln und nahm noch Hendrik dran, der seinen Text auch vorlesen wollte.

»Es hat geschellt!«, rief Can.

»Ja, aber ihr wisst, warum wir heute fünf Minuten länger machen müssen!«

Es wurde furchtbar unruhig in der Klasse. Die Ersten sprangen auf und liefen zur Tür. Ich stellte mich ihnen in den Weg und hob die Hand. »Es geht keiner raus, ehe Hendrik nicht vorgelesen hat!« Nun hatte ich doch gebrüllt. Ich deutete auf die Papierkugeln am Boden. »Und der Ordnungsdienst fegt gleich noch!«

»He, seid leise!«, zischte Fatma und Niklas brüllte: »Ruhe!«

Hendrik las nun vor und wenigstens einige hörten zu.

»Okay«, sagte ich und wich hastig zur Seite, als die ersten Schüler an mir vorbei nach draußen stürmten.

Nur Yusuf, Tarek und Kaan bauten sich vor mir auf. Ach ja, die Handys. Die hatte ich ganz vergessen. Ich griff unter mein Notenbuch. Doch da waren nur zwei Handys. Das von Yusuf fehlte. Während Kaan und Tarek sich mit ihren Handys nach draußen trollten, brüllte Yusuf los: »Wo ist mein Handy?«

»Ich habe es hier unter mein Notenbuch gelegt«, beteuerte ich. Einige Schüler waren noch im Raum. »Habt ihr Yusufs Handy gesehen?«

»Die haben das genommen, als Sie mit Can geredet haben«, antwortete Linus.

Verdammt. Was, wenn es jetzt kaputt war oder gestohlen?

Aus dem Augenwinkel sah ich, wie auch Niklas und Fynn gehen wollten, obwohl sie für den Ordnungsdienst eingeteilt waren. Normalerweise reichte es, nach der letzten Stunde zu fegen, aber heute hatte die Klasse anschließend nur noch eine Doppelstunde Sport in der Turnhalle.

»Stopp! Ihr fegt bitte!«

Immerhin machten sich Niklas und Fynn sogleich an die Arbeit.

»Da ist das Handy!«, rief Fynn plötzlich und holte es von der Fensterbank.

Ich nahm es von ihm entgegen. »Danke.«

Als ich es Yusuf zurückgab, schnaubte der erleichtert.

»Halte dich einfach an die Regeln. Kein Handy im Unterricht«, schärfte ich ihm ein.

Mit trotziger Miene verließ er den Raum.

Gerade gingen Linus, Leila und Merve am Pult vorbei. Ich konnte es mir nicht verkneifen zu sagen: »Was war heute eigentlich los mit euch?«

Die erste Stunde der Doppelstunde war selbst für meine Klasse extrem chaotisch gewesen.

Leila blieb am Pult stehen und zuckte mit den Schultern. »Die anderen haben mir gesagt, ich brauche mich im Deutschunterricht an keine Regeln halten, da passiert eh nichts.«

Ich zog die Augenbrauen hoch. Wenn dieser Spruch unter allen neuen Schülern kursierte, brauchte ich mich ja nicht zu wundern.

»Na, das war aber kein guter Rat!«, meinte ich.

»Wir haben auch so unsere Probleme«, warf Linus ein. »Da will ich aber nicht drüber reden.«

Damit hatte ich ihn ja zu Saskia geschickt und deshalb würde ich nicht mehr nachfragen.

Die drei gingen hinaus.

Ich wollte den Klassenraum gerade verlassen, da sah ich, dass Can und Olaf noch auf ihren Plätzen saßen. Jetzt!

Ich hob demonstrativ den Schulschlüssel. »Olaf! Can! Geht in die Pause!«

»Können wir nicht drinbleiben?«, fragte Can betont freundlich, dabei wussten beide ganz genau, dass sie während der großen Pause nicht im Klassenraum bleiben durften.

»Nein, kommt jetzt, ich muss abschließen.«

Nun fing Can an, umständlich in seiner Tasche zu wühlen. Olaf kramte in seiner Jacke herum und beförderte schließlich seine Trinkflasche hervor. Can holte seine Brotdose aus der Tasche.

Langsam schlenderten die beiden zur Tür. An der Tür drehte Can sich grinsend um. »Ich habe noch was vergessen!«

Ich stellte mich ihm in den Weg. »Nein, raus jetzt!«

Ich sah, wie auch Olaf grinste, ehe sie endlich beide hinausgingen. Schnell schloss ich den Klassenraum hinter mir ab.

Doch im Flur hörte ich Geräusche zwischen den Stellwänden, auf denen Werke aus dem Kunstunterricht ausgestellt wurden. Ich ahnte es: Can und Olaf dachten nicht im Traum daran, jetzt auf den Pausenhof zu gehen, sondern hatten sichtlich Spaß, sich dort vor mir zu verstecken.

Ich ging um die Wände herum. »Raus da!«

Olaf lugte am Ende der Stellwand hervor. »Wieso?«

»Auf den Pausenhof!«, wiederholte ich. Notfalls würde ich dort stehen bleiben, bis die Schüler gingen. Es kicherte hinter den Wänden. Ich schaute nervös auf die Uhr. Meine Pause war schon wieder halb vorbei. Endlich tauchten die beiden vor mir auf und schlenderten zum Treppenhaus, Richtung Schulhof.

Ich schaffte es jetzt mit Müh und Not auf die Toilette, ehe ich wirklich in den nächsten Unterricht rennen musste, zu Klasse 5 c, wo ich eine Vertretungsstunde hatte. Und ich wollte auf keinen Fall zu spät kommen, nachdem mir das ja schon vorgeworfen worden war.

Dann folgte noch Philosophie in Klasse 7. Ein guter Rat von Kollegen für solche sechsten Stunden, in denen man selbst ausgepowert war, lautete: »Lass die schreiben!«

Also stellte ich schriftliche Aufgaben aus dem Buch. Den Text sollten sie leise lesen.

»Nein, lieber laut!«, meldete sich eine Schülerin und einige andere bekräftigten das. Das Vorlesen war jedoch mühsam, immer wieder musste ich störende Schüler ermahnen. Als wir den Text endlich zu Ende gelesen hatten, sank ich auf meinen Stuhl. Einige der leistungswilligen Schüler arbeiteten, die Mehrheit beschäftigte sich anders, blieb aber wenigstens auf den Plätzen sitzen. Ich nahm mein Notenbuch. »Wer stört, bekommt einen Strich – wer mitarbeitet, ein Plus!«

»Ich will ein Plus!«, kam es von einigen. »Ich will auch eins!«

Ich beobachtete die Schüler, aber sie arbeiteten nicht alle. »Ich würde ja gern eins eintragen, aber erst müsst ihr mitarbeiten.«

Die Zweiteilung blieb. Einige arbeiteten, andere nicht. Ich machte mir demonstrativ Notizen. Dann schaute ich auf die Uhr. Noch neunzehn Minuten. Der Schulgong war meine Erlösung.

Als ich aus der Schule taumelte, fühlte ich mich absolut ferienreif. Aber da fiel mir ein, dass ich noch mit Hamza und Marvin sprechen musste – wegen Mathias. Das hatte ich eigentlich am Ende der Deutschstunde vorgehabt, aber da waren mir die beiden entwischt.

Dann rufe ich die Eltern an, dachte ich. Ich drehte mich um und kehrte noch einmal ins Gebäude zurück. Im Lehrerzimmer war niemand mehr, also konnte ich ungestört telefonieren. Ich rief zuerst bei Hamza an.

Ich hatte Hamzas Mutter direkt am Apparat und versuchte, den Fall zu schildern, merkte aber, dass sie so gut wie kein Deutsch sprach. Schließlich beendete ich das Gespräch mit ein paar freundlichen Worten. Ich wusste, dass Hamza eine Schwester in Klasse 10 hatte. Am Freitag, wenn ich wieder in der Schule wäre, würde ich versuchen, mit ihr zu sprechen.

Bei Marvin ging keiner ans Telefon. Ich war sogar erleichtert, denn ich konnte nicht mehr. Ich sprach kurz auf den AB, dass es ein Problem gäbe und ich mich noch einmal melden würde.

Im Auto dachte ich nach. Was lief hier nur schief? Faktisch hatte ich drei Stunden gehabt, war aber von halb zehn bis vierzehn Uhr in der Schule gewesen und hatte davon nur vier Stunden unterrichtet. Das war es aber nicht allein. Mehr oder länger zu arbeiten war nicht das Problem. Nein, das Problem lag woanders: Ich trug nicht nur Pink, ich unterrichtete bildlich gesprochen in Pink. Und das passte nicht. Was die Schüler brauchten, war eher ein Unterricht in Schwarz-Weiß, eine knallharte Haltung, die sie schon einschüchterte, bevor sie überhaupt wagten, Unruhe zu stiften. So wie Gerd – der hatte da einfach die richtige Ausstrahlung und musste dann gar nicht mehr so viel tun.

Am Nachmittag wollte ich meine Kinder nicht schon wieder für ein Telefonat vor den Fernseher setzen. Aber ich musste es erledigen. Ich wagte nicht, mir vorzustellen, wie Frau Bornkamp reagieren würde, wenn wieder »nichts« passierte …

Glücklicherweise spielten Sophie und Yvonne gerade mit ihren Schleichtieren.

»Ich bin gleich wieder da«, versicherte ich, ging ins Arbeitszimmer und nahm mein Handy. Heute telefonierte ich von zuhause, was ich nicht so gerne tat, denn ich unterdrückte vorsorglich meine private Rufnummer und hatte es daher schon erlebt, dass Eltern bei einer anonymen Nummer nicht ans Telefon gingen. Ich hatte Glück, Marvins Mutter meldete sich, aber ich konnte sie kaum verstehen, weil sie so schlecht Deutsch sprach.

»Wa… Marvin … wollen Sie?«, hörte ich.

Ich versuchte, ihr das Problem mit Mathias zu schildern. »Reden Sie bitte mit ihm!«

Geschrei aus dem Kinderzimmer unterbrach mich. Normalerweise spielten meine Kinder brav, aber jetzt kam ein markerschütternder Schrei von Sophie, ich hörte Yvonne lautstark zetern und prompt wurde die Tür aufgerissen und zwei weinende Mädchen stürmten ins Zimmer.

»Tut mir leid, ich muss auflegen!«

Eine halbe Stunde später hatte ich die beiden beruhigt und sie widmeten sich wieder ihren Schleichtieren. Ich müsste jetzt eigentlich noch Unterricht vorbereiten. Es war siebzehn Uhr. Aber ich sank annähernd tot aufs Sofa und griff nach meinem Handy. Mit zitternden Händen suchte ich Finjas Kontakt heraus.

»Ich habe das Gefühl, was ich auch mache, es reicht nie«, japste ich. »Die Eltern haben keine Ahnung, um was wir uns alles kümmern müssen, und der Schulleitung geht es nur um die Außenwirkung!«

»Ich verstehe dich«, antwortete Finja. »Ehrlich gesagt, ich wollte nicht in deiner Situation stecken, Wiebke. Um keinen Preis.«

Und da war es ganz klar: Ich wollte so auch nicht weitermachen. Um keinen Preis.

KAPITEL 11 – EIN FUNKEN HOFFNUNG

Sebastian hob Sophie auf die Umzäunung vor dem Giraffengehege. »Das kann doch nicht sein, dass du fast das ganze Wochenende brauchst, um dich von der Woche zu erholen!«

»Ich hatte noch so viel zu tun«, murmelte ich.

Er runzelte die Stirn. »Für die paar Stunden am Montag?«

Sebastian wusste, dass ich den Unterricht immer am Freitag und Samstag vorbereitete, weil ich in der Woche kaum dazu kam.

»Ich musste auch noch eine zweite Deutscharbeit erstellen«, erklärte ich. »Für Elias. Der kann ja kaum Deutsch.« Die reguläre Arbeit hätte ihn völlig überfordert.

»Außerdem habe ich auch schon den Unterricht für Mittwoch vorbereitet«, fügte ich hinzu. In der Woche war ich einfach zu kaputt dazu, was ihm inzwischen auch klar war.

»Das Problem ist wirklich diese Klassenleitung«, stellte Sebastian fest.

»Kann ich ein Eis haben?«, fragte Yvonne und lief ein paar Schritte weiter zum Kiosk.

»Ich auch!«, rief Sophie und zappelte ungeduldig.

Sebastian hob sie herunter, nahm sie an der Hand und folgte Yvonne. »Ja, klar, kriegt ihr.«

Ich schlurfte hinter den dreien her. Natürlich hatte er recht. Bis Freitag hatte ich mich noch um Klassenlehreraufgaben gekümmert. Ich war sogar in der großen Pause so lange über den Schulhof gelaufen, bis ich Hamzas Schwester Agnessa aus der 10 a gefunden und ihr die Probleme mit ihrem Bruder geschildert hatte. Wenigstens verstand sie genug Deutsch und sie versprach, mit ihm zu reden.

Und jetzt war Sonntag und ich taumelte wie eine Schlafwandlerin hinter meinem Mann und meinen Kindern her. *Ich will so nicht weitermachen*, ging es mir immer wieder durch den Kopf. Wie Finja gesagt hatte. *Um keinen Preis.*

*

Ich hätte mich so gern einfach krankgemeldet, aber für den Montag hatten wir die Vergleichsarbeit geplant. Das heißt, ich schrieb am Montag, den 1. Oktober, Martina am Dienstag. Wir hofften, dass die Schüler nicht so clever waren, sich die Arbeit untereinander weiterzugeben. Deshalb hatten wir ihnen auch nicht gesagt, dass dies eine Vergleichsarbeit war. Und Simone hatte zehn Tage gefehlt, daher konnte sie erst eine Woche nach uns die Arbeit schreiben. Aber für mich war der Montag ideal, weil ich dann zwei freie Tage zum Korrigieren hätte – den 3. Oktober, der ja Feiertag war, und meinen freien Donnerstag. Das würde bedeuten, dass ich einmal keine Korrekturen in die Herbstferien mitnehmen müsste.

Doch als ich im Lehrerzimmer war und die Papierberge der Kollegen zur Seite schob, um meinen Lehrerkalender auf den Tisch legen zu können, trat auf einmal Annika zu mir. »Wiebke, komm mal eben.«

Gibt es womöglich eine Stundenplanänderung?, fragte ich mich, während ich ihr auf den Flur folgte.

»Ich sage das jetzt allen, die sich für heute im Klassenarbeitsplan eingetragen haben.« Sie sprach mit leiser Stimme. »Heute Vormittag findet ein Feuer-Probealarm statt. Du musst die Deutscharbeit leider verschieben. Es tut mir leid, der Termin hat sich kurzfristig so ergeben.«

Ich bedankte mich und ging im Lehrerzimmer sogleich zum Kalender, in dem die Klassenarbeiten eingetragen waren. Mist! In dieser und auch in der nächsten Woche – das war die letzte Woche vor den Herbstferien – waren die möglichen Termine natürlich schon mit Mathe und Englisch belegt. Ich konnte versuchen, mit Beate oder Gerd zu reden, ob einer bereit war, seine Arbeit zu verschieben. Aber ich würde wohl nicht beide heute noch in der Schule treffen und müsste sie dann am Nachmittag anrufen. Wenn ich die Arbeit hingegen nach den Ferien eintrug, musste ich sie auch nicht in den Ferien korrigieren. Allerdings würden dann drei Deutscharbeiten bis Anfang Januar recht zeitnah aufeinanderfolgen. Aber das war dann einfach so, wie Denise sagen würde.

Nun musste ich mir ganz schnell etwas einfallen lassen, was ich in der Deutschstunde – statt der Klassenarbeit – machen konnte. Und eine glaubhafte Ausrede, weswegen die Arbeit nicht wie angekündigt jetzt geschrieben werden würde.

Ich hatte eine Idee und beschloss, den Schülern bei der Gelegenheit einmal den Spiegel vorzuhalten. Also zog ich meine Jacke an, schlug die Kapuze hoch, organisierte mir von Dennis einen Kaugummi und schnappte mir mein Handy. Im Klassenraum setzte ich mich auf meinen Stuhl und legte die Füße aufs Lehrerpult.

Ich spürte die entgeisterten Blicke der Schüler auf mir, die gerade hereinkamen – und diesmal waren wegen der Arbeit sogar die Zuspätkommer pünktlich. Ich sah förmlich, wie es in den Schülerköpfen ratterte. Was macht die da? Die Gesichter von Linus, Carolin, Niklas, Fynn, Mathias, Kim, Emilia und Fatma würde ich nicht so schnell vergessen.

»Wir schreiben doch heute die Deutscharbeit«, brachte Fynn schließlich heraus.

Ich kaute genussvoll auf meinem Kaugummi herum. Leider konnte ich das mit den Blasen nicht, sonst hätte ich das Ganze noch auf die Spitze getrieben. »Nein, die Deutscharbeit fällt aus. Ich hab einfach keinen Bock, in den Ferien zu korrigieren.«

»He, Sie sitzen am Handy!«, fand Yusuf als Erster seine Sprache wieder.

»Jaja.« Ich tat sehr beschäftigt und tippte wild auf dem Handy herum. Es fing an, mir Spaß zu machen, die Schüler zu verar… veräppeln. »Ich muss hier nur gerade noch eben diese Whatsapp fertigschreiben.«

Die Schüler lachten nicht einmal jetzt. Wahrscheinlich waren sie einfach noch nicht so weit, Ironie zu begreifen. Gleichzeitig kam mir ein weiterer Gedanke: Diese Schule war wirklich der humorloseste Ort der Welt.

Aber die Schüler waren selten so leise gewesen. Langsam setzten sie sich auf ihre Plätze und warteten, bis ich das Handy weglegte.

»Nee, das war natürlich nur ein Spaß«, klärte ich die Achtklässler auf, während ich aufstand, meine Jacke auszog und ordentlich auf die Stuhllehne hängte. »Aber die Deutscharbeit wird wirklich verschoben. Wir müssen noch einmal üben.«

Zum Thema »Argumentation« gab es im Deutschbuch zum Glück einen geeigneten Text, den die Schüler noch nicht gelesen hatten. Es ging um Elektroautos, also ein aktuelles Thema.

Während Lisa vorlas, musste ich Merve, Lena, Leila, Yusuf, Hamza und Marvin mehrmals ermahnen, wodurch der Text immer wieder unterbrochen wurde. Aber der Alarmton der Feuersirene würde ohnehin jeden Moment die zähe Stunde unterbrechen.

»Darf ich mal aufs Klo?«, fragte Linus.

»Na gut.« Bis jetzt hatte noch kein anderer gefragt und solange die Schüler ihre Freiheit nicht ausnutzten, hatte ich gar kein Problem damit.

Linus ging und kam kurz darauf wieder. Die Stunde schritt fort. Doch nichts passierte.

Schließlich war die Stunde zu Ende. Lena kam nach vorne zum Pult. »Frau Wollnau, Sie wissen ja Bescheid, dass ich gleich einen Termin beim Jugendamt mit meiner Mutter habe.«

Ich hatte schon in der Woche davor von Lena eine schriftliche Bescheinigung erhalten und Lenas Mutter bestätigt, dass Lena in der fünften Stunde, also um zwölf Uhr, gehen durfte.

»Ja, natürlich, du darfst dann gehen.«

Ich hatte jetzt eine Freistunde und wie durch ein Wunder keine Vertretung. Also setzte ich mich ins Lehrerzimmer an meinen Platz. Ich rätselte, warum der Probealarm ausgefallen war. Was war da los?

Ich schob die Heft- und Bücherstapel auf dem Tisch ein wenig zur Seite und begann, den Unterricht für die nächste Deutschstunde vorzubereiten. Plötzlich heulte der Schulgong in stakkatoartigen Tönen los. Ich zuckte zusammen und blickte fragend zu Dennis hinüber, der ein Stück weiter saß.

Er winkte ab. »Ist nur ein Probealarm.«

Er wusste also auch Bescheid.

Somit konnte ich ja frei sprechen: »Dennis, ich habe jetzt extra meine Deutscharbeit verschoben.«

Er zog die Augenbrauen hoch. »Annika hat dir nicht die Uhrzeit gesagt?« Er seufzte. »Die verwechselt schon mal etwas.«

Ich schnaubte verärgert. Mein kompletter Zeitplan war jetzt durcheinander.

Dennis stand auf und schaute durch das Fenster hinunter auf den Schulhof. Ich trat neben ihn. Unten versammelten sich nach und nach die Klassen.

Eigentlich blöd, dass ich jetzt keinen Unterricht in meiner Klasse habe, dachte ich. Wer war denn gerade in der 8 c? Laut der App hatten die jetzt Mathe mit Herrn Gerting. Gut, dann musste der das Prozedere durchführen. Vielleicht sollte ich aber doch einmal auf den Schulhof gehen und nach meiner Klasse sehen.

»Wir müssen auch nach draußen«, bestätigte Dennis und ging zur Tür. »Es darf keiner im Gebäude bleiben. Auch nicht bei einem Probealarm.«

Auf dem Schulhof kam mir eine tränenüberströmte Lena entgegen.

»Frau Wollnau, der Gerting lässt mich nicht gehen! Ich muss doch zu dem Termin im Jugendamt!«

»Warte, ich spreche mit Herrn Gerting.«

Ich sah Gerd ein Stück weiter, mit grauem Jackett diesmal und umringt von einigen Schülern. Er hielt eine Liste in der Hand, auf der er emsig die Namen abhakte.

Schließlich ließ er die Liste sinken.

»Gerd«, sprach ich ihn von der Seite an, »die Lena hat mit ihrer Mutter gleich einen Termin im Jugendamt. Ich habe ihr erlaubt, jetzt zu gehen.«

Gerd warf mir nur einen flüchtigen Blick zu. »Nein, das geht nicht! Die Regel lautet, kein Schüler darf im Brandfall zurück ins Gebäude.«

»Aber Lena hat noch ihre Tasche im Klassenraum. Sie braucht wenigstens ihr Busticket und ihr Handy.«

Gerd reagierte nicht. Für ihn war die Sache schon erledigt.

Für meine Schülerin versuchte ich es noch einmal. »Aber es ist doch nur ein Probealarm!«

»Ja, aber wir proben hier den Ernstfall. Und im Ernstfall verpassen Schüler auch Termine nach dem Unterricht.« Damit drehte Gerd sich um.

Lena hatte alles mitangehört. Unter Schluchzen brachte sie hervor: »Aber meine Mutter hat sich extra von der Arbeit freigenommen … sie wartet auf mich! Den Bus habe ich schon verpasst! … Ich kann sie nicht einmal anrufen.«

Gerade näherte sich Maria. Sie konnte diese Misere beenden.

»Maria«, sprach ich sie an, »Lena hat einen Termin, muss aber nochmal ins Gebäude – können wir da nicht eine Ausnahme machen?«

Maria machte eine abwehrende Handbewegung.

»Du bist schon die Dritte, die das fragt. Das geht nicht, sonst können wir unseren Feueralarm ja gleich bleiben lassen.« Damit ließ sie uns stehen und ging weiter.

»Lena!«, rief Gerd ungeduldig und winkte sie her.

Ich raunte ihr zu: »Geh, sobald die Übung hier zu Ende ist.«

Lena stellte sich mit verzweifeltem Gesichtsausdruck wieder in die Reihe.

Am nächsten Morgen fand ich eine E-Mail von Lenas Mutter vor: »Ihnen ist doch klar, dass Sie gegen unsere Absprache verstoßen haben. Lena kam gestern erst um dreizehn Uhr nach Hause. Den Termin im Jugendamt konnten wir nicht wahrnehmen. Warum haben Sie das nicht anders geregelt?«

Lenas Mutter wusste natürlich nicht, dass ich mich für Lena eingesetzt hatte. Aber Lena hatte das gewusst. Hatte sie das ihrer Mutter nicht gesagt? Ich spürte den Ärger in mir aufsteigen. Eigentlich hätte der Gerting diese vorwurfsvolle E-Mail verdient und nicht ich.

***

»Du brauchst Hilfe von außen«, hatte Sebastian mir geraten.

Also ging ich zu meiner Hausärztin. Doktor Anker war eine Ärztin in meinem Alter. Ich war zum ersten Mal bei ihr, denn sie hatte die Praxis erst vor Kurzem übernommen.

Sie las flüchtig auf ihrem Computer nach, dann sah sie mich lächelnd an und fragte: »So, Frau Wollnau, was gibt es denn?«

Ich hatte mir eine kurze und prägnante Erklärung zurechtgelegt. »Ich bin Lehrerin an einer Realschule …«, begann ich. »Ich habe das Gefühl, ich schaffe das einfach alles nicht mehr.«

Sie lehnte sich zurück, verschränkte die Arme und meinte: »Das hört man ja oft von Lehrern.«

Ich musste also konkreter werden. »Es geht um meine Klasse. Die Schüler sind bei mir immer laut. Sie halten sich nicht an die Schulregeln.«

Jetzt sah sie mich ungläubig an. »Wie lange sind Sie denn schon im Dienst?«

Ich schüttelte den Kopf. »Seit einigen Jahren, aber das ist es nicht.« Ich brachte ein Beispiel: »Selbst wenn ich von den Schülern verlange, dass sie am Ende der Stunde alle still am Platz warten, machen die das einfach nicht!«

»Also ich hatte neulich eine Lehrerin hier sitzen, die mir auch von ihren Klassenregeln erzählt hat, und bei ihr funktioniert das.« Frau Anker lachte.

Irgendwie hatte das hier keinen Sinn, doch ich startete einen letzten verzweifelten Versuch. »Der Lärm ist kaum auszuhalten. Ich gehe immer heiser und mit Kopfschmerzen aus dem Unterricht und bin mittags schon total erledigt. Und obwohl ich dauermüde bin, wache ich fast jeden Morgen schon um fünf Uhr auf …«

Ich hätte noch so viel mehr sagen können, aber ich wollte den Zeitrahmen nicht sprengen, denn das Wartezimmer war wie immer voll.

Frau Anker nahm langsam ihre Brille ab und bewegte sie zwischen den Fingern hin und her, als wüsste sie nicht, was sie sagen sollte.

Schließlich sagte sie: »Sie müssen sich durchsetzen. Schüler brauchen heutzutage ganz strikte Regeln.«

Mit so einem Standardsatz konnte ich nichts anfangen und sah sie skeptisch an.

Frau Anker fuhr fort: »Es ist aber für Sie ein Problem …«

Endlich, dachte ich, endlich werde ich verstanden. »Ja!«, stimmte ich ihr zu.

»Sie machen auf mich einen gestressten und überforderten Eindruck. Vermutlich haben Sie zuhause auch noch jüngere Kinder zu versorgen.«

»Ja, zwei«, antwortete ich reserviert.

Frau Anker verschränkte die Arme. »Sie können eine Reha in Anspruch nehmen. Am besten wäre eine Mutter-Kind-Kur, auch für Ihre Kinder.«

Die Ärztin meinte es sicherlich gut, aber ich begriff mit Schrecken, dass ich nicht verstanden wurde. Es hatte keinen Sinn, diese Frau von etwas zu überzeugen, was sie sich einfach nicht vorstellen konnte. Selbst Sebastian fiel es schwer, obwohl er sich seit Jahren alle Geschichten von mir anhörte.

Schnell weg hier, dachte ich mir. Vielleicht konnte ich wenigstens eine Krankschreibung erhalten.

»Bitte schreiben Sie mich den Rest der Woche krank, dann kann ich über alles nachdenken.«

Am Donnerstag hatte ich ja ohnehin frei. Aber für den Mittwoch und den Freitag konnte sie mich krankschreiben.

Frau Anker seufzte. »Ich kann Ihnen jetzt für den Rest der Woche ein Attest ausstellen. Aber ich rate Ihnen dringend, mal einen kompletten Gesundheitscheck durchführen zu lassen. Wir haben gerade neue Ultraschall-Geräte bekommen …«

Sie unterbrach sich und sah mich eindringlich an. »Oft steckt auch ein Vitamin-B-Mangel oder eine andere körperliche Ursache hinter einer erhöhten Stressanfälligkeit. Das sollte man zumindest ausschließen.«

Ich zwang mich zu einem Pokerface und nahm einfach nur das Attest an mich. Ich wusste auch ohne ärztliche Untersuchung, dass keine körperliche Ursache hinter meinem Zustand steckte. Und weitere Termine waren das Letzte, was ich jetzt gebrauchen konnte. Aber ich war privat krankenversichert und neue Geräte kosteten Geld.

*

Am Samstag hatte ich ausnahmsweise einmal ganz frei, weil ich die Unterrichtsvorbereitungen für die nächste Woche an meinen beiden Krankheitstagen erledigt hatte. Also ging ich shoppen. Ein Luxus, den ich mir fast nie gönnte, weil die Zeit knapp war und ich nach einer Schulwoche normalerweise einfach keine Energie dazu hatte. Aber auch Sebastian ermutigte mich: »Mach mal was Schönes, damit du auf andere Gedanken kommst. Ich passe auf die Kinder auf.«

Also war ich jetzt am Samstag im Einkaufszentrum. Ich hatte mir etwas Spezielles vorgenommen. Im September hatte ich zehn Vertretungsstunden machen müssen. Für jede bekam ich ungefähr zwanzig Euro. Also konnte ich mit etwa zweihundert Euro rechnen. Ich steuerte den Juwelier an.

»Ich hätte gern eine Kette und passende Ohrringe im Wert von zweihundert Euro«, sagte ich zu der Verkäuferin, die mir sogleich den entsprechenden Schmuck vorlegte. Ich entschied mich für weiße Perlenohrringe und eine Kette mit einer weißen Perle, die in ein silbernes Herz eingearbeitet war.

»Gut ausgewählt«, meinte Sebastian, als ich nach Hause kam. »Das nächste Mal schenke ich dir so eine Kette und die Ohrringe. Aber ich verstehe, warum du dir die jetzt selbst kaufen musstest.«

*

Nachdem ich nun die Deutscharbeit nicht mehr vor den Herbstferien schreiben konnte, hatte ich wenigstens etwas weniger Zeitdruck. Also reservierte ich die Doppelstunde am letzten Freitag vor den Ferien für ein Gespräch mit der Klasse und berief den Klassenrat ein. Das war ein

Tipp von Jennifer gewesen und bei ihr sah ich ja, dass sie ein gutes Verhältnis zu den Schülern hatte. Eigentlich vermied ich mittlerweile alles, was noch mehr Unruhe brachte, wie zum Beispiel Rollenspiele. Aber an diesem Tag forderte ich die Klasse auf, sich im Stuhlkreis hinzusetzen. Natürlich wurde es sofort laut, als wir die Tische zur Seite schoben. Ich hoffte nur, dass sich nicht gleich wieder ein Kollege beschweren würde. Aber diesmal hatte ich Glück.

Schließlich saßen wir alle im Stuhlkreis.

»Okay, heute findet unser Klassenrat statt«, begann ich. »Aber zuerst gibt es einige Ämter für euch.«

Kim meldete sich als Klassenratsvorsitzende, Hendrik war Protokollführer, und Jonas war der Zeitwächter. Niklas bot an, die Einhaltung der Regeln zu überwachen.

»Sehr gut, danke. Dann können wir anfangen.«

Von den Schülern kam zustimmendes Gemurmel. Nur Yusuf und Can stießen sich gegenseitig an und lachten kurz laut. Ich warf ihnen einen strengen Blick zu und beschloss, mich nicht aus dem Konzept bringen zu lassen.

»Zuerst müssen wir klären, was unser Ziel ist. Was wollen wir?«

Lena meldete sich: »Dass es leise ist.«

»Damit wir hier was lernen können und uns nicht langweilen«, ergänzte Carolin.

Die Schüler hatten den Nagel auf den Kopf getroffen. Genau darum ging es ja auch mir. Ich nickte ihnen erfreut zu.

Wenn sie sich dasselbe wünschten wie ich, dann sollte es doch möglich sein, dieses Ziel gemeinsam zu erreichen …

Dementsprechend hatte ich eine Tabelle mit zwei Spalten vorbereitet. In der linken hatte ich die Überschrift gesetzt: Was die Lehrerin dafür tun muss.

Und in der rechten Spalte stand: Was die Schüler dafür tun müssen.

»Gut. Hendrik, dann schreib ganz oben bitte unser Ziel auf: Interessanter Unterricht, in dem sich alle wohlfühlen und gut lernen können.«

Er tippte die Zielformulierung auf dem Laptop ein.

Kim wandte sich an die Klasse: »Wer will etwas sagen?«

Lena meldete sich. »Ich finde es blöd, wenn Sie immer sagen, wir besprechen das am Ende der Stunde oder nach dem Unterricht.«

Ich nickte. »Ich verstehe, dass ihr euch mehr Zeit für Gespräche wünscht. Es geht allerdings schon viel Zeit durch die Klassenlehreraufgaben im Unterricht verloren – und auch dadurch, dass ich euch so oft ermahnen muss. Wir haben daher nur wenig Zeit, um für die Deutscharbeiten zu üben.«

Ich hatte den Schülern deshalb schon Gespräche nach dem Unterricht angeboten. Doch dann war es meistens nicht mehr wichtig. Daraus schloss ich, dass es einigen Schülern tatsächlich nur darum ging, Unterrichtszeit zu schinden.

Das sagte ich aber nicht. Stattdessen bot ich an: »Wenn ihr in den Deutschstunden leiser seid und gut mitarbeitet, dann können wir ja jeden Freitag am Ende der Doppelstunde dreißig Minuten für den Klassenrat und für Gespräche reservieren.«

Hier hatte Hendrik nun direkt etwas, was er in beide Spalten schreiben konnte.

Kim nahm Carolin dran. »Ich mache mir immer Sorgen, dass ich eine schlechte Note bekomme. Sie sind zu streng. Wer stört, wird gleich aufgeschrieben, aber wer gut mitarbeitet, nicht.«

Das stimmte. Die lauten Störer beanspruchten oft meine ganze Aufmerksamkeit, sodass die Schüler, die mitarbeiteten, untergingen. Also antwortete ich: »Gut, dass du das sagst. Ich werde versuchen, mehr darauf zu achten.«

Hendrik schrieb also auf, dass die Schüler leiser sein und besser mitarbeiten sollten und die Lehrerin mehr auf Positives achten sollte.

»Wer will noch etwas sagen?«, fragte Kim in die Runde.

Nun kam erstaunlicherweise nichts mehr.

Was war mit den ganzen Beschwerden, die sie sonst an die Kollegen herantrugen?

Ich blickte Jonas fragend an. »Noch zehn Minuten«, sagte der, er war ja der Zeitwächter.

Ich wollte die Schüler ermutigen zu sagen, was sie störte. »Wir haben noch ein paar Minuten. Gibt es sonst noch etwas?«

»Sonst ist alles super«, fasste Carolin zusammen und Hendrik notierte das im Protokoll. Mit einem Smiley dahinter.

Dann gab es noch einmal lautes Getöse, als wir die Möbel zurückräumten. Ich hatte ein wenig Sorge, dass sich Gerd oder Monika beschweren würden, aber dieses Mal passierte nichts.

Was die Klassenratssitzung anging, war ich erstaunt und zufrieden zugleich. Anscheinend lief gar nicht so viel schief. Ich konnte es kaum glauben, aber ich hatte wieder etwas Hoffnung.

KAPITEL 12 – DUNKLE WOLKEN ÜBER WOLKENHEIM

In Klasse 8 war die Berufsorientierung im Rahmen von *Kein Abschluss ohne Anschluss* ein wichtiges Thema. Also begleitete ich meine Klasse im November zur Potenzialanalyse bei der Berufshilfestelle. Der Termin fiel auf einen Mittwoch. Da hatte ich nur zwei Stunden Unterricht, würde aber von acht bis fünfzehn Uhr unterwegs sein.

Ich fragte Annika: »Kann ich mir die zusätzlichen Stunden wenigstens als Vertretungsstunden anrechnen lassen?«

Doch Annika schüttelte den Kopf. »Da das kein Unterricht ist, geht das leider nicht.«

Einen Co-Lehrer, der mich hätte ablösen können, gab es ja nicht. Und einen anderen Kollegen zu bitten, hatte keinen Sinn, weil dann noch mehr Unterricht ausfallen würde. Aber ich ärgerte mich noch aus einem anderen Grund. Diese Mehrarbeitsstunden zählten auch nicht für die Pension.

Ich beschloss, das Positive zu sehen: Wenigstens lag der Termin nicht auf meinem freien Tag. Dann hätte ich als Klassenlehrerin nämlich auch kommen müssen.

Der Tag der Potenzialanalyse verlief für mich recht entspannt. Die Schüler lösten verschiedene Gruppenaufgaben und ich musste sie nur beaufsichtigen. Dennoch wankte ich um vierzehn Uhr ein wenig müde in die Gemeinschaftsküche.

Eine Mitarbeiterin der Berufshilfe sah mich mitleidig an. »In Ihrem Job sind Sie es nicht gewohnt, noch nach vierzehn Uhr zu arbeiten.«

Mir fehlten die Worte. Ich nahm mir einfach einen Kaffee.

***

Wenigstens hatte ich nach der Potenzialanalyse am freien Donnerstag Zeit, mich um Unterrichtsvorbereitungen und den Haushalt zu kümmern. Am Freitag kam ich wie immer schon in der dritten Stunde, um noch etwas Zeit vor meinem Unterricht ab der vierten Stunde zu haben. Als ich ins Lehrerzimmer trat, saßen dort schon Monika und Jennifer.

Monika machte eine hilflose Geste. »Wenn ich ihn mal kurz mit der Klasse allein lasse, bricht sofort Chaos aus.«

Während ich mit einem »Morgen« zu meinem Platz ging und meine schwere Tasche auf den Boden und mich auf den Stuhl fallen ließ, überlegte ich, wen sie meinte. Es konnte ja nur Patrick sein.

»Das ist mir auch aufgefallen«, bestätigte Jennifer. Sie warf mir einen Blick über den Tisch hinweg zu. »Was meint denn unsere Ausbildungsbeauftragte zu unserem Lehramtsanwärter?«

Ich lehnte mich vor und blickte über den Tisch zu den beiden hinüber. »Wie ist seine Arbeitsweise denn sonst so?«

Jennifer hob die Schultern. »Seine Stundenentwürfe legt er immer rechtzeitig vor und die sind auch gut.«

»Habt ihr mal mit ihm geredet?«

Da ich seinen Unterricht und seine Lehrproben ja abgesehen von der ersten nie gesehen hatte, konnte ich mir da kein Urteil bilden.

»Noch nicht«, gab Monika zu. »Aber meine früheren Referendare konnten sich besser durchsetzen.«

»Er ist doch so jung …« Ich dachte an ältere Kollegen, die sich von Tag zu Tag bis zur Pension quälten. Wie Birgit zum Beispiel.

»Du meinst, er wird das noch lernen? Tut mir leid, aber ich glaube das nicht«, meinte Monika.

Ich gab ihr im Stillen recht. Patrick war auch so einer. Er unterrichtete in Pink.

»Die Schüler leiden dann auch unter dem Lärm«, bemerkte Jennifer.

Ja, dachte ich. Aber zugleich ärgerte mich dieser Satz. Die Schüler verursachten den Lärm doch selbst!

Aber dennoch hatten die beiden recht, zumindest war es nicht gut für den Referendar selbst. Ich beschloss, mit Patrick zu reden.

Die Gelegenheit ergab sich einige Tage später in der großen Pause. Patrick kam schon von selbst zu mir herüber. »Hast du einen Moment?«

»Ja, klar, aber lass uns einen ruhigeren Platz suchen.«

Wir verließen das Lehrerzimmer.

Als wir vor die Schule traten, sah ich am anderen Ausgang Jennifer und Saskia rauchend nebeneinanderstehen.

Aber sie waren zu weit weg, um zu verstehen, was wir sagten. Dennoch schaute Jennifer kurz zu mir herüber. Ihr war sicher klar, was ich Patrick sagen würde.

Patrick sprach zuerst. »Wiebke, ich höre auf.«

»Was?« Damit hatte ich jetzt nicht gerechnet.

Er lächelte. »Alles gut. Ich habe meinen Antrag auf Entlassung aus dem Vorbereitungsdienst heute Morgen eingereicht.«

»Aber warum? Und was machst du jetzt?«

»Ich habe mich auf eine Stelle in der Erwachsenenbildung beworben und eine Zusage erhalten. Ich glaube, das ist eher etwas für mich.«

»Oh ja, das verstehe ich.« Aus tiefstem Herzen, fügte ich in Gedanken hinzu. Und Patrick war noch keine dreißig. Die ganze Welt stand ihm offen. Mit Englisch und Kunst.

»Du kannst viel machen mit deinen Fächern«, murmelte ich.

»Ja, ich bin privat schon länger als Grafikdesigner unterwegs, erstelle Buchcover und designe Websites. Ich schick dir mal einen Link, wenn du magst.«

»Sehr gern. Und herzlichen Glückwunsch zu dieser guten Entscheidung!«

Ich fühlte Respekt und Bewunderung für unseren jungen Referendar. Gleichzeitig fragte ich mich, was aus mir geworden wäre, wenn ich früher einen anderen Weg eingeschlagen hätte.

Kurz darauf verließ Patrick die Schule. Sein Instagram-Account hatte einen gut strukturierten Feed und über fünfhundert Follower.

Ich hoffte, dass ich auch für mich eine Lösung finden würde, und schaute alle paar Tage auf dem STELLA-Portal nach, doch es wurde einfach keine Fachleiterstelle in meinen Fächern ausgeschrieben. Erneute telefonische Nachfragen in den Zentren für Lehrerbildung brachten mir nur die üblichen Antworten ein: »Wir planen auch in Zukunft nicht, eine Stelle in Ihren Fächern auszuschreiben.«

Außerdem war es so, dass die Revisionsprüfung, wenn man sie bestanden hatte, dann nur für zwei Jahre gültig war. Und ich wusste ohnehin nicht, wie ich diese Prüfung organisatorisch bewältigen sollte. Ein krankes Kind reichte schon und meine Tagesplanung war hinfällig. Es ist wohl nicht der richtige Zeitpunkt, dachte ich. Vielleicht wäre es besser, noch ein paar Jahre zu warten, bis meine Kinder älter waren. Außerdem fiel die Fachleiter-Zulage an der Realschule um ein Vielfaches geringer aus als am Gymnasium. Finanziell lohnte es sich also auch nicht.

Ich beschloss daher, die Ausbildungskoordination abzugeben, und fragte Ralf, ob er meine Nachfolge antreten wollte.

Doch er schüttelte den Kopf. »Ich hatte das zwar mal überlegt, aber ich stehe nicht so hinter den Methoden, die man da vermitteln soll.«

Jennifer schaute schon eine Weile zu uns herüber und trat jetzt neugierig näher. »Willst du die Ausbildungskoordination hinschmeißen?«

Sicher dachte sie, es hätte damit zu tun, dass Patrick gegangen war. Was nur zum Teil stimmte.

»Abgeben«, korrigierte ich. »Hast du vielleicht Interesse?«

»Also, da ich ja sowieso schon Ausbildungslehrerin war und dazu auch jederzeit wieder bereit bin, interessiert mich die Lehrerausbildung sehr. Ich kann die Aufgabe übernehmen, allerdings erst zum Halbjahr.«

Ich nickte erfreut. Das lief ja besser als erwartet.

Als wir Maria einige Tage später in der großen Pause darüber informierten, antwortete sie: »Na gut, Wiebke, wie ich sehe, hast du ja schon für eine Nachfolgerin gesorgt.«

Ich nickte. Gut, dass sie es mit Fassung trug. Doch auf einmal schob sie nach: »Allerdings solltest du dir dann eine andere Aufgabe suchen.«

Ja sicher, dachte ich angenervt. Nur der Unterricht, die Klassenleitung und die Arbeit zuhause, das alles reicht natürlich nicht.

Maria wandte sich an Jennifer. »Im zweiten Halbjahr kommen ein neuer Lehramtsanwärter und ein OBASler ab dem ersten Mai zu uns. Aber Simone wird dann auch wieder da sein und dich unterstützen.«

Ein OBASler – also ein Quereinsteiger, der den Berufsbegleitenden Vorbereitungsdienst absolvieren würde. Aufgrund des Lehrermangels wurden Leute aus anderen Berufen – so wie Gerd – jetzt immer öfter eingestellt.

***

»Die haben sich gegen dich verschworen!«, sagte die Sozialarbeiterin. Es war an einem Freitagmittag im Dezember, als ich nach der sechsten Stunde verzweifelt zu Saskia ins Büro rannte, weil im Lehrerzimmer keiner mehr war, dem ich mein Leid klagen konnte. Und sie sprach die schreckliche Wahrheit aus. Meine eigene Klasse mobbte mich. Das Gefühl hatte ich schon länger. In den Wochen nach dem Klassenrat war es sogar noch schlimmer geworden. Ich kam gerade aus der sechsten Stunde und war ein zitterndes Wrack. Das war schon ein Dauerzustand. Ich brauchte mittlerweile einen Tag, idealerweise einen freien Tag, um mich von so einer Doppelstunde zu erholen.

Es waren immer dieselben Schüler, die jede Stunde boykottierten. Marvin, Hamza, Olaf, Can, Yusuf, oft auch Lena und außerdem noch Leila, die inzwischen mit Marvin zusammen war. Und die Schüler spürten, dass ich faktisch nicht viel machen konnte.

In den Weihnachtsferien korrigierte ich wie immer die Deutscharbeiten und bereitete den Unterricht vor, hatte aber noch etwas Zeit, um mir Gedanken über meine Situation zu machen.

Es musste eine Veränderung her, aber welche? Die Option mit der Fachleitung hatte sich ja nun erledigt. Welche Möglichkeiten hatte ich sonst noch als verbeamtete Lehrerin? Ein Wechsel in die Schulleitung kam für mich nicht in Frage. Bei aller Kritik an Maria und Annika – ich wollte diesen herausfordernden Job nicht machen müssen.

Ansonsten konnte ich mich noch auf eine Bürostelle in der Verwaltung bewerben, weil man da den Beamtenstatus behielt. Als Studentin hatte ich einmal einige Wochen in den Semesterferien bei der Stadt gejobbt. Dabei hatte ich festgestellt, dass mir im Büro der Umgang mit Menschen fehlte. Außerdem arbeitete ich lieber eigenständig und da kam mir der Lehrerberuf entgegen, weil ein Großteil der Arbeit ja zuhause erledigt werden konnte.

Ich nahm mir den Sammelordner mit lieben Schülerbriefen noch einmal vor und überlegte, wo meine Stärken lagen. Es hatte Gründe gegeben, warum ich mich einmal für das Lehramtsstudium entschieden hatte.

Sebastian hatte mir schon so oft und voller Überzeugung gesagt: »Du bist nicht falsch in dem Beruf!«

Und Finja meinte: »Du müsstest kleine Gruppen unterrichten oder Erwachsene.«

»So ist es«, hatte ich erwidert. Das wurde mir immer klarer. Die Klassen waren einfach zu groß, aber jedes Mal, wenn ich einzelnen Schülern bei ihren Aufgaben half, so wie neulich Anna, merkte ich, wie dankbar sie für diese Hilfe waren. Hier konnte ich wirklich etwas beitragen.

»Aber an einer anderen Realschule ist es auch nicht besser«, wandte ich ein.

»Vielleicht wäre eine Privatschule etwas für dich«, schlug Finja vor.

Daran hatte ich noch nicht gedacht, es klang aber interessant. Bei meinen Recherchen stieß ich auf das Bildungszentrum Wolkenheim e. V. – den Träger mehrerer privater Schulen in der Stadt. Laut der Bestimmungen, die ich im Internet dazu fand, müsste ich mich für den Wechsel in den Ersatzschuldienst beurlauben lassen, wäre aber einem Beamten an einer staatlichen Schule gleichgestellt. Ein dauerhafter Wechsel war theoretisch möglich.

Ich schaute mir den Imagefilm der Wolkenheimer Novum-Privatschule an. Dort wurde nach reformpädagogischen Konzepten unterrichtet, die den Schülern mehr Freiraum ließen und individuelleres Lernen mit selbst gewählten Themenschwerpunkten ermöglichten. Außerdem waren die Räumlichkeiten schöner; es gab kleine Wohlfühl-Ecken, auch auf den Fluren, hier ein Sofa, dort ein Bild, alles war liebevoller gestaltet. So wäre Schule eher ein Lern- und Lebensraum. Die Vorstellung, dort zu unterrichten, war sehr verlockend. Ich rief direkt die »Stellenausschreibungen« auf der Schulhomepage auf: »Derzeit suchen wir Lehrkräfte für Mathematik, Erdkunde, Musik und Sport.«

Ich schaute noch auf die Websites einiger anderer Schulen im

Umkreis, aber gerade waren Deutsch und Philosophie nicht ausgeschrieben. Dennoch war das langfristig eine Möglichkeit.

Als ich Sebastian davon erzählte, leuchteten seine Augen auf. Wir saßen auf dem Sofa und vertilgten gerade die letzten Weihnachtsplätzchen. Unsere Kinder spielten brav im Kinderzimmer und die Familienbesuche lagen hinter uns. Endlich einmal ein ruhiger Moment.

»Eine andere Art Schule wäre ideal für dich«, meinte Sebastian. »Nur schade, dass gerade keine Stelle für dich passt.«

»Ich werde mich als Erstes beurlauben lassen.« Das hatte ich inzwischen beschlossen. Nach all dem Stress an der Wolkenheimer Schule musste ich mich erst einmal sortieren. Im wörtlichen Sinne.

Und ich hatte noch eine Idee. »Ich kann übergangsweise erst einmal Nachhilfe in Deutsch anbieten. Rechtschreibung, Zeichensetzung, Grammatik.«

Sebastian schmunzelte. »Der Bedarf ist auf jeden Fall da.«

Er hatte des Öfteren einen Blick in die Deutscharbeiten geworfen, die auf meinem Schreibtisch lagen.

»Hattest du nicht schon im Studium Nachhilfe angeboten?«

Ich nickte. »Ja, genau, für einzelne Kinder. Es hat mir sehr viel Spaß gemacht. Nur verdiene ich damit natürlich viel weniger.«

»Übergangsweise ist das kein Problem. Ich arbeite ja Vollzeit und außerdem haben wir Ersparnisse.«

»Ja«, sagte ich erleichtert, »aber ich kann etwas dazuverdienen. Nachmittags hier zuhause in meinem Arbeitszimmer, dann habe ich die Kinder im Blick.«

So hätte ich auch mein Kinderbetreuungsproblem gelöst.

»Das ist gut. Du weißt ja, wenn ich auf Teilzeit gehe, arbeite ich trotzdem voll und werde nur schlechter bezahlt.«

Für mich war in diesem Moment nur wichtig, dass mein Mann zu den wenigen Menschen gehörte, die eine solche Entscheidung nachvollziehen konnten.

Genau wie Finja. Zum Jahreswechsel schrieb sie mir eine Nachricht mit einer pinkfarbenen Sternschnuppe. »Auf ein besseres neues Jahr für dich, liebe Wiebke. Mach mutige Schritte. Jetzt geht es nur noch vorwärts!«

Noch in den Weihnachtsferien rief ich meine Sachbearbeiterin in der Bezirksregierung an und klärte das genaue Prozedere. Für den Ersatzschuldienst musste ich mich beurlauben lassen. Aber da ich dort noch keine Stelle in Aussicht hatte, beschloss ich, mich erst einmal ab dem neuen Schuljahr nach §64 LBG familienpolitisch beurlauben zu lassen. Mit zwei Kindern unter achtzehn Jahren war das möglich.

Die Nachhilfestunden musste ich mir als Nebentätigkeit von der Bezirksregierung genehmigen lassen. Ich füllte auch diesen Antrag aus.

Ich musste beide Anträge »auf dem Dienstweg« einreichen, das hieß, über Maria, die das Recht hatte, als Schulleiterin dazu Stellung zu nehmen. Daher hatte ich ein wenig Sorge, dass sie sich querstellen würde, weil es ja niemanden gab, der die Klassenleitung in der 8 c übernehmen konnte.

Als ich Finja davon erzählte, riet sie mir: »Wenn alle Stricke reißen, kündigst du!«

»Kündigen?« Ich war völlig perplex.

»Ja. Dann kündigst du den Beamtenstatus und bist auch spätestens bis zum Sommer raus. Du kannst dann immer noch als angestellte Lehrerin arbeiten.«

Ich zog die Augenbrauen hoch. Auch eine Option. Ich war einundvierzig und hatte ja noch über fünfundzwanzig Jahre, um mir eine passable Rente aufzubauen. Anders als Birgit. Auch wenn ich hoffte, dass dieser Schritt nicht nötig war.

Nach den Weihnachtsferien rutschte mir im Lehrerzimmer die Bemerkung raus: »Ab sofort werde ich hier nicht mehr an allen Fronten kämpfen!«

Ralf meinte sogleich: »Das wollte ich dir längst schon raten ...«

Denise nahm die Brille ab und fügte hinzu: »Ich habe irgendwann auch beschlossen, meine Zeit und Kraft nur noch sinnvoll zu investieren.«

Ich zögerte einen Moment. »Ich überlege, ob ich mich auf null Stunden beurlauben lassen soll.«

Die Kollegenrunde reagierte sichtlich erstaunt. »Oh!« – »Wirklich?« – »Du willst die Schule verlassen?«

Und Ralf meinte spontan: »Wie schade!«

»Ich habe vor, langfristig in den Ersatzschuldienst zu wechseln«, eröffnete ich meinen Kollegen.

Denise bestätigte mich: »Du kämst in einer anderen Schulform mit kleineren Klassen besser klar.«

Auch Jennifer nickte und meinte: »Das ist eine gute Entscheidung, Wiebke!«

Ich fühlte mich ganz beflügelt von so viel Zuspruch. Aber wenn ich an die netten Schüler in meiner Klasse dachte, hatte ich ein latent schlechtes Gewissen.

»Ich frage mich nur, wer dann meine Klasse übernimmt.«

Martina saß mir gegenüber. Sie hatte unser Gespräch mitangehört. »Ich habe achtundzwanzig Stunden und noch keine eigene Klasse. Ich könnte deine übernehmen. Aber leider unterrichte ich die 8 c nicht.«

Eine Vollzeit-Lehrerin für meine Klasse! Schnell sagte ich: »Das könnte man aber ändern. Welches sind noch einmal deine Fächer?«

»Deutsch und Kunst.«

Auch Deutsch! Perfekt!

»Darf ich der Schulleitung das vorschlagen, dass du die Klassenleitung übernehmen möchtest?«

»Ja, sicher, aber das wird schon ein Einschnitt für deine Schüler.«

Nein, ich beschloss, solche Gedanken jetzt beiseitezuschieben, um mich auf mein Ziel zu konzentrieren.

Gleich am nächsten Tag wollte ich zu Maria, aber in den Pausen war sie in Gespräche mit den Kollegen vertieft. Erst am Ende der zweiten großen Pause kehrte sie in ihr Büro zurück. Doch Martina hatte keine Zeit mehr mitzukommen, denn sie musste in den Unterricht. Also ging ich alleine zu Maria.

Sie stand mit Winterjacke hinter ihrem Schreibtisch und wollte offensichtlich gerade nach draußen, um zu rauchen. Als sie mich sah, hielt sie inne.

»Was gibt es denn?«

Ich blieb vor ihrem Tisch stehen und drehte den Antrag in den Händen hin und her.

»Maria, ich habe hier zwei Anträge für das nächste Schuljahr.«

Marias Gesichtsausdruck war ohne Regung.

Ich holte Luft und erklärte: »Ich werde mich beurlauben lassen. Ohne Teilzeitbeschäftigung.«

Sie runzelte die Stirn. »Das geht nicht. Du weißt doch, dass wir nicht genug Lehrer haben.«

Mir zog sich alles zusammen. Wenn sie jetzt nicht zustimmen würde, wäre ich ratlos. Wenigstens hatte ich vorgesorgt.

»Ich habe gerade mit Martina gesprochen. Sie würde die Klassenleitung gerne übernehmen.«

Ich trat nervös von einem Fuß auf den anderen.

Marias Falten auf der Stirn wurden noch tiefer.

»Du hast schon die ABB-Aufgabe abgegeben.« Sie sprach mit ruhiger Stimme, aber ich meinte, einen leichten Vorwurf herauszuhören.

Schnell beteuerte ich: »Dafür gibt es eine Nachfolgerin.« Ich dachte an Jennifer, die diese Aufgabe seit dem zweiten Halbjahr übernommen hatte.

Maria seufzte und setzte sich. »Ich muss das mit Annika abklären, ob Martina deine Klasse übernehmen kann.«

Hoffnung stieg in mir auf. Das klang fast so, als würde sie meinem Vorschlag zustimmen.

Einen Moment schwiegen wir beide. Ich war ein wenig irritiert. So sehr mich ihr Einverständnis freute – mehr sagte sie nicht dazu?

Ich legte ihr beide Anträge auf den Tisch. »Da ist noch ein zweiter Antrag. Es geht um eine Nebentätigkeit.«

Maria nickte. »Den sehe ich mir später genauer an.«

»Danke.«

Über meine Pläne mit der privaten Schule sagte ich nichts, weil da noch nichts spruchreif war.

Aber ich hatte mir vorgenommen, in den nächsten Wochen schon einmal meine Bewerbungsunterlagen zu aktualisieren.

*

Wenn ich noch Zweifel an meiner Entscheidung hatte, so wurden sie mit dem neuen Stundenplan zerstreut. Am Freitag hatte ich wieder bis zur sechsten Stunde Unterricht und kein einziges Mal zur ersten. Meine Klasse würde in den späten Stunden noch lauter sein. So hatte ich mit meinen Fächern keine Chance. Da half nur noch, das alles nicht mehr so wichtig zu nehmen. Und der freie Tag war jetzt der Mittwoch.

Ich erstellte mir wieder eine Zeitleiste, erst einmal bis zu den Osterferien.

Die nächsten Wochen war viel zu tun, unter anderem fanden die Lernstandserhebungen Deutsch statt. Für diesen besonderen Anlass nahm ich Olli mit. Nur dieses eine Mal noch setzte ich ihn vorne aufs Pult.

Die Augen der Mädchen wurden groß, als sie das Klassentier erblickten. »Olli!«, sagte Lisa erfreut.

»Der wird euch Glück bringen.«

Heute konnte Olli da sitzen, denn die Schüler waren von den Aufgaben so in Beschlag genommen, dass sie keinen Unfug mit dem Klassentier anstellen konnten. Am Ende der Stunde packte ich es schnell wieder in meine Tasche.

Am Wochenende saß ich an den Korrekturen der Lernstandserhebungen. Sebastian ging mit Yvonne und Sophie auf den Spielplatz, damit ich in Ruhe arbeiten konnte. Aber die Küchenarbeit und die Wäsche mussten erledigt werden, nur den Hausputz ließ ich ausfallen.

Trotzdem war ich am Montag noch nicht ganz fertig. Ich musste die Ergebnisse noch in die Plattform eingeben. Wahrscheinlich lief das auf Montagabend hinaus, denn am Nachmittag standen Autofahrten mit den Kindern an.

Am Montagmorgen fragte ich die Kollegen: »Wie weit seid ihr denn?«

Beate sah mich irritiert an und verkündete: »Ich war schon am Freitagabend fertig.«

Ich konnte das nicht glauben und fragte meine Schüler, wie denn die Lernstandserhebungen in Englisch gelaufen waren. Dabei gab Carolin mir den Hinweis: »Frau Meyer hat die gleich gestern in der Doppelstunde korrigiert.«

»Und was habt ihr in der Zeit gemacht?«

Carolin hielt ihr aufgeschlagenes Englischheft hoch und zeigte mir vier vollgeschriebene Seiten. »Wir mussten Vokabeln abschreiben.«

Und die Klasse war dabei so leise gewesen, dass Beate konzentriert arbeiten konnte?

Kaum zu glauben, aber wohl wahr.

Bei mir würde das nicht funktionieren, musste ich mir eingestehen.

Linus ergänzte: »Und der Herr Gerting fängt auch immer schon an, die Mathearbeiten zu korrigieren, während wir noch schreiben.«

»Wie – also, er korrigiert die Arbeiten, die schon abgegeben wurden, noch während ihr schreibt?«

»Genau.«

So entspannt sollte es angeblich bei den Kollegen zugehen? Erlaubten sich die Schüler bei ihnen wirklich keine Regelverstöße? So ganz konnte ich mir das nicht vorstellen.

Bei mir hingegen blieben vor allem die letzten Stunden am Freitag der Horror. Ich war ganz allein am Ende des Flurs im Erdgeschoss. Nebenan war der Raum meist leer, er wurde von den Kunstkollegen immer mehr als Abstellraum genutzt.

Und zu allem Überfluss fehlte Maria wieder länger, weil sie in Kur war. Im Lehrerzimmer ging weiter das Gerücht, dass ihre Tochter ernsthafte Probleme hatte, was vermutlich einer der Gründe für Marias »Zusammenbruch« war.

Jedenfalls war keine Schulleitung da, die im Notfall für Ordnung sorgen konnte. Annika war dafür nicht die geeignete Person. Sie leitete die Schule jetzt kommissarisch und war damit am Limit. Das wusste jeder, auch die Schüler.

Also bat ich Monika um Hilfe, die ja »streng« war und freitags auch lang Unterricht hatte. »Darf ich dir Schüler schicken, die stören?«

Aber sie winkte ab. »Freitags in der sechsten Stunde habe ich eine schwierige Klasse in Kunst, da geht das nicht. Tut mir leid.«

Ich überlegte fieberhaft, an wen ich mich wenden konnte.

Beate hatte freitags nur die ersten beiden Stunden, Denise fehlte wegen einer Knie-OP und Ralf leitete zu der Zeit den Schulchor, da passte es auch nicht. Wie ich es auch drehte und wendete, an dieser Schule war ich Einzelkämpferin.

Einmal war ich so sauer auf meine Klasse, dass ich ins Lehrerzimmer eilte, um einen der Kollegen um Hilfe zu bitten. Es war mir schon egal, wem ich gestehen musste, dass ich es einfach nicht schaffte. Ich lief Dennis und Jennifer über den Weg, aber beide waren sichtlich in Eile und winkten ab.

Weil sich das Ganze in den Wochen darauf regelmäßig wiederholte und natürlich Nachahmer unter den Schülern fand, sodass der Unterricht noch chaotischer wurde, speicherte ich mir die Telefonnummer der Wolkenheimer Polizei im Handy ab. Für alle Fälle.

***

Als ich mich am letzten Schultag vor den Osterferien in der ersten großen Pause durch das volle Lehrerzimmer bis zu meinem Platz durchkämpfte, kam Beate schon auf mich zu: »Du, die Liste mit den Blauen Briefen für deine Klasse ist seit gestern weg! Ich muss noch eintragen!«

Ich hatte am Donnerstag schon vor meinem Unterricht alle nicht ausreichenden Leistungen eingetragen und die Liste dann auf meinem Platz liegen lassen. Mittags war sie nicht mehr dort gewesen, aber ich war natürlich davon ausgegangen, dass der betreffende Kollege sie wieder zurücklegen würde. Vielleicht hatte er das auch getan und die Liste war im allgemeinen Chaos von Büchern, Heften, Zetteln, Kaffeetassen, Keksen, Stiften und anderem Kleinkram einfach untergewühlt worden. Zum Glück war ich eine Stunde vor meinem Unterricht gekommen. Ich hatte also Zeit und schaute auf jeden Platz im Lehrerzimmer, besonders auf den Tischen der Kollegen, die in meiner Klasse unterrichteten, aber die Liste war nicht zu finden.

Ich fragte Dennis, Monika und auch Gerd, aber alle zuckten mit den Schultern. Die Liste musste bis zwölf Uhr im Sekretariat abgegeben werden. Ohne die rechtzeitigen Mahnungen wären die Fünfen nicht versetzungsrelevant. Und das würde bedeuten, dass Hamza, Marvin, Olaf, Can – all die störenden Schüler – auch im nächsten Schuljahr in meiner Klasse bleiben würden.

Da würde ich aber ohnehin nicht mehr da sein. Damit traf es Martina und die anderen Kollegen, die dann in der Klasse unterrichten würden. Und was wäre mit den netten Schülern wie Lisa, Carolin, Linus und den anderen? Sie würden weiter unter den Störern leiden.

Aber ich wollte ja meinen Einsatz reduzieren. Also setzte ich mich auf meinen Platz, lehnte mich zurück und beschloss, in der dritten Stunde, wie geplant, in Ruhe meine Arbeitsblätter zu kopieren.

Prompt bekam ich ein schlechtes Gewissen. Es war nicht fair gegenüber Martina, die sich bereiterklärt hatte, meine Klasse zu übernehmen. Gerade hatte ich an sie gedacht, da kam sie ins Lehrerzimmer und nahm hastig einen Stapel Hefte vom Tisch.

»Martina«, sprach ich sie an. »Meine Liste für die Blauen Briefe ist weg. Hast du vielleicht eine Ahnung, wo sie ist?«

»Nein. Das ist aber nicht gut.« Sie sah sich hastig um.

Seufzend stand ich auf. »Ich werde weitersuchen.«

»Danke.« Martina nickte mir ermutigend zu und eilte hinaus.

Noch einmal suchte ich die Tische ab. Doch die Liste war weg. Ich sah nur eine Möglichkeit und ging ins Sekretariat.

»Ich brauche bitte ein neues Formular für die Blauen Briefe.«

Tanja schaute mich erstaunt an, reichte mir aber eine neue Liste.

Nun hatte ich vor meinem Unterricht noch eine halbe Stunde Zeit, um die Vermerke nachzutragen. Meine eigenen für die Fächer Deutsch und Philosophie hatte ich schnell eingetragen. Aber was die Kollegen anging, blieb mir nichts anderes übrig, als sie jetzt im Unterricht aufzusuchen. Flüchtig kam mir der Gedanke, dass das gar nicht möglich gewesen wäre, wenn ich wie jeder normale Mensch zu meinem regulären Unterricht – also erst zur vierten Stunde – gekommen wäre.

Aber nun hatte ich die Gelegenheit und nutzte sie. Ich rannte durch das Schulgebäude und suchte die betreffenden Kollegen im Unterricht auf. Ich hatte Glück, dass alle da waren, außer Ralf, der war auf einer Fortbildung. Ich schrieb ihm eine Nachricht und betete, dass er sie in den nächsten Minuten las und sofort beantwortete. Noch während ich weiterlief, klingelte mein Handy. Es war Ralf. Er gab mir die Fünfer durch. Puh!

Annika war die Letzte. Sie unterrichtete die Schüler aus den achten Klassen im Wahlpflichtfach Französisch. Als ich anklopfte und mein Anliegen vortrug, wirkte sie ein wenig verstört. »Ich hatte gestern schon eingetragen, aber ich meine, ich habe die Liste zurückgelegt.«

Annika hatte ja unter den Kollegen den Ruf, ziemlich schusselig zu sein. Es war also durchaus möglich, dass sie die Liste am Donnerstag genommen hatte und diese jetzt bei ihr im Büro lag. Aber dort zu suchen, lohnte sich für mich nicht mehr.

Wie nach einem Marathonlauf wankte ich mit der Liste ins Lehrerzimmer, kopierte sie und legte sie zum Unterschreiben auf die Ablage vor dem Schulleitungsbüro. Dann hechtete ich erneut zum Kopierer, um wenigstens das Arbeitsblatt im Klassensatz mitzunehmen, das ich in der nächsten Stunde brauchen würde.

Ich war durchgeschwitzt und hungrig und dabei hatte mein Unterricht noch nicht einmal angefangen. Was für ein Wahnsinn, dachte ich. Nie kann man irgendetwas in Ruhe erledigen! Nicht einmal dann, wenn man vor und nach dem Unterricht je eine zusätzliche Stunde dafür einplante, was bei mir ja schon eine Gewohnheit war.

Nach drei weiteren Stunden »Steineklopfen«, wie Denise das nannte, holte ich die unterschriebene Liste und gab sie im Sekretariat ab.

In Gedanken klopfte ich mir selbst auf die Schulter. Diesmal hatte ich mir die Osterferien wirklich verdient.

KAPITEL 13 - IM HEXENKESSEL

Im Mai sollte es mit der Berufsorientierung für meine Klasse weitergehen. Dafür mussten wir einen Tag zum BIZ fahren. Diesmal traf es meinen freien Tag, den Mittwoch.

Ich drehte mich um und ließ den Blick durchs Lehrerzimmer schweifen. Beate konnte mir vielleicht helfen. »Können wir tauschen?«, fragte ich sie. Sie fuhr nämlich auch mit ihrer Klasse zum BIZ, allerdings am Donnerstag. Und da hatte ich wenigstens drei Unterrichtsstunden, die mir angerechnet und bezahlt würden, wenn ich schon von 8-15 Uhr arbeitete. Ich bangte, als Beate durch ihre Kalender App scrollte, aber schließlich sagte sie: »Okay, das geht.«

Ich hätte sie am liebsten umarmt.

Der Tag lief auch ganz gut, obwohl Yusuf, Can, Olaf, Hamza und Marvin es selbst vor der Frau vom BIZ nicht lassen konnten, die Coolen zu spielen. Und sie hörten weder auf die Frau noch auf mich.

Bis zum Schuljahresende sollten die Klassenlehrer mit jedem Schüler ein Gespräch zur Berufsberatung auf Grundlage der ausgefüllten Fragebögen und der Ergebnisse der Potenzialanalyse durchführen.

Ich schwor mir, das auf keinen Fall auf meinen freien Tag oder auf den Nachmittag zu legen, obwohl das mein erster Gedanke gewesen war. Denn eigentlich brauchte man für so ein Gespräch Ruhe und einen separaten Raum. Aber diese Arbeitsbedingungen hatte ich nicht. Und ich wollte nicht schon wieder unbezahlt arbeiten. Die anderen Kollegen fanden alle irgendwelche Lösungen. Vielleicht machten sie es im Schnellverfahren oder nur bei einzelnen Schülern, die Fragen dazu hatten. Meiner Meinung nach war Berufsorientierung sehr wichtig, also beschloss ich, mir in jeder Deutschstunde circa zehn Minuten für einen oder fünfzehn Minuten für zwei Schüler zu nehmen.

Es ging schleppend. Manchmal hatten die Schüler ihren Berufswahlpass-Ordner zuhause liegenlassen. Dann musste ich einen anderen Schüler drannehmen. Und es wurde immer sehr laut in der Klasse – weil die anderen sich nicht kontrolliert fühlten, denn ich war ja beschäftigt. Eigentlich hatte ich Freude daran, junge Menschen zu beraten. Aber ich hatte Sorge, dass mir wieder die Lautstärke vorgeworfen wurde, die bestimmt im halben Schulhaus zu hören war. Eine bessere Idee hatte ich aber nicht.

Dann lag Post von der Bezirksregierung in meinem Fach. Hastig riss ich den Brief auf. Mein Beurlaubungsantrag war für ein Schuljahr genehmigt, ebenso der Antrag auf eine Nebentätigkeit für acht Stunden. Hier galt auch bei beurlaubten Lehrkräften die Fünftel-Regelung für Beamte, nach der die Nebentätigkeit zeitlich begrenzt stattfinden sollte, da sie nach § 50 LBG dem Zweck der Freistellung nicht »zuwiderlaufen« durfte.

Es war mir ganz recht, erst einmal mit so wenigen Stunden zu starten, zumal ich mit meinen Kindern schon genug zu tun hatte. Außerdem wollte ich mir für mein Nachhilfeangebot eine eigene Website erstellen und mich um den Behördenkram kümmern. Ich meldete meine Nebentätigkeit für die Zeit ab dem 1. August 2019 beim Finanzamt an.

Die Aussicht auf das baldige Ende meiner Zeit an der Wolkenheimer Schule half mir, den ständigen Ärger nicht mehr so ernst zu nehmen. Ich fühlte mich wie von einem unsichtbaren Schutzschild umhüllt. Schade, dass ich den nicht vorher gehabt hatte.

Ein wenig wehmütig war ich wegen der ABB-Aufgabe, wenn ich Jennifer mit der OBASlerin und der neuen Lehramtsanwärterin sah. Aber umso mehr freute ich mich auf meine Nachhilfeschüler.

»Du siehst ja so entspannt aus«, sprach Birgit mich in der Lehrerküche an, als ich gerade meine Brotdose aus dem Kühlschrank holte.

Ich berichtete ihr von meinen Plänen. »Und wie geht es dir?«

Sie nahm hastig einen Schluck aus ihrer Wasserflasche. »Ach, nicht gut. Die Schüler sind schon wieder nur laut bei mir, sie wollen gar nicht.«

»Dann stell doch einen Versetzungsantrag«, schlug ich vor.

Birgit schüttelte den Kopf. »Für einen Neustart habe ich gar nicht mehr die Kraft. Da bewundere ich dich, Wiebke. Früher wollte ich im Historischen Museum arbeiten. Die könnten sogar jemanden mit Geschichtsstudium gebrauchen. Aber dazu müsste ich den Beamtenstatus aufgeben.«

»Dann mach das doch«, wollte ich sie ermutigen.

»Ich habe mich erkundigt, Wiebke. Das geht nicht. Ich würde dann in der Rentenversicherung nachversichert. Das bedeutet, dass die Rente nur halb so hoch ist, wie die Pension gewesen wäre. In meinem Fall ist es so, dass ich viele Jahre in Teilzeit gearbeitet habe und deswegen ohnehin nur eine geringe Pension erhalte. Davon die Hälfte, das bedeutet Altersarmut. Und bei uns in NRW gibt es kein Altersgeld, das diese Lücke schließt.«

Das klang so endgültig. Aber eine Idee hatte ich noch: »Und wenn du trotzdem kündigst und dir eben wie alle Angestellten eine Rente erarbeitest?«

»Wiebke, ich bin achtundfünfzig Jahre alt, da habe ich nicht mehr genug Berufsjahre übrig, um mir einen Betrag zu erarbeiten, von dem ich leben kann.«

Sie sah mich mit einem traurigen Blick an. »Die Beihilfe fällt ja dann auch weg und ich komme nicht mehr zurück in die gesetzliche Krankenkasse, weil ich über fünfundfünfzig bin. Das heißt, ich müsste mich zu hundert Prozent bei der privaten Kasse versichern.«

»Was?« Darüber hatte ich noch gar nicht nachgedacht.

»Ich muss los.« Sie warf einen hastigen Blick auf ihre Armbanduhr und verließ die Küche.

»Puh!« Ich fuhr mir durch die Haare und nahm mir fest vor, es bei mir nicht so weit kommen zu lassen.

***

Es war der vorletzte Freitag im Monat Mai. Am kommenden Montag würde die Deutscharbeit geschrieben werden. Wenigstens sparten wir uns die Vergleichsarbeit. Simone fehlte einfach zu oft und Martina meinte: »Mit den Lernstandserhebungen in Deutsch haben wir ja unseren Vergleich der Klassen.«

»Ich habe gehört, in Mathe und Englisch machen die Kollegen das auch so«, sagte ich.

Außerdem hatte die Nachbesprechung der ersten Vergleichsarbeit im letzten Herbst nichts Neues ergeben. Martina hatte eine leistungsstarke Klasse, was ihren Schnitt von Zwei Komma Sechs erklärte und meine Klasse hatte nur eine Drei Komma Eins. Simone hatte aufgrund vieler Krankheitstage so lange zum Korrigieren gebraucht, dass ich ihren Schnitt irgendwann aus Neugier einfach in der Akte nachgelesen hatte: Drei Komma Acht. Das kam nicht überraschend, denn es war so viel Deutschunterricht ausgefallen. Wir hätten uns damals nachmittags zusammensetzen müssen, um neue Konzepte für den Unterricht zu erarbeiten. Aber irgendwie war es nicht dazu gekommen.

In der nächsten Deutscharbeit sollte es um das Thema »Direkte und indirekte Rede« in Zeitungsartikeln gehen. Da manche Schüler den

Konjunktiv immer noch nicht verstanden hatten, wollte ich die Doppelstunde am Freitag vor der Arbeit zum Üben nutzen.

Zu Beginn wurde ich zunächst durch ein ganz anderes Problem abgelenkt: Die Zeiger der Wanduhr hingen schlapp herunter. Die Batterie konnte es nicht sein, die hatte ich gerade vor Kurzem erneuert.

»Was ist mit der Uhr passiert?«, fragte ich die Klasse.

Doch das hörten die nicht. »Carolin?«

Carolin drehte sich um und sah die Uhr. »Oh, das weiß ich nicht.«

Darum musste ich mich auch noch kümmern. Aber jetzt war erst einmal der Unterricht wichtiger.

Kurz vor der Fünf-Minuten-Pause meldete sich Niklas. »Wie war das nochmal mit dem Sonderfall?«

Ich beugte mich zu ihm herunter, um ihm das Ganze noch einmal zu erklären. Im allgemeinen Lärm hörte ich Hamzas Stimme heraus. Er fragte mich etwas, was ich nicht verstand.

Ich schüttelte energisch den Kopf. »Warte, ich höre dich nicht!« Was immer er wollte: NEIN. Erst musste ich ihn verstehen können.

Doch schon sprangen Hamza und Marvin auf und liefen zur Tür. Vermutlich wollten sie nur auf die Toilette. Als es schellte, atmete ich auf. Jetzt würde es keinen wundern, wenn die beiden auf dem Flur unterwegs waren.

Die sechste Stunde fing an, aber Marvin und Hamza kamen nicht zurück. Ich wurde nervös. Wo waren die beiden? Ich schaute auf die Uhr, es waren schon zehn Minuten verstrichen.

Can und Yusuf sprangen auf. »Sollen wir die holen?«

»Nein!« Dann wären vier meiner Schüler im Gebäude unterwegs. Das würde keinen guten Eindruck machen. Doch Yusuf war schon an der Tür. Ich sprang ihm buchstäblich in den Weg und sah ihn böse an. »Ich habe *Nein* gesagt!«

Widerwillig schlurfte er zurück. Can grinste.

Fünfzehn Minuten nach Beginn der Stunde ging die Tür auf. Es waren Hamza und Marvin.

Wütend fuhr ich sie an: »Wo wart ihr so lange?«

»Wieso?« Marvin hob die Augenbrauen. »Sie haben uns doch erlaubt zu gehen!«

»Habe ich nicht!«, entgegnete ich wütend. Diese Art von Dreistigkeit war mir neu. Ich wäre fast ausgerastet. Aber ich sagte mir: Es ist Freitag. Nur noch dreißig Minuten, dann hast du es überstanden.

Die Stimmung war ohnehin aufgeheizt an diesem Tag. Ich kämpfte um den Lernstoff.

»Wann machen wir den Klassenrat?«, fragte Niklas.

Es war ja wieder Freitag und eigentlich Zeit dafür, da hatte Niklas recht. Aber so schleppend, wie wir heute vorankamen, hatte das keinen Sinn.

»Heute will ich mit euch lieber noch einmal für die Deutscharbeit üben. Den Klassenrat holen wir dann direkt am Dienstag nach der Arbeit nach«, versprach ich.

Wenigstens hatte ich alle wichtigen Punkte noch einmal an der Tafel notiert, sodass die Schüler sich über das Wochenende zuhause vorbereiten konnten. Ich schaute auf die Uhr. Dreizehn Uhr. Jetzt endlich wurde es leiser, weil die meisten Schüler damit beschäftigt waren, die Ergebnisse von der Tafel abzuschreiben. Nur von Leila kam ein lautes Lachen. Prompt beugte Lena sich zu ihr nach hinten und war sehr interessiert, was Leila mitzuteilen hatte. Und Kaan und Tarek knisterten mit einer Chipspackung, die sie sich unter dem Tisch hin- und herreichten.

Ich stöhnte innerlich. Nur noch fünf Minuten, dann würde ich diesem Albtraum endlich entrinnen. Ich hätte die Schüler alle zurechtweisen müssen, aber ich hatte keinen Nerv mehr. Außerdem wurde ich durch eine Schülertraube abgelenkt, die sich wie immer am Ende der des Unterrichts im Bereich vor der Tür drängelte. Es waren die üblichen Kandidaten: Hamza, Olaf, Can und Yusuf. Und ich ahnte es – schon war die Tür offen und alle vier draußen.

Ich wusste, dass manche Kollegen von den Schülern verlangten, an ihren Plätzen stehend zu warten, bis es schellte. Ich hatte das versucht. Meine Schüler hielten sich einfach nicht daran.

»He, stopp!« Ich riss die Tür auf und stürzte ihnen hinterher. Die wussten genau, dass sie nicht einfach den Klassenraum verlassen durften. Und natürlich waren die Stühle alle unten.

»Es hat noch nicht geschellt!«

Immerhin trabten die vier wieder zurück in den Raum. Can und Yusuf grinsten breit.

Von drinnen hörte ich lautes Gekreische, es klang nach den Mädchen. Schnell hastete ich zurück in den Raum und fand mich mitten in einem Hexenkessel wieder.

Leila brüllte Jonas an: »Du Missgeburt!«

Jonas brüllte zurück, Lena und Leila keiften ihn gleichzeitig an, die tiefen Stimmen von Hamza und Marvin dröhnten durch den Raum. Mir flogen fast die Ohren raus. Eigentlich müsste ich diesen verrückt gewordenen Haufen eher gehen lassen, so wie es die meisten anderen Kollegen taten. Aber ich traute mich nicht, denn es hatte noch nicht geschellt.

Ich setzte zu einem Brüller an, doch da holte Marvin mit der Faust aus und traf Jonas gegen das Kinn. Jonas stürzte auf den Boden und riss mehrere der anderen Jungen mit.

Ich selbst sprang hastig zur Seite, aber fühlte einen dumpfen Stoß, als Olaf mit dem Kopf gegen meinen Fuß fiel. Ich wich zurück und schaute vor Schreck erstarrt auf das Bild, das sich mir bot.

Jonas schimpfte mit hochrotem Kopf und trat mit den Füßen so heftig nach Marvin, dass dieser jetzt auch brüllte. Hamza warf sich mitten in die Schlacht, um seinem Freund Marvin beizustehen. Fynn, Linus und Hendrik eilten herbei, um wiederum Jonas zu helfen.

»STOPP!« Ich brüllte so laut ich konnte, und als der wütende Mob nicht reagierte, warf ich mich dazwischen. Ich spürte einen Stoß gegen die Rippen und gleich darauf gegen das Bein. Ich hätte die Anführer zu gern mit einem Griff aus dem Kampfsport außer Gefecht gesetzt. Als Kind hatte ich Judo gelernt und die Techniken konnte ich heute noch. Aber als Lehrerin durfte ich das nicht. Wenigstens irritierte mein Erscheinen die Schüler, sodass sie auseinandergingen.

Ralf hatte mir mal den Rat gegeben, so etwas niemals zu tun. »Wirf dich da nie dazwischen. Du kriegst sonst selber noch etwas ab«, hatte er gesagt. Zu spät, dachte ich.

Auf meine Frage, was man stattdessen tun sollte, hatte Ralf geantwortet: »Hilfe holen! Kollegen in der Nachbarklasse, Schulleitung, Hausmeister, egal, irgendeinen Erwachsenen.«

Aber wen sollte ich holen? Um die Zeit war auf dem Flur im Erdgeschoss keiner mehr. Und Maria war immer noch krankgeschrieben. Mir fiel nur eine Person ein: Saskia.

Im allgemeinen Getümmel machte ich Carolin und Lisa aus. »Holt ihr bitte die Sozialarbeiterin?«

Carolin und Lisa liefen sofort los. Ich ließ sie durch die Tür verschwinden und wich zurück, um nicht noch einen Tritt abzukriegen. Der Schulgong ertönte. Ich hechtete zur Seite, denn schon schob sich die Schülermasse nach draußen wie eine Lawine. Ich sah Marvin, Hamza, Jonas und Leila, die sich jetzt mühsam voneinander trennten, und hob den Arm.

»Ihr bleibt noch hier!«

Jonas nahm direkt sein Handy. »Ich rufe meine Mutter an!«

Marvin und Hamza blickten mich trotzig an. »Wir haben nichts gemacht!«

Endlich erschien Saskia an der Tür. Ich ließ mich erschöpft auf einen Stuhl fallen und war froh, dass die Sozialarbeiterin die Streitklärung übernahm und ich erst einmal Luft holen konnte.

»Was war denn jetzt hier los?«, fragte sie. »Jonas, kannst du bitte mal anfangen und erzählen, was passiert ist?«

»Ja, also am Ende der Stunde ist Frau Wollnau kurz rausgegangen. Ich habe mich schon die ganze Zeit geärgert, weil diese …«, er verkniff sich ein Schimpfwort und fuhr fort, »… weil Leila die ganze Stunde mit Lena gequatscht hat. Ich hab ihr mehrmals gesagt, sie soll leise sein. Als sie nicht gehört hat, hab ich ihr eine gegeben.«

»Auf die Nase! Und du hast mich an den Haaren gerissen!«, warf Leila ihm vor. Ihre Nase war wirklich rot und ihre Haare zerzaust.

»Man schlägt keine Mädchen!«, kam es entrüstet von Marvin.

In dem Moment stürmte Jonas' Mutter in den Raum. Mit aufgerissenen Augen eilte sie zu ihrem Sohn, der ihr vor Empörung bebend berichtete, was passiert war.

Ich dachte an meine eigene Tochter – an Sophie – und schaute auf die Uhr. Es war halb zwei. Sophie hatte um vierzehn Uhr eine Vorstellung im Kindergarten und ich hatte versprochen zu kommen. Saskia würde das Ganze auch ohne mich klären können. Sie war die ausgebildete Sozialarbeiterin. Und meine Tage an dieser Schule waren zum Glück gezählt. Es sollte mir also egal sein. Aber ich hatte einfach keinen Nerv für die Sprüche, die mich dann schon am Nachmittag in meinem E-Mail-Postfach erwarten würden.

Nur noch fünf Minuten, beschloss ich. Dann würde ich es noch rechtzeitig zum Kindergarten schaffen. Der Fahrtweg war ja kurz, es waren nur fünfzehn Minuten.

Jonas erzählte gerade: »Marvin hat mich geschlagen!« Er zeigte auf seine geschwollene Wange.

»Geschieht dir recht, du Penner«, zischte Leila.

»He, he!«, warf Saskia ein und sah Leila streng an.

Frau Blume-Hartmann wandte sich an mich. »Florian wurde an dieser Schule auch schon einmal geschlagen. Das wissen Sie!«

Ihre Stimme zitterte vor Entrüstung.

Ja, ich erinnerte mich nur zu gut, dass Florian mir am letzten Elternsprechtag einen riesigen Bluterguss gezeigt hatte. Das war aber nicht in meinem Unterricht passiert.

Darauf wies ich sogleich hin: »Das war der Omar aus Herrn Gertings Klasse ...«

»Wie kann es dann sein, dass jetzt schon wieder einer meiner Söhne geschlagen wird?« Die Schülermutter redete sich richtig in Rage.

Saskia mischte sich ein. »Ich will jetzt mal von Marvin und Hamza hören, was passiert ist.«

Jetzt gab es ein lautes Durcheinander, Marvin und Hamza überboten sich gegenseitig mit Schuldzuweisungen an Jonas, während Leila ständig dazwischenredete.

Ich hatte das Gefühl, mein Kopf würde zerplatzen.

»Immer erst einer, dann der andere!«, unterbrach Saskia die Schüler. Immerhin sprachen die beiden jetzt nacheinander.

»Und deshalb habt ihr dann Jonas geschlagen? Zu zweit? Euch ist aber schon klar, dass euer Verhalten gegen unsere Schulregeln verstößt.« Die Sozialarbeiterin wandte sich an Jonas. »Deins allerdings auch. Leila an den Haaren zu ziehen, war nicht in Ordnung.«

»Ja, dann soll die halt mal leise sein!« Jonas verschränkte die Arme und kippelte mit dem Stuhl nach hinten.

Frau Blume-Hartmann verkündete: »Ich habe meinen beiden Söhnen gesagt, dass sie sich wehren dürfen!«

Ich seufzte. Das war wirklich ein schwieriger Fall.

Ich stand auf. »Ich muss jetzt leider gehen.« Das Theaterstück! Ich schielte nach der Uhr. Viertel vor zwei. Verflucht. Das würde ich nicht mehr pünktlich schaffen.

Marvin sprang auf, gefolgt von Leila. »Wir sind auch weg!«

»Moment!«, rief Saskia. »Ihr schreibt mir alles genau auf. Bevor ihr geht. Jetzt.«

Sie sah Jonas an. »Und du auch.«

Die Schüler blieben unschlüssig stehen. Saskia sah sie streng an. »Eher geht ihr hier nicht raus.«

»Hast du mal ein Blatt?«, fragte Marvin Leila.

»Für mich auch«, sagte Hamza.

Jonas schrieb bereits eifrig und gab seinen Zettel Saskia, während Leila umständlich in ihrer Tasche kramte und schließlich einen Collegeblock herausbeförderte. Marvin riss sich das oberste Blatt so schnell ab, dass er zwei Hälften hatte. Das untere Stück warf er auf Hamzas Tisch. Die Jungen kritzelten einige Notizen nieder, Leila gab sich mehr Mühe. Ihr Blatt war vollgeschrieben, als sie es der Sozialarbeiterin gab.

»Am Montag treffen wir uns alle noch einmal zu Beginn der ersten Stunde!« Saskia wandte sich an mich: »Sagst du bitte der Kollegin Bescheid?«

Ich nickte. In der ersten Stunde hatten sie Kunst bei Monika.

Marvin, Hamza und Leila gingen. Nur Jonas und seine Mutter blieben im Raum. Frau Blume-Hartmann warf Saskia und mir einen besorgten Blick zu: »Welche Schritte wollen Sie denn jetzt weiter unternehmen?«

»Wir setzen am Montag gleich in der ersten Stunde eine schriftliche Vereinbarung auf. Daran müssen sich die Schüler halten, sonst folgen weitere Maßnahmen«, erklärte Saskia.

Schon wieder Teilkonferenzen, dachte ich. Darauf hatte ich in meinen letzten Tagen an der Schule gar keine Lust mehr.

Frau Blume-Hartmann und ihr Sohn standen auf und gingen.

Als ich endlich mit Saskia allein war, sagte ich vorsichtig: »Am Montag habe ich erst zur vierten Stunde Unterricht.«

»Oh, dann kannst du gar nicht dabei sein?«

»Ich schau mal …« Ich hatte mir ja vorgenommen, meinen Einsatz zu reduzieren.

Als ich endlich die Schule verließ, war es draußen drückend heiß und gewittrige Wolken zogen auf. Es war fünf vor zwei. Bleierne Mutlosigkeit überkam mich. Jetzt war es wirklich zu spät für Sophies Theaterstück. Im Auto blieb ich wie erschlagen sitzen. Wie sollte ich Sophie erklären, warum ich nicht gekommen war? Sebastian würde das auch nicht verstehen. Neulich hatte er mir vorgeworfen: »Das darf nicht sein, dass dir die fremden Kinder wichtiger sind als deine eigenen!«

Zuhause fand ich auf meinem Handy Fotos und Video-Mitschnitte von der Vorführung vor. Für die anderen Mütter war es natürlich kein Problem gewesen, um vierzehn Uhr da zu sein.

Und wie üblich nahm ich den Ärger wieder ins Wochenende mit. Ich war die Nackenverspannungen mit Dauerkopfschmerzen, die Schlafstörungen und Dauermüdigkeit mittlerweile gewohnt.

»Und wenn du noch einmal zur Hausärztin gehst? Oder zu einer anderen Ärztin?« Sebastian machte sich Sorgen um mich, das sah ich ihm an.

»Nein, auf gar keinen Fall!« Ich dachte an mein Gespräch mit Frau Dr. Anker. Schon bei der bloßen Vorstellung sträubte sich alles in mir. »Ich muss mir selbst helfen.«

Das war zumindest mein fester Vorsatz. Allerdings war ich seit Wochen nicht mehr dazu gekommen, meine Nebentätigkeit zu planen. Aber ich hatte mir eine Zeitleiste erstellt und schnitt jeden Tag ein Stück ab. Noch neunundzwanzig Arbeitstage.

Ich blieb meinem Vorsatz treu und kam am Montag wirklich erst zur vierten Stunde. Doch als ich in meinen Klassenraum trat, war nur die Hälfte der Schüler da.

»Wo sind die anderen? Wir schreiben doch jetzt die Deutscharbeit!«

Fatma erwiderte: »Die sind mit Frau Meyer bei Saskia.«

Mir zog sich alles zusammen. Ich hatte das Gefühl, hier lief so einiges hinter meinem Rücken. Jetzt begannen Niklas, Fatma, Emilia, Anna, Linus und Fynn abwechselnd zu reden. Ich hörte Worte heraus:

»... Prügelei!«

»Vor der Englischstunde ... Frau Meyer ... zu spät!«

»... die Zehntklässler!«

Ich rief dazwischen: »Moment! Wer hat jetzt wen geschlagen?«

Von der Deutscharbeit verabschiedete ich mich schon einmal. Das würde diese Stunde nichts mehr werden. Mein Kopf dröhnte vom allgemeinen Lärm, aber die Schüler waren zu aufgeregt, um leiser zu sprechen. Und weil ich schnell informiert sein wollte, hörte ich zu.

Schließlich ergab sich folgender Ablauf der Ereignisse: Nach der ersten großen Pause hatten einige Schüler aus der 10 a meinem Schüler Jonas im Flur aufgelauert. Nicht nur Hamza hatte eine Schwester in der 10 a – Agnessa, die kannte ich ja schon –, sondern auch Leila – ihre Schwester hieß Dana. Die hatte ich in meinem ersten Jahr in Philosophie unterrichtet. Und Leila hatte ihr am Wochenende zuhause erzählt, dass Jonas sie am Freitag in der Deutschstunde geschlagen hatte. Außerdem hatten sich dieser Simon und dieser Felix – die mir beide aus meinem Philosophiekurs noch in unguter Erinnerung waren – zusammengetan. Leilas Schwester Dana und dieser gewalttätige Omar meinten, Partei für Marvin ergreifen zu müssen. Diese Zehntklässler hatten Jonas dann vor der Klassenzimmertür bedroht und gepackt. Ich vermutete, dass Omar am aggressivsten gewesen war, aber meine Schüler beteuerten, dass er Jonas lediglich mit den üblichen Schimpfwörtern beleidigt hätte und stattdessen Dana gewalttätig geworden war. Sie hätte Jonas mehrere Haarbüschel ausgerissen. Ich konnte es kaum glauben, aber meine Schüler versicherten es mehrfach.

»Du lässt meine Schwester in Ruhe!«, soll sie gerufen haben. Daraufhin war Florian, der große Bruder von Jonas, hinzugeeilt, hatte Dana gegen die Wand geschubst, seinen Bruder geschnappt und war mit ihm zur Sozialarbeiterin geflüchtet, gefolgt von einer aufgeregten Gruppe von Achtklässlern. Auf dem Flur stießen sie auf Beate, die ausgerechnet an diesem Tag »einige Minuten zu spät kam«, wie es hieß.

»Frau Meyer hat sofort für Ordnung gesorgt und ist zu Frau Ziems gegangen.«

Lena sprach so, als wäre Beate die Heldin des Tages.

Und es war nicht gut, dass Annika involviert war.

Es interessierte an dieser Schule niemanden, wenn Beate zu spät kam. Außerdem hatte sie gerade ihre erneute Schwangerschaft bekanntgegeben und würde Anfang des nächsten Schuljahres in Mutterschutz gehen.

Aber mir war inzwischen kotzübel. In diesem Moment wurde die Tür aufgerissen und Yusuf, Can, Lena, Mathias und Hendrik liefen in den Raum, gefolgt von Saskia und Annika. Was wollte Annika jetzt hier? Und wo war eigentlich Jonas? Ich ahnte nichts Gutes.

Die beiden stellten sich neben mich. Saskia schaute mit einem mitleidigen Ausdruck zu mir herüber, während Annika mir mit ernster Miene mitteilte: »Frau Blume-Hartmann hat Jonas eben abgeholt.«

Ihr Blick fiel auf die Wand, wo immer noch die kaputte Uhr hing. Die wollte ich doch längst zum Hausmeister gebracht haben.

»Wann kümmerst du dich mal um die Uhr?«, fragte Annika prompt.

»Mach ich gleich.« Mir wurde für einen Moment schwindlig. Vielleicht sollte ich einfach mal umfallen. Aber dann hieße es, die ist halt nicht belastbar. Nein, die Freude würde ich niemandem hier machen.

Als die Sozialarbeiterin sich an die Klasse wandte, huschten die Schüler auf ihre Plätze und eine fast spürbare Stille senkte sich auf den sonst so lauten Raum.

Saskia setzte zu einer Rede an. »Ich habe gerade eben von Frau Meyer und einigen von euch gehört, dass hier seit dem letzten Freitag der Jonas bedroht und geschlagen wird. An unserer Schule wird so etwas nicht toleriert. Hier lernen wir ein Miteinander und kein Gegeneinander.«

Davon waren wir Lichtjahre entfernt, aber ich presste die Lippen zusammen.

Mathias meldete sich und behauptete: »Wir sind nie eine Klassengemeinschaft gewesen.«

Dieser Satz machte mich traurig. Anfangs waren sie sehr wohl eine Klassengemeinschaft gewesen. Erinnerungen blitzten vor meinem inneren Auge auf – an die Klassenfahrt in Haltern am See, den Lesewettbewerb und an Olli, das pinkfarbene Klassentier. Ich dachte an Lisas lieben Brief. Nein, wir hatten einen sehr guten Start gehabt.

Plötzlich sagte Yusuf: »Mir ist mein Hoodie vollgesaut worden. Da ist auch nichts passiert.«

Ich war sprachlos. Wegen der Sache mit dem Hoodie hatte ich doch die Eltern von Philipp angeschrieben. Sogar zwei Mal, nachdem der erste Brief unzustellbar gewesen war.

Was erwartete man denn ernsthaft noch alles von mir?

Saskia sah die Schüler streng an. »Ab sofort werde ich mit euch eine Stunde Sozialtraining pro Woche durchführen.«

Linus blickte trotzig zu ihr hoch. »Wieso jetzt die ganze Klasse? Es haben sich doch nicht alle geprügelt!«

Aber Saskia und Annika wandten sich bereits zum Gehen und in derselben Sekunde schwoll der Lärm wieder an, sodass sie Linus' Einwand nicht mehr hörten. Die Klassenzimmertür fiel hinter den beiden zu.

Den Rest der Stunde musste ich wieder improvisieren und fing einfach mit dem neuen Thema an. Es gab da zum Glück eine Doppelseite im Buch, auf der das Thema Zeitung eingeführt wurde. Ich ließ die Schüler die verschiedenen Layouts von Titelseiten bekannter Zeitungen vergleichen, aber es war wieder »Steineklopfen«. Endlich schellte es zur Pause. Wie in Trance packte ich meine Sachen zusammen. Automatisch schlug ich den Weg zum Schulleitungsbüro ein.

Vor der Klasse hatte ich keine Gelegenheit gehabt, Annika auch meine Version der Geschichte zu erzählen. Doch als ich durch den offenen Türspalt schaute, sah ich Gerd bei ihr. Er drehte sich zu mir um und verließ wie auf Kommando den Raum, ohne mich anzusehen. Ob er bereits wusste, dass ich etwas Wichtiges mit der stellvertretenden Schulleiterin zu besprechen hatte?

Ich ging auf Annika zu, die hinter ihrem Schreibtisch saß, und stellte meine Tasche auf dem Boden ab. Sie schloss die Tür. Dann blieb sie vor mir stehen und starrte mich mit finsterer Miene an.

»Annika, ich wollte dir noch sagen, was da eigentlich los war«, begann ich.

Auf ihrer Stirn perlten Schweißtropfen. »Das wird jetzt wirklich zu viel. Ich habe Maria angerufen. Sie sagt, da muss unter allen Umständen Ruhe reinkommen.«

Heiße Wut schoss in mir hoch. Auf die Schüler, die Eltern, auf alles. »Meine Schüler haben die Regeln nicht eingehalten.« Ich sprach gefährlich leise.

Doch Annika fuhr unbeeindruckt fort: »Maria sagt, das geht ja schon die ganze Zeit so, dass dir die Schüler aus dem Ruder laufen.«

Ich erinnerte mich an das Gespräch mit ihr zu Beginn des Schuljahres. Für den schlimmsten Störer Marvin hatte ich eine Teilkonferenz einberufen wollen, aber da war ich von ihr regelrecht ausgebremst worden.

Und jetzt war Maria nicht da und es hatte keinen Sinn, mit Annika weiter zu diskutieren. Sie stand selbst unter Druck wegen Maria.

Und ich war mittlerweile den Tränen nahe. Ich bückte mich schnell nach meiner Tasche und wandte mich zum Gehen.

Mit einem wütenden Schnauben setzte Annika sich wieder auf ihren Stuhl, lehnte sich zurück und verschränkte die Arme. »Wie gut, dass wir im nächsten Schuljahr sowieso einen Klassenlehrerwechsel haben!«

Ich war schon an der Tür, aber blieb wie vom Blitz getroffen stehen und drehte mich noch einmal um. »Ja, das ist gut.«

Hoffentlich merkte sie nicht, dass meine Stimme zitterte.

Als ich auf dem Weg nach draußen zufällig dem Hausmeister über den Weg lief, fiel mir wieder die Wanduhr ein. »Die Uhr in meinem Klassenraum ist kaputt, können Sie bitte mal nachsehen?«

»Das muss der Schüler bezahlen, der den Schaden verursacht hat«, erwiderte der Hausmeister und ließ mich stehen.

Ich wandte mich schnell ab, damit er die Tränen nicht sah, die mir in die Augen stiegen. Ich konnte nicht mehr. Die Batterie für die Uhr hatte ich schon selbst gekauft. Aber die Detektivarbeit würde ich mir jetzt ersparen.

Im Auto blieb ich erst einmal sitzen, ohne loszufahren. Die übliche Grübelspirale hatte mich im Griff. Immer wieder fragte ich mich, ob ich die Dinge hätte anders regeln können. Viele Ideen hatte ich da nicht. Meine innere Stimme sagte mir, dass es egal war, was ich tat, denn auf viele der Faktoren hatte ich gar keinen Einfluss oder nur einen geringen. Auf die Erziehung der Schüler und die zur Verfügung stehenden Sanktionen zum Beispiel.

Mit diesen Gedanken saß ich am Nachmittag am Schreibtisch, nachdem ich Yvonne und Sophie wieder vorm Fernseher geparkt hatte. Ich öffnete mein Dienst-E-Mail-Fach und fand eine Nachricht von Frau Blume-Hartmann vor, die an die Sozialarbeiterin und an beide Schulleiterinnen gesendet worden war: »Die Klasse ist ein einziger Chaoshaufen voller Asozialer, ich nenne hier Marvin, Hamza, Olaf, Yusuf, Can. Meine beiden Söhne trauen sich kaum noch in die Schule. Und Sie!! Frau Wollnau!! wissen das seit dem Elternsprechtag!!! Florian hat Ihnen doch den Bluterguss gezeigt! Ich weiß nicht, was diese Schüler an dieser Schule zu suchen haben!!! Wie kann es sein, dass die immer noch nicht weg sind?!?! Wie wollen Sie, Frau Wollnau, dafür sorgen, dass das im Klassenraum oder woanders nicht weitergeht?!?!«

Ich hörte auf zu lesen und scrollte den Text nach unten. Das ging über zwei Seiten so weiter. Mir blieb die Luft weg.

Ich zuckte zusammen, als ein leiser Signalton eine weitere E-Mail anzeigte. Von Lenas Mutter. Ich stand bei den Empfängern in Copy, die Nachricht ging ebenfalls an Saskia und beide Schulleiterinnen. »Ich muss Ihnen sagen, dass Lena schon lange unzufrieden mit der Situation in der Klasse ist. Lena kommt regelmäßig mit Kopfschmerzen nach Hause. Und da soll eine Stunde Sozialtraining helfen??? Nach Gesprächen mit Frau Blume-Hartmann und mit Familie Bornkamp überlegen wir, die Schule anzuzeigen!«

Ich klappte den Deckel des Laptops zu. Mir war so übel. Ich wollte am liebsten kotzen und nie mehr damit aufhören. Bei dieser E-Mail taten mir sogar Maria und Annika leid. Abgesehen davon, dass Lena selbst eine der lautesten Schülerinnen war.

In meiner Not rief ich Ralf an.

»Unfassbar«, meinte er. »Mit diesen Schülereltern ist kein konstruktives Gespräch möglich. Sei froh, dass du bald weg bist.«

Mir kam ein neuer Name für die Realschule Wolkenheim in den Sinn. Nicht Wolkenheim. Sondern Höllenheim …

KAPITEL 14 – GEBT UNS RUHIG DIE SCHULD …

Am Dienstagmorgen hätte ich mich krankgemeldet, aber ich musste die Deutscharbeit schreiben lassen, die ja ohnehin schon verschoben war. In nur drei Wochen wäre schon die nächste Arbeit dran, die ich nicht nach hinten verlegen konnte, sonst würde ich die Zeugnisnoten nicht mehr rechtzeitig eintragen können.

Jonas fehlte. Aber ich hatte wenigstens die Hefte aller anderen Schüler, was an ein Wunder grenzte, denn normalerweise waren nie alle da.

Am Ende der Stunde kam Hendrik zu mir nach vorne. »Frau Wollnau, ich kann die Uhr mitnehmen. Mein Vater hat gesagt, er repariert sie.«

»Oh. Das ist sehr nett. Danke.«

Ich sah zu, wie er auf einen Stuhl stieg und die Uhr von der Wand nahm.

Das wäre ein positives Erlebnis für meine Zettelsammlung. Doch ich hatte aufgehört, diese Zettel zu schreiben. Wozu auch? Ich würde diese Schule auf jeden Fall verlassen.

Mit meinen zwei Taschen wankte ich nach draußen zu meinem Auto. Wie immer wollte ich die Heftstapel schnell vom Tisch haben, aber ich konnte mich kaum auf die Korrekturen konzentrieren. Am Abend gab ich es frustriert auf.

Sebastian hatte sich vor den Laptop verkrochen. Ich konnte es ihm nicht verübeln. Es belastete ihn, wenn er jeden Abend das Gleiche von mir zu hören bekam.

Im Bett lag ich wach und wälzte mich hin und her. Wie gern hätte ich all das sofort hinter mir gelassen und mich um meine Nebentätigkeit gekümmert. Die war ein echter Lichtblick, einfach alles, die Internetpräsenz, die Kundenakquise, die entsprechenden Fortbildungen für Freiberufler. Aber ich hatte weder Zeit noch Kraft dazu. Ich musste jetzt durchhalten. Noch siebenundzwanzig Arbeitstage.

Wenigstens hatte ich am langen Wochenende Zeit, die Deutscharbeiten zu korrigieren. Am Montag fing Saskia mich in der ersten Pause ab. Ich war schon im Treppenhaus, weil ich wie immer sehr pünktlich auf dem Weg zu meinem Klassenraum war. Aber ich blieb stehen und sah die Sozialarbeiterin fragend an.

Sie eröffnete mir: »Ich hatte letzten Mittwoch die erste Sozialstunde in deiner Klasse und habe den Schülern erklärt, dass ihr Verhalten nicht in Ordnung ist. Aber sie haben mir auch etwas mitgeteilt.«

Ich kniff die Augen zusammen. Was kam nun wieder?

»Deine Schüler haben mir gesagt, dass du nichts tust und dass sie unter dem Lärm leiden.«

Wieder der Vorwurf, dass ich »nichts« tat, dabei brachte ich mich seit drei Jahren ja fast um. Außerdem produzierten die Schüler den Lärm ja selbst und nicht ich. Im Gegenteil, es war mein größter Wunsch, einmal in Ruhe unterrichten zu können.

Mir kam eine Bemerkung von Birgit in den Sinn. *Ich habe bereits Tinnitus*, hatte sie gesagt.

»Du weißt, dass ich alles tue«, gab ich zurück.

Saskia seufzte. »Irgendwie nicht das Richtige. Aber ich habe gehört, dass du ohnehin die Schule verlässt.«

Ich nickte und presste die Lippen zusammen.

Saskia ging zurück in ihr Büro und ich machte mich auf den Weg zu meiner Klasse. Wie ein Roboter setzte ich mechanisch einen Fuß vor den anderen. Hier lief etwas völlig schief. Ich kämpfte die ganze Zeit so hart, aber trotzdem wurde mir von allen Seiten die Schuld an allem gegeben.

Gab es da nicht ein Lied? Das ging so: »Gebt uns ruhig die Schuld, den Rest könnt ihr behalten. Und falls es euch beruhigt, es trifft auf keinen Fall die Falschen!«[4]

Auf dem Klassenraum zur 8 c sang ich es leise vor mich hin.

Einige Schüler kamen gerade neben mir die Treppe hinunter.

»Singen Sie, Frau Wollnau?«

Es war Jan aus meinem Siebener Philosophiekurs.

»Nee, ich mag nur die Fantastischen Vier«, gab ich lapidar zurück.

»He, die singt!«, rief nun Leo, der auch in meinem Philo-Kurs war.

Nun stimmten direkt einige Schüler mit ein und tanzten auf der Treppe – ich stellte schnell meine Tasche ab, stieg die Stufen zu ihnen hinauf und sang mit.

Wie gut, dass ich zufällig den Mrs-Umbridge-Pulli trug – am Morgen hatte ich das Gefühl gehabt, Farbe zu brauchen.

Unten an der Treppe bildete sich eine Schülertraube und einige Handys wurden gezückt. Die schnitten das Ganze mit. Umso besser, dachte ich.

Ein Blick auf die Uhr zeigte mir, dass ich jetzt wirklich zwei Minuten zu spät kam. Aber was spielte das jetzt noch für eine Rolle?

»Frau Wollnau, was machen Sie da?« Das war Kaan unten an der Treppe. Neben ihm standen Fynn und Tarek. Alle drei starrten entgeistert zu uns hinauf.

Ich konnte mir ein Schmunzeln nicht verkneifen, als ich die Treppe hinunterstieg.

»Haben Sie die Arbeiten?«, wollte Fynn wissen.

»Die liegen bei Frau Ziems!« Die Schüler wussten eigentlich, dass jeder Lehrer drei Hefte der stellvertretenden Schulleitung vorlegen musste.

»Sie sind zu spät!« Das war Tarek.

Schön, dass er das bei anderen bemerkte.

»Ihr auch«, gab ich zurück.

Ich wandte mich an die anderen Schüler, die noch immer auf der Treppe rumhampelten. »Und ihr geht jetzt auch in euren Unterricht.«

Ich folgte meinen Schülern in den Klassenraum.

Als ich vorne am Pult stand, schaute ich gewohnheitsmäßig auf die Wanduhr. Ich war wirklich zwei Minuten zu spät. Dann erst merkte ich, dass die Uhr ja wieder an ihrem Platz hing und sogar die korrekte Uhrzeit anzeigte. Meine Augen wurden groß. »Danke, Hendrik!«

Er nickte, aber was er sagte, ging im allgemeinen Lärm unter. Dabei wussten die Schüler ganz genau, dass sie jetzt leise sein sollten. Das wurden sie aber nicht. Sie grölten und kreischten, als würden sie dafür bezahlt. Und von irgendwoher erklang Musik. Ein neuer Song, den ich nicht kannte.

»Handys aus!«, rief ich. Doch aus der Ecke, in der Kaan und Tarek saßen, kam Gelächter. Die wussten etwas. Ich raunzte sie an: »Hey, wo ist die Bluetooth-Box?«

»Wir haben keine«, erwiderte Tarek frech.

Natürlich spielten die ihre Musik einfach über den Lautsprecher ab, das erkannte ich am Klang. Ich ging gebückt zwischen den Bänken hin und her, lugte unter die Tische, aber ich konnte das verflixte Gerät nirgends entdecken.

»Kommt, das ist nicht lustig!«

Kaan grinste. »Wieso, Sie mögen doch Musik!«

Richtig, ich hatte wohl eben auf der Treppe nicht gerade das beste Vorbild abgegeben.

Doch jetzt wurden die Schüler wieder so laut, dass sogar die Musik davon übertönt wurde. Ich ging zurück zum Pult, blieb dort stehen und legte die Hände auf meine Tasche. Es war ein lautes Diskutieren, Gelache und Gekreische.

Schließlich nahm ich die Kreide und schrieb in Großbuchstaben über die ganze Tafel: UND IHR BEHAUPTET, IHR LEIDET UNTER DEM LÄRM?!?!?

Ich drehte mich wieder um, blieb am Pult stehen und legte die Hände auf meine Tasche.

In dem Moment wurde die Tür aufgerissen. Es war Monika. »Was ist denn hier los? Wir verstehen unser eigenes Wort nicht mehr!«

Aber nicht einmal jetzt wurden sie leiser. Mir schoss die Röte ins Gesicht. Ich schämte mich für meine Schüler. Die waren wirklich asozial.

Sogar Monika wirkte betroffen. Sie trat neben mich ans Pult, verschränkte die Arme und sah die Schüler böse an.

Der Lärm verklang. Auch die Musik war plötzlich aus. Dabei tat Monika nichts, außer die Schüler anzustarren. Wahrscheinlich war das der Blick der Medusa.

»Ich will hier nichts mehr hören!«, sagte sie schließlich. »Ihr lasst jetzt Frau Wollnau ihren Unterricht machen.«

Die Schüler schwiegen. Die gesamte Klasse war verstummt. Ich konnte es nicht glauben. Schnell nutzte ich den ruhigen Moment, um ihnen zu sagen: »Ich versuche seit zwei Jahren, einen zweiten Klassenlehrer zu bekommen, der jeden Tag für euch da sein kann.«

Die Schüler blickten mich schweigend an.

Monika nickte mir zu und verließ den Raum.

Sogleich wurde es wieder laut. Schnell hakte ich nach: »Was habt ihr mit Saskia eigentlich besprochen?«

Jetzt wichen die Schüler meinem Blick aus.

Ich beschloss, die Netteren anzusprechen. »Carolin? Lisa? Ecrin? Linus?«

Linus schaute mich flüchtig an. »Wir haben übertrieben.«

»Wie meinst du das?«

Er druckste herum. »Wir haben Ihnen die Schuld …«

Doch seine letzten Worte gingen bereits im anschwellenden Lärm unter, sodass ich nichts mehr erwidern konnte.

»Hey!«, brüllte ich. »Muss Frau Hart-Maler nochmal kommen?«

Doch auch diese Androhung blieb wirkungslos. Es war wieder laut. Ich war es leid. »Dann schreibt ihr den Rest der Stunde einfach den Text im Buch ab. Seite 75.« Ich schrieb wie immer die Seitenzahl an die Tafel, nahm mein Notenbuch und ging durch die Klasse.

Kaan, Tarek, Olaf, Can und Yusuf hatten noch nicht einmal ihre Deutschsachen auf dem Tisch.

»Wer nicht schreibt, bekommt für die Stunde eine Sechs!«

»Ich schreibe ja schon«, rief Linus und blätterte wild im Buch. »Welche Seite?«

Ich wusste nicht, ob ich lachen oder weinen sollte.

Der Gong erlöste mich. Ich stolperte nach draußen.

Höllenheim.

*

Ich wechselte meine Garderobe. Ab jetzt kam ich in Schwarz. Schwarzes T-Shirt, schwarze Jeans, schwarze Turnschuhe. Die Farbe Pink passte hier nicht hin.

Am Dienstag fand ich im Lehrerzimmer einen Aushang vor, auf dem die Klassenleitungen für das neue Schuljahr eingetragen waren.

Ich fuhr mit dem Finger über die kleingedruckte Liste und stoppte bei der zukünftigen 9 c.

Klassenlehrer: Gerd Gerting (Mathe), Stellvertreterin Martina Wolf-Richter (Deutsch). Gerd und Martina also. Zwei Vollzeitlehrer. Geht doch, dachte ich. Nur nutzte mir das jetzt nichts mehr.

Ich war dennoch ein wenig überrascht, vor allem, was Gerd anging. Wie lange wusste er schon davon? Hatte er neulich mit Annika darüber gesprochen, als er in ihrem Büro gewesen war?

Auch wenn es mir eigentlich gleichgültig sein konnte, beschloss ich, ihn zu fragen, aber nicht im Lehrerzimmer. Da ich wie immer sehr früh gekommen war, hatte ich vor meinem Unterricht noch etwas Zeit. Und Gerd unterrichtete gerade Mathe in meiner Klasse. Kurz vorm Ende der zweiten Stunde wartete ich vor der Klassenzimmertür. Es waren noch fünf Minuten bis zum Schellen und es war völlig ruhig dort drinnen. Bei dem waren sie leise! Sie waren durchaus dazu in der Lage.

Doch dann wurde es plötzlich unruhig. Eine Minute vor Ende wurde die Tür aufgerissen und Yusuf, Hamza und Marvin stürmten heraus, gefolgt vom Rest der Klasse. Die Schüler taten so, als würden sie mich nicht sehen.

Als der Letzte gegangen war, trat ich in den Raum.

Gerd stand am Lehrerpult und war noch damit beschäftigt, seine Unterlagen zu ordnen. Er blickte erstaunt auf. »Wolltest du wegen meiner Klasse mit mir sprechen?«

Er meinte sicher die Racheaktion seiner Zehntklässler.

»Da gäbe es einiges zu besprechen, aber das hat sich erledigt, glaube ich. Nein, ich habe gerade erfahren, dass du meine Klasse übernimmst. Ich bin ein wenig überrascht, dass das so plötzlich möglich ist …«

»Also, da meine Zehner ja jetzt gehen, hat Annika mir die Klasse zugeteilt. Sie sagte, das wäre mit dir abgesprochen.«

Gerd schaute nach unten und zog sich die Krawatte zurecht. Trotz seiner Größe wirkte er auf einmal gar nicht mehr so selbstbewusst. Merkwürdig, dass die Schüler sich dennoch von ihm einschüchtern ließen.

»Nein, nicht so wirklich. Aber das ist jetzt auch egal. Viel Glück mit der Klasse.«

Mir fiel auf, dass ich nicht mehr »meine« Klasse gesagt hatte.

Gerds Gesicht blieb regungslos.

Ich verließ den Raum.

Als ich am Donnerstag ins Lehrerzimmer kam, sah ich Ralf, Dennis, Denise und Martina zusammen über Dennis' Handy gebeugt. Ich hörte die Melodie des Songs von den Fantastischen Vier und die Worte: »… uns ruhig die Schuld!«

Das durfte doch nicht wahr sein! Ich lugte über Martinas Schulter auf das Display und sah – wie befürchtet – mich selbst und die Schüler beim Tanz auf der Treppe.

Das Video war auf einem Social-Media-Kanal hochgeladen worden. Ich las den Account Namen – Lion und eine dreistellige Zahl, aber dieser Name sagte mir nichts.

Martina drehte sich zu mir um.

»Wiebke, guck mal! Das hat mir heute der Leo gezeigt und behauptet, dass du neulich mit Schülern auf der Treppe getanzt hast!«

Ich erinnerte mich, dass der Leo aus meinem Philosophiekurs dabei gewesen war. Dann musste das sein Account sein. »Das stimmt«, bestätigte ich.

Er hatte natürlich nicht die Erlaubnis, mich und andere Personen einfach im Internet zu veröffentlichen. Aber in diesem Fall war es mir gerade recht.

Ich verzog die Mundwinkel zu einem leichten Grinsen. »Es wäre noch besser gewesen, wenn sie das Video auf der Schulhomepage gepostet hätten!«

Erstaunte Blicke trafen mich und Ralf fragte: »Du bist damit einverstanden?«

Ich grinste immer noch.

Denise hakte nach: »Also, du bist einverstanden? Du hast dein Okay gegeben, dass die dich *so* veröffentlichen?«

Inzwischen drängten sich weitere Kollegen um uns, einige nahmen ebenfalls ihre Handys und riefen Leos Account auf. Der Song plärrte mehrfach durchs Lehrerzimmer, einige klatschten und wippten mit, Lacher wurden laut.

Doch dann schellte es und das Video wurde hastig weggeklickt.

Auch ich musste in den Deutschunterricht und ich rechnete mit entsprechenden Kommentaren von meinen Schülern. Die hatten das Video doch sicher auch gesehen.

Aber es kam keine Reaktion. Alles war wie immer – die üblichen Kandidaten sprengten die Stunde und die anderen konnten mir nicht in die Augen sehen.

*

Die letzte Arbeit zum Thema Figurencharakterisierung war nicht allzu schwer und ich korrigierte sie über das lange Fronleichnamswochenende.

»Haben Sie die Arbeiten?«, fragte Fynn am Montag.

»Wie immer liegen drei bei der Schulleitung«, erklärte ich geduldig. »Ihr bekommt sie morgen.«

Ich hatte aber schon gesehen, dass Olaf und Kaan in der Arbeit nur eine Fünf bekommen würden und damit auch auf dem Endzeugnis. Ich schaute in die Notenlisten der Mathe- und Englischarbeiten und den Arbeiten im Wahlpflichtfach. Dort hatten sie ausreichende Leistungen. Ich hatte es geahnt, es war also möglich, dass sie in einem dieser Fächer und vielleicht eben in Deutsch am Ende der Sommerferien eine Nachprüfung machen konnten, um doch noch versetzt zu werden. Normalerweise hätte ich mich in den Ferien hingesetzt und die Prüfungen vorbereitet. Aber unter den gegebenen Umständen sah ich es einfach nicht mehr ein.

Es gab eine Alternative, die mir und den Schülern vielleicht die Nachprüfung ersparte. Eine schriftliche Zusatzaufgabe. »Wenn ihr die Aufgabe ordentlich erledigt und mir morgen abgebt, denke ich noch einmal über eure Endnote nach.«

Und ich hatte es schon oft erlebt, dass Wunder geschahen, wenn der Druck nur groß genug war. So auch in diesem Fall. Am nächsten Tag lieferten mir beide Texte ab, die ich mit der Note befriedigend bewerten konnte. Somit stand einer schlechten Vier nichts mehr im Weg.

»War das die richtige Entscheidung?«, fragte ich dennoch meinen Mann, als er mich wieder abends am Schreibtisch vorfand.

Sebastian nickte und meinte: »Du bist bestimmt nicht die Einzige, die das auch mal auf unkomplizierte Art regelt. Und außerdem kann man dir das wirklich nicht verübeln, dass du auch mal an dich denkst. Das hättest du längst tun sollen.«

Mit meiner Klasse blieb es katastrophal. Ich stopfte mir den durchsichtigen Gehörschutz vom Hörakustiker in beide Ohren, setzte mich in den Stunden einfach vorne ans Pult und ließ sie lärmen.

Am Tag, bevor die Schulbücher eingesammelt wurden, schaute ich auf den wilden Haufen. »Also dann, Bücher raus.«

»Wir wollen in der letzten Deutschstunde Eis essen gehen!«, rief Marvin in die Klasse.

»Eis essen!«, forderte auch Yusuf.

Can kippelte mit seinem Stuhl nach hinten. »Einen Ausflug!«

Ich verschränkte die Arme und schüttelte den Kopf. »Ich mache keinen Ausflug mit euch.«

Protestrufe wurden laut, aber ich stellte mich taub.

Einige Tage später verriet mir Carolin: »Frau Wollnau, der Herr Gerting war gestern mit uns in der Eisdiele.«

Ich dachte mir meinen Teil.

Am letzten Schultag vor den Sommerferien kam ich in Weiß. Ich trug die weißen Perlenohrringe und die Kette mit dem silbernen Herz mit der weißen Perle darin. Das war der Schmuck, den ich mir vom Geld der Vertretungsstunden gekauft hatte. Dazu trug ich mein enges knielanges und ärmelloses Kleid aus weißem Jeansstoff. Und dann meine schwarzen Pumps mit Zierschnürung um den Knöchel – Stöckelschuhe mit zehn Zentimeter Absatz. Die mussten jetzt einfach sein. Für mich war dies nach drei Jahren der letzte Tag an der Schule. Ich fuhr ein letztes Mal durch die Straße mit der Allee und sah die Sonne durch das Grün der Blätter scheinen.

Ich hatte nur die dritte Stunde in meiner Klasse und würde dann die Zeugnisse austeilen. Maria war aus der Kur zurück und sichtlich erholt. Ich begrüßte sie kurz. Sie grüßte zwar, sagte aber nichts weiter. Vielleicht war sie noch gar nicht über alles informiert. Im Lehrerzimmer fand ich zu meiner Überraschung Herrn Bitt vor, der seine alte Schule besuchte.

»Wie läuft's?« Er wusste also nichts.

»Geht so.« Ich war normalerweise nicht so kurz angebunden, aber alles Weitere würde den Rahmen sprengen. Ich musste in den Unterricht.

Meine Klasse war auch in der letzten Stunde nur am Brüllen. Ich versuchte, wenigstens mit den netten Schülern ein paar Worte zu wechseln. Mit Linus, Fynn, Elias, Hendrik, Niklas und den Lisa, Carolin, Fatma, Merve, Anna. Aber die tiefen Stimmen der Jungen übertönten sie und auch das laute Gelächter der anderen Mädchen. Also teilte ich einfach nur die Zeugnisse aus.

Fünf Minuten vorm Schellen waren Hamza, Marvin, Olaf und Yusuf schon an der Tür. Ich sah aus dem Augenwinkel, wie Marvin die Tür öffnete, und musste schon wieder »Stopp!!!« brüllen. Aber eine Minute vor Schluss waren sie nicht mehr zu halten. Die Jungen stürmten hinaus, als wäre ich gar nicht existent.

Dann standen plötzlich Lisa, Carolin, Merve, Anna und Ecrin vor mir und hielten mir einen kleinen Strauß bunter Blumen und eine Karte hin. »Liebe Frau Wollnau, was immer Sie jetzt auch machen, wir wünschen Ihnen eine bessere Zeit.« Nur die fünf Mädchen hatten unterschrieben.

Ich musste dennoch schlucken. Sie wussten ganz genau, dass das Verhalten ihrer Mitschüler nicht in Ordnung gewesen war. Ich nahm die Karte und die Blumen entgegen. »Danke euch.«

Als die Schülerinnen gegangen waren, blieb ich noch am Pult sitzen. Ich fotografierte den Blumenstrauß und schickte das Foto an Finja. »Schau mal, die sind von meinen Schülerinnen. Ich hätte nicht damit gerechnet«, schrieb ich.

Dann stand ich auf und begann, den Raum aufzuräumen, als ein Handyton eine Nachricht meldete.

Finja hatte zurückgeschrieben: »Das ist das Mindeste! Ich hatte gestern Nachmittag die Abschiedsfeier meiner vierten Klasse. Meine Schüler haben für mich einen Ordner mit Fotos und Briefen gestaltet und von den Eltern kam ein Blumenstrauß. Und sie alle haben mir so liebe Worte zum Abschied gesagt.«

Finja war empathisch genug, um mir Fotos von ihrer Feier zu ersparen. Trotzdem zog sich mir alles zusammen. Natürlich hatte Finja recht.

Ich wusste nicht, was ich darauf antworten sollte. Automatisch räumte ich weiter auf, sammelte alles ein, was mir gehörte, all die Gegenstände, Stifte, einen Locher, das Papier, und schloss dann ein letztes Mal die Klassenzimmertür ab. Es fühlte sich richtig und falsch zugleich an.

Im Lehrerzimmer fand noch eine kurze Besprechung statt.

Erik kam mir entgegen. »Wiebke, ich habe gehört, du verlässt auch die Schule?«

»Ja, ich werde erst einmal Nachhilfe anbieten.«

Etwas in der Art, wie er die Frage formuliert hatte, machte mich stutzig. »Wieso sagst du *auch*?«

»Meine Freundin und ich ziehen an den Bodensee und machen uns selbstständig«, sagte er in einem Tonfall, als würde er mir mitteilen, dass er sich eben mal einen Kaffee holt.

Jetzt war ich völlig perplex. »Wow«, brachte ich heraus. »Wie kommst du auf die Idee?«

»Ich habe vor meinem Lehramtsstudium eine Ausbildung als Fotograf gemacht und Tatjana ist auch Fotografin. Sie kommt aus Süddeutschland und hat da viele Kontakte, sodass eine Selbstständigkeit einen Versuch wert ist.«

Mir blieb vor Staunen der Mund offen stehen. Schließlich sagte ich: »Ich wünsche dir und deiner Freundin viel Erfolg!«

»Den wünsche ich dir auch.« Er hob die Hand zum High five. Ich schlug ein.

Dann schnappte ich mir die Brötchentüte und Erik packte den Aufstrich aus. Wir platzierten unser Büfett auf den Tischen am hinteren Ende des Raumes. Beate kam hinzu und stellte klein geschnittenes Obst für alle hin.

»Wir wussten gar nicht, dass du die Schule verlässt!«, meinten einige Kollegen, mit denen ich sonst weniger zu tun hatte. Auch Erik erntete erstaunte Blicke. Nur dass Beate in Mutterschutz ging, war in der Schule seit Wochen bekannt.

Als alle ihre Plätze eingenommen hatten, setzte Maria zu ihrer Rede an. Schließlich kam sie zum letzten Tagesordnungspunkt und der betraf das Personal. »Herr Berg verlässt uns leider nach vier Jahren an der Schule. Er hat neue berufliche Pläne, wie ihr ja sicher wisst. Frau Wollnau will sich ebenfalls neu orientieren.«

Erik hielt zum Abschied eine kurze Rede, aber ich hörte nur halb zu. Die ganze Situation erschien mir surreal. Auf einmal sprach mich Maria an: »Wiebke, willst du selbst ein paar Worte sagen?«

Ich stand auf und ließ meinen Blick durch das Lehrerzimmer schweifen. Die Kollegen sahen zu mir herüber. Es war ungewohnt für mich, dass mir einmal ruhig zugehört wurde. Erik nickte mir ermutigend zu.

»Wie ihr sicher wisst, hatte ich einige Probleme mit meiner Klasse. Und einen zweiten Klassenlehrer gab es die ganze Zeit nicht.«

Ich warf Annika einen Blick zu und dann Maria. Diesen Satz mussten die beiden aushalten.

Ich fuhr fort: »Aber das ändert sich ja jetzt im nächsten Schuljahr. Und das ist gut so, denn meine Schüler brauchen dringend frischen Wind!«

Ich benutzte absichtlich diese Floskel.

»Und zu welcher Schule gehst du?«, kam es von einer Kollegin, mit der ich sonst selten sprach.

»Das weiß ich noch nicht genau. Als Erstes biete ich Nachhilfe in Deutsch an und bin sehr gespannt, was sich da noch alles ergeben wird.«

Erstaunte und bewundernde Blicke trafen mich. Ich lächelte. »Wenn eure Schüler Bedarf haben, schickt sie gern zu mir.«

Kurz kam mir der Gedanke an die Qualitätsanalyse, die die Kollegen im nächsten Schuljahr noch vor sich hatten. Ich war froh, dass ich mir darum keinen Kopf mehr machen musste.

Ralf trat auf mich zu und überreichte Erik und mir Abschiedskarten des Kollegiums. Ich erkannte Ralfs Schrift. Er hatte geschrieben: »Liebe Wiebke, viel Glück auf deinem weiteren Weg wünschen dir …« Und alle Kollegen hatten unterschrieben. Die Unterschriften von Annika und Maria fand ich ganz unten in der Ecke. Wahrscheinlich hatten sie die Karte als Letzte erhalten.

»Wir wünschen euch, dass alles so klappt, wie ihr das wollt!«, sagte Ralf.

Ich fühlte mich zuerst von Ralf, dann von Dennis und anderen umarmt und nahm ihre Statements zur Kenntnis.

Erik: »Das wird jetzt interessant für uns beide!«

Birgit: »Ach, ihr habt es gut!«

Herr Bitt: »Ich kann nicht glauben, dass Sie gehen!«

Jennifer: »Schade, dass du gehst. Aber ich verstehe es. Meld dich mal.«

Denise: »Du hast hier wirklich viel durchgemacht. Ich bin froh, dass du für dich eine gute Lösung gefunden hast.«

Martina: »Ich würde mich freuen, wenn wir in Kontakt bleiben!«

Monika: »Was meinst du mit frischem Wind? Also meine Schüler brauchen Kontinuität.«

Auf den Spruch hätte ich allerdings verzichten können.

Gerd stand ein Stück entfernt und beobachtete die Szene mit verschränkten Armen. Immerhin nickte er mir zu.

Dann kam der gemütliche Teil, aber ich wusste ja, dass dieses Beisammensein am Schuljahresende immer kurz ausfiel. Während einige wenige noch in Grüppchen zusammenstanden und ihre Brötchen aßen, eilten die meisten schon nach draußen.

Diesmal nahm auch ich schnell meine Tasche, schaute ein letztes Mal in mein Fach, das jetzt leer war, und ging zur Tür. Dort blieb ich stehen und warf einen Blick über die Schulter zurück. Nur Ralf, Dennis und Monika waren noch im Lehrerzimmer.

Auf dem Rückweg regnete es. Graue Wolken türmten sich am Himmel. Aber auf einmal rissen sie auf und ein paar Sonnenstrahlen kämpften sich hindurch. Und dann legten sich Farben vor das Grau. Rot, Gelb, Grün, Lila. Ein Regenbogen. Der war wie ein Zeichen. Jetzt würde es wieder Farbe in meinem Leben geben.

Zuhause legte ich die Abschiedskarte von den Mädchen und die Karte des Kollegiums in meinen Sammelordner mit Schülerbriefen und gemalten Bildern. Dann schloss ich ihn und packte ihn weg. Es fühlte sich endgültig an.

Sophie kam herein und blickte auf meinen Schreibtisch. »Mama, musst du noch arbeiten?«

»Nein, ich bin fertig.« Ich fügte leise hinzu: »Endlich!«

Sophie entdeckte Olli, der im Bücherregal zwischen den Büchern auf einem kleinen Kissen saß. »Oh, der ist aber süß!«

Ich nahm den pinkfarbenen Oktopus und drückte ihn ihr in die Hände. »Das ist Olli. Der gehört jetzt dir.«

KAPITEL 15 – DIE WELT WIRD PINK

Die ersten drei Wochen der Sommerferien musste ich mich jeden Tag kneifen, um mir zu sagen: Ich bin wirklich da raus. Zum ersten Mal hatte ich in den Ferien wirklich frei. Wir fuhren in die Niederlande ans Meer und hatten zwei unbeschwerte Urlaubswochen.

Ich hatte mir Finjas pinkfarbene Sternschnuppe abgespeichert, die mir ja offensichtlich Glück brachte. Jetzt würde alles besser werden. Die Angst vor Veränderungen war kaum noch spürbar. Stattdessen war mein Entdeckerdrang erwacht, der mich jeden Tag mit einer wilden Freude Neues ausprobieren ließ.

Jetzt hatte ich den Kopf frei, um mich um mein Nachhilfeangebot und um meine Internetpräsenz zu kümmern. Mit einem Baukastensystem gelang es mir, eine eigene Website zu erstellen. Ich nannte sie »Wiebkes Welt« und ließ von einem Designer ein Logo in Pink entwerfen.

Zuerst bot ich ein paar kostenlose Schnupperstunden für Schüler an und erzählte jedem davon, den ich im Stadtteil kannte. Doch nach den Sommerferien hatte ich nur zwei Mädchen vom benachbarten Gymnasium im Kurs.

»Dranbleiben!«, ermutigte mich Finja.

Auch Sebastian meinte: »Die Kundenakquise ist immer das Schwerste am Anfang.«

Ich postete Lernvideos auf verschiedenen Plattformen, um mein Angebot bekannt zu machen. Als Lehrerin hatte ich keine Ahnung von Marketing, aber jetzt endlich hatte ich Zeit und Kraft für die entsprechenden Fortbildungen. Außerdem schaute ich mir einiges von anderen Selbstständigen ab und hatte Spaß daran, neue Dinge auszuprobieren. Dabei erkannte ich, dass Fehler nichts Schlechtes waren, wie es einem in der Schule beigebracht wurde, sondern dass sie zum Lernprozess dazugehörten. Mein Leben fiel mir auf einmal sehr viel leichter und ich war selbst überrascht, welche Fähigkeiten in mir schlummerten. Ich gewöhnte mich daran, online »sichtbar« zu werden und mich mit anderen zu vernetzen. Mein Ziel war, den Nachhilfeunterricht als Nebentätigkeit auszuüben, denn ich hatte dennoch den Wunsch, wieder an einer Schule zu unterrichten.

Als Erstes suchte ich mir Informationen über die umliegenden Schulen in freier Trägerschaft zusammen. Zu Beginn des Schuljahres waren noch nicht viele Stellen ausgeschrieben, aber ich schaute jeden Tag auf den Portalen nach. Und endlich schrieb auch die Novum-Realschule eine Stelle für Deutsch aus – zum zweiten Halbjahr. Das war ideal für mich, nicht nur wegen der Nebentätigkeit, sondern auch, weil ich nach den Erlebnissen in Wolkenheim ein wenig Zeit für mich brauchte.

Diesmal wollte ich sichergehen, dass ich nicht wieder an der falschen Schule landete. Deshalb rief ich an der Novum-Schule an und fragte, ob ich einfach einmal im Unterricht hospitieren durfte. Der Tag an der Privatschule beruhigte mich – die Klassen waren kleiner, die Räumlichkeiten schöner, die reformpädagogischen Konzepte schülerfreundlicher. Ich spürte es auch an der Atmosphäre. Hier tobte kein täglicher Kampf zwischen allen Beteiligten, sondern auch wenn es natürlich Konflikte gab, kam die freie Schule dem Ideal von einem Miteinander deutlich näher als die Wolkenheimer Schule. Einige Mädchen umringten mich und fragten interessiert: »Werden Sie jetzt unsere Lehrerin?«

»Das würde ich gern.«

Nach dem Unterricht klopfte ich beim Schulleitungsbüro an. Die Schulleiterin Frau Frank empfing mich sehr freundlich, nahm meine Bewerbungsunterlagen an sich und lächelte.

»Schön, dass Sie sich für unsere Schule interessieren. Wir können eine qualifizierte Lehrerin gebrauchen.«

Ich lächelte zurück. »Ich finde Ihr Konzept sehr schülerfreundlich und ansprechend. Ich würde sehr gern hier unterrichten.«

Frau Frank nickte. »Wir geben Ihnen Bescheid.«

*

Nach den Herbstferien schob ich gerade meinen Einkaufswagen aus dem Supermarkt, als mir Martina entgegenkam. Sie war auch ein wenig überrascht, aber begrüßte mich erfreut.

»Und wie läuft es mit der Klasse?« Das wollte ich natürlich von Martina wissen.

»Der Gerting hat erst einmal Teilkonferenzen durchgeführt und Can, Olaf und Marvin aus der Klasse verwiesen. Can und Olaf sind jetzt in der Parallelklasse und Marvin ist an der Nachbarschule. Du hattest ja schon gut vorgearbeitet und alle Vorfälle in den Schülerakten abgeheftet.«

»Das ging ja auf einmal fix«, entfuhr es mir. Innerhalb weniger Wochen hatte der Kollege so eine Aufräumaktion durchführen können, weil Maria das offensichtlich abgesegnet hatte. »Auf jeden Fall hat er es jetzt leichter.«

Das musste ich sagen.

»Ja. Es wurde sogar eine zusätzliche Klassenlehrerstunde eingeführt«, fuhr Martina fort.

»Ah! Das ist gut. So eine Stunde hätte ich auch brauchen können. Dann wären die Klassenlehreraufgaben nicht immer auf Kosten des Deutschunterrichts gegangen.«

Auch das musste ich sagen.

»Ja, das ist wirklich gut. Ich habe ja nur die Co-Leitung und brauche die Klassenlehrerstunden nicht. Aber einige Schüler haben in ihren Leistungen stark nachgelassen. Lisa zum Beispiel.«

Ich wusste ja, dass Lisa in Deutsch immer viel Hilfe brauchte. Aber sie war lernwillig.

Ich erinnerte Martina an mein Nachhilfeangebot. »Du weißt, dass ich Rechtschreibkurse anbiete?«

»Das klingt ja interessant. Wie heißt denn dein Angebot?«

»Wiebkes Welt.« Ich kramte in meiner Tasche und holte eine Visitenkarte mit QR-Code hervor.

Sie blickte auf die Karte. »Danke, dann leite ich das mal weiter. Lass uns in Kontakt bleiben, Wiebke.«

Am nächsten Tag erhielt ich einen Anruf auf meinem Diensthandy, das ich mir extra für den neuen Job zugelegt hatte. Die Nummer der Anruferin kam mir bekannt vor.

»Hallo, Frau Wollnau, hier ist Frau Wernicke«, meldete sich eine freundliche Stimme.

Das war die Mutter von Lisa. Hatte Martina bereits von meinem Nachhilfeangebot berichtet?

»Hallo, Frau Wernicke, wie geht es Lisa?«

»Deshalb rufe ich an. Es hat sich herumgesprochen, dass Sie Nachhilfe in Deutsch anbieten. Ich habe mir Ihre Homepage angesehen. Haben Sie im Rechtschreib- und Grammatik-Kurs am Mittwochnachmittag noch Plätze frei?«

»Für Lisa?«

»Ja, und ich habe mit der Mutter von Anna gesprochen. Sie will Anna auf jeden Fall anmelden. Merve möchte wohl auch und Linus überlegt es sich noch.«

»Oh.« Mit diesen Schülern in einer Kleingruppe zu arbeiten, wäre traumhaft.

»Sehr gerne. Der Kurs fängt nächste Woche an und ich habe noch Plätze frei.«

Frau Wernicke fuhr fort: »Und der Elias hat nachgefragt, ob Sie vielleicht auch Sprachunterricht für ihn anbieten können.«

Deutsch als Zweitsprache also. Davon würde Elias sicher sehr profitieren. Noch hatte ich allerdings keinen Sprachkurs vorbereitet.

»Darüber muss ich mir einmal Gedanken machen.«

Mit einem Lächeln fügte ich hinzu: »Aber die Idee ist gut.«

GLOSSAR

der in Nordrhein-Westfalen gebräuchlichen Begriffe – frei formuliert auf Grundlage der eigenen Berufspraxis.

ABB: Ausbildungsbeauftragte einer Schule – eine Lehrkraft, die die schulpraktische Ausbildung von Lehramtsanwärtern an der Ausbildungsschule koordiniert und Ansprechperson für das Studienseminar (ZfsL, siehe unten) ist

AO-SF-Antrag: Nach der Ausbildungsordnung für sonderpädagogische Förderung ein Antrag auf ein AO-SF-Verfahren, mit dem festgestellt wird, ob bei einem Schüler ein sonderpädagogischer Unterstützungsbedarf vorliegt.

BASS: Bereinigte amtliche Sammlung der Schulvorschriften für NRW

BiZ: Berufsinformationszentrum

Blauer Brief: Im schulischen Bereich eine schriftliche Mitteilung der Schule an die Eltern, wenn die Leistung ihres Kindes nicht ausreichend und die Versetzung gefährdet ist. Die »Mahnung« wird zehn Wochen vor Schuljahresende verschickt, damit der Schüler noch die Möglichkeit hat, seine Note zu verbessern.

DaZ: Deutsch als Zweitsprache. Deutschunterricht für Schüler mit Migrationshintergrund.

Elternbrief: Eine schriftliche Benachrichtigung an die Eltern, wenn ihr Kind gegen Regeln verstoßen hat. Die Briefe werden in Kopie in der Schülerakte abgeheftet. Manchmal werden Elternbriefe auch »Tadel« genannt.

EPG: Eingangs- und Perspektivgespräch mit dem Lehramtsanwärter auf Basis eines Unterrichtsbesuchs im ersten Quartal des Referendariats. Anwesend sind der Ausbilder vom ZfsL und die Lehrkraft, die die Ausbildungskoordination übernommen hat.

Erprobungsstufe: In NRW die Klassen 5 und 6. Am Ende der Klasse 6 berät die Erprobungsstufenkonferenz darüber, ob die gewählte Schulform die richtige für den Schüler ist und ob eine Versetzung in Klasse 7 erfolgen kann.

Externenprüfung: Mit einer Externenprüfung ist es möglich, einen Schulabschluss nachträglich zu erwerben, ohne eine Schule zu besuchen. Dabei werden Lehrer als Prüfer eingesetzt.

Fachleiter: Ein Lehrer, der Lehramtsanwärter ausbildet, sie im Unterricht besucht und berät und im Studienseminar (ZfsL) Fachseminarveranstaltungen hält

Klassenpflegschaftssitzung: Elternabend für die Eltern einer Klasse. Die Pflegschaftsvorsitzenden sind die gewählten Elternvertreter der Klasse.

LAA: Lehramtsanwärter, Referendar

LBG: Landesbeamtengesetz NRW

OBAS: Berufsbegleitender Vorbereitungsdienst für Seiteneinsteiger aus anderen Berufen in den Lehramtsberuf

Ordnungsmaßnahme: Wenn ein Schüler gehäuft gegen Regeln verstößt und pädagogische Maßnahmen nicht greifen, kann eine Teilkonferenz einberufen und eine Ordnungsmaßnahme beschlossen werden. Üblich sind drei Tage Ausschluss vom Unterricht, wobei der Schüler in dieser Zeit die Aufgaben aus dem Unterricht zuhause bearbeiten muss.

Pension: Das Ruhegehalt von Beamten. Der Betrag ist in der Regel deutlich höher als die Rente von Angestellten, weil Beamte keine Sozialabgaben leisten müssen.

Potenzialanalyse: Besuch der 8. Klassen bei einem Bildungsträger, bei dem die Schüler verschiedene Aufgaben in Kleingruppen lösen müssen. Dabei geht es darum, eigene Stärken zu erkennen und die passenden beruflichen Möglichkeiten zu recherchieren. Das Ganze findet in NRW im Rahmen der Maßnahme KAoA statt: Kein Abschluss ohne Anschluss.

Seitenaufsicht: Auch Parallelaufsicht genannt – ist das Beaufsichtigen einer fremden Klasse während des eigenen Unterrichts. Es ist keine glückliche Lösung, weil die Lehrkraft zwischen zwei (meist benachbarten) Klassenräumen hin- und herlaufen muss, aber es ist nötig, wenn die Schule nicht genug Vertretungslehrer hat.

STELLA: Online-Portal mit Funktions- und Beförderungsstellen für Lehrkräfte, die sich bereits im Schuldienst des Landes NRW befinden

Teilkonferenz: Konferenz bei wiederholten Regelverstößen durch einen Schüler. Die Klassenleitung, die Schulleitung und ein Lehrer (ein Vertreter für Teilkonferenzen) führen ein Gespräch mit dem Schüler und seinen Eltern und beschließen eine Ordnungsmaßnahme. Eine Teilkonferenz ist die kleinere Version einer Klassenkonferenz, bei der alle Lehrer der Klasse, die Sozialarbeiter und eventuell die Klassenpflegschaftsvorsitzenden anwesend sind.

Untis: Die App ermöglicht es, immer die tagesaktuellen Stundenpläne aller Klassen auf dem eigenen Handy einzusehen, sodass Eltern und Schüler jederzeit über Vertretungsunterricht, ausgefallene Stunden und Änderungen informiert werden können.

ZfsL: Zentrum für schulpraktische Lehrerausbildung/ Studienseminar für Referendare

Weiterführende Informationen:

https://www.schulministerium.nrw/ausbildungsordnung-sonderpaedagogische-foerderung-ao-sf

https://bass.schul-welt.de/

https://www.arbeitsagentur.de/bildung/berufsinformationszentrum-biz

https://www.schulministerium.nrw/erprobungsstufe-0

https://www.standardsicherung.schulministerium.nrw.de/cms/externenpruefungen/

https://www.schulministerium.nrw/grundlegende-gesetze-und-verordnungen

https://www.schulministerium.nrw/berufsbegleitender-vorbereitungsdienst-obas

https://www.finanzverwaltung.nrw.de/dienststellen/landesamt-fuer-besoldung-und-versorgung-nrw

https://www.mags.nrw/potenzialanalyse

https://www.schulministerium.nrw.de/BiPo/Stella/online

https://www.zfsl.nrw.de/

DANKSAGUNG

Als Erstes danke ich meinen Testleserinnen: Julia Weibel-Damal, Regina Otto-Gerull, Maren Hering, Kathrin Andreas, Xenia Giday, Bettina Kuhlmann und Elke Baumgarten. Ihr habt mir mit euren pädagogischen Erfahrungen und eurem scharfen Blick auf den Text sehr geholfen. Durch euer Feedback konnte ich inhaltliche Ungereimtheiten ausmerzen und noch weitere wichtige Aspekte einbringen.

Ein großes Dankeschön geht auch an Thomas Stolze und das Team vom hansanord-Verlag.

Und ich danke allen, die dieses Buch gelesen und die Lehrerin Wiebke auf ihrem Weg begleitet haben. Es war sicher nicht immer leicht, aber ich kann versichern: Alles wird gut für die liebe Wiebke.

Schreibt mir gern eure Meinung zum Buch, zum Beispiel hier:

Facebook: Wiana Wiesmann

Instagram: schule_in_pink

Eure Wiana Wiesmann

ENDNOTEN

1 Der Wortlaut ist aus einem Schreiben der Bezirksregierung Düsseldorf übernommen, Daten und Namen sind verändert.

2 Nach einer Fortbildung der SchiLf Akademie, Burkhard Günther: Mut zu konfrontativer Pädagogik

3 Der Inhalt ist sinngemäß aus dem entsprechenden Schreiben der Bezirksregierung Düsseldorf übernommen.

4 https://www.songtexte.com
Gebt uns ruhig die Schuld von den Fantastischen Vier
© Thomas Burchia, Farhad Samadzada, Andreas Rieke, Michael B Schmidt, Michael Dj Beck, Thomas Duerr